牛　虻

[爱尔兰]伏尼契　著　李彭恩　译

目录

001　序言

第一卷

001　第一章
008　第二章
016　第三章
023　第四章
031　第五章
037　第六章
048　第七章

第二卷

061　第一章
070　第二章
081　第三章
090　第四章
097　第五章
105　第六章
112　第七章
118　第八章

133 第九章
144 第十章
152 第十一章

第三卷

167 第一章
179 第二章
188 第三章
196 第四章
207 第五章
212 第六章
227 第七章
235 第八章
244 尾　声

序　言

艾·丽·伏尼契一八六四年五月十一日生于爱尔兰科克市,幼年丧父,随母亲迁居伦敦。一八八二年她只身前往德国求学,三年后毕业于柏林音乐学院。一八八七年伏尼契学成回国,在伦敦接触到流亡在此地的各国革命者。其中,俄国民粹派作家克拉甫钦斯基对她影响最大,在他的鼓励下,伏尼契于一八八七年前往俄国,在那里生活了两年,接触了彼得堡革命团体俄国民粹派的民意党人,积极参加了他们的活动。她曾冒着生命危险去探望被沙皇监禁在狱中的革命者,还在俄国和英国之间寄送宣传品。这些工作为她以后的文学创作积累了大量的第一手资料。回到英国后,她结识了从沙皇流放地逃出来的波兰革命者米·列·伏尼契并与其相爱,一八九二年他们结婚。在这段时间,她还认识了恩格斯、赫尔岑、普列汉诺夫等著名人物。

一八九七年她的杰作《牛虻》问世,小说以十九世纪三四十年代意大利人民反对奥地利统治者的斗争为背景,塑造了一个资产阶级革命者牛虻的形象。《牛虻》的出版为她带来了世界性的声誉。除《牛虻》外,她还有其他一些作品,如小说《杰克·雷蒙》(1901)、带自传性质的小说《奥利芙·雷瑟姆》(1904)、叙述牛虻离家出走后十三年经历的小说《中断了的友谊》。伏尼契晚年居住在美国,一九六〇年七月二十八日逝世,享年九十六岁。

《牛虻》在世界各国都有广泛的读者。它的中译本自一九五三年出版以来,发行量达数百万册,影响了一代又一代的中国青年。

主人公牛虻原名亚瑟,成长在佛罗伦萨一个富有的家庭,是神学院院长蒙泰尼里的私生子。亚瑟在大学里参加了秘密革命组织青年意大利党,蒙泰尼里察觉此事,对此极为不安。后来,蒙泰尼里赴罗马任主教之职,卡尔狄神甫接任神学院院长。亚瑟向卡尔狄神甫忏悔时受骗说出了秘密革命组织的名称和自己偷运政治书籍的事实。卡尔狄神甫随即告密,亚瑟和一批党内同志被捕。

亚瑟出狱后,他的行为受到了党内同志的鄙弃,恰在此时,又得知自己的身世之谜。双重打击之下亚瑟精神失常。他砸碎神像,留下字条伪称自尽,本人则潜出海关,偷渡去了南美洲。那一年他十九岁。

在南美,他坠入了"真正的地狱之中"。他漂泊流浪,做过杂工和赌窟仆人,被一名水手打成残疾,伤愈后到杂耍班子充当小丑,受尽耻笑和侮辱。非人的遭际极大地改变了亚瑟的相貌,以致十三年后他当年的恋人和父亲面对他竟然认不出来。

精神上的变化也是巨大的,回到意大利后,牛虻成了反对教会最激烈的人。他对以蒙泰尼里为代表的教会势力进行了猛烈的和不妥协的斗争,力图唤醒对教会心存幻想的人们。

在一次偷运军火的行动中,他们被暗探和骑警包围,亚瑟开枪射击,这时蒙泰尼里突然出现,堵住了牛虻的枪口。牛虻一时精神恍惚,垂下了拿枪的手,因而被捕。蒙泰尼里到监狱中试图劝说牛虻放弃革命,保全性命。牛虻揭露他的伪善,谴责他当年的卑劣勾当。蒙泰尼里终于认出眼前的人正是自己的儿子。当牛虻要蒙泰尼里在儿子和上帝之间作出选择时,蒙泰尼里选择了上帝。

在蒙泰尼里主教的同意下,牛虻被判处枪决。但牛虻死后不久,蒙泰尼里也因"心脏动脉瘤破裂"而突然去世。

《牛虻》作为革命经典,已诞生一百多年。读书好比一场远足,一次探险,在和平年代,重读这部浸透着革命英雄主义的作品,你将发现什么?

第一卷

第一章

亚瑟坐在比萨神学院的图书室里,正仔细翻查一叠布道文的手稿。那是盛夏六月一个炎热的傍晚,户牖洞开,为了凉爽起见,百叶窗的窗板半启半掩。神学院院长坎农·蒙泰尼里停笔片刻,抬起头来,慈爱地瞥了一眼俯在文稿上的那个青丝如黛的脑袋。

"找不到吗?亲爱的,没关系,这一段我是得重写了。它很可能被撕掉了,我让你忙活了这么久,白搭了工夫。"

蒙泰尼里讲话的声音虽然很低,但嗓音圆润、洪亮,音调银铃般清脆,这给他的话语平添了一种独特的魅力。那是天生的演说家的嗓音,极富于抑扬顿挫,每当他同亚瑟讲话的时候,那声调里总蕴含着一种爱抚意味。

"没关系,神甫,我一定要找到它,我确信你是放在这儿了。你即使重写一遍,也绝不可能写得跟原稿一模一样的。"

蒙泰尼里继续做他的事。窗外一只昏昏欲睡的金龟子懒洋洋地鸣叫,街上回荡着一个水果小贩拖着长音的凄凉叫卖声:"卖草莓喽!卖草莓喽!"

"《论治愈麻风病人》,它在这儿。"亚瑟迈着轻盈的步子走过房间,他那轻柔的步履常使素有教养的家人为之恼火。他身材瘦削,个子不高,与其说是三十年代的一位英国中产阶级少年,倒不如说更像一幅十六世纪肖像画中的意大利人。从长长的眉毛和敏感的唇吻到纤小的手脚,身上每一部分都显得过于玲珑,过于小巧了。静坐时可能被误认为是一位身着男装的美丽少女;然而行动起来,其动作之矫捷迅疾,则令人联想到一只没有利爪的驯顺的美洲豹。

"真是那一段吗？没有你我可怎么办哪，亚瑟？好啦，我用不着再重写一遍了。咱们到花园里去吧，我来帮助你温习功课。你是哪一点弄不明白来着？"

他们出了门，进入幽静、荫翳的修道院花园。神学院占据的是一座古老的多明我教派修道院的房舍，二百年前这个庭院方方正正，布局俨然，在两排笔直的、修剪得很低的黄杨树篱围拢的空地上，种植了迷迭香和熏衣草。当年侍弄这些药草的白袍修士如今早已作古，并被人遗忘，然而在这仲夏之夜，那些香草依然鲜花盛开，虽然再也没人作为药草采撷了。甬道上铺着的石板的缝隙间，长满一簇簇野生的欧芹和耧斗菜，庭院正中的一眼水井，已让位于羊齿叶和交织在一起的景天草。玫瑰花枝繁叶茂，芜蔓的枝条爬过花间小径；树篱中间盛开着光灿灿的红罂粟花；高大的毛地黄在乱草丛上佝偻着腰；无人修剪、从不结实的老葡萄藤，攀附在无人照料的欧楂树枝丫上，随风摇曳；欧楂树则以固执的态度缓慢而忧伤地晃动着浓密的树冠。

在庭院的一角，一棵夏季开花的木兰亭亭玉立，枝繁叶茂，像一座宝塔，到处泼洒着乳白色的花朵。紧靠树身有一张粗糙的长凳，蒙泰尼里就在这长凳上坐下来。亚瑟正在大学里读哲学，在书本上碰到了疑难问题，于是跑来向神甫求教。他虽不是神学院的学生，但在他看来，蒙泰尼里却是一部大百科全书。

"现在我该走了，"待那一个疑难问题解释明白以后，他说，"不知您还有没有什么别的事要我做。"

"我不想继续工作了，不过，如果你有时间的话，我倒想让你再多待一会儿呢。"

"噢，那好吧！"他向后一仰，斜倚树干，透过浓密树枝的间隙，仰望最先出现在静谧天空中闪烁着微弱光芒的星星。那对梦幻似的、神秘的眼睛，在乌黑睫毛的映衬下显得更蓝，那是他从生长于康沃尔郡的母亲那里接受的一份遗产。蒙泰尼里掉转头，避开那双眼睛。

"你好像累极了，亲爱的。"他说。

"我没有办法。"亚瑟的声音中透着倦意，神甫立刻注意到了。

"你不该那样急着去上大学，你看护病人，天天熬夜，已经精疲力竭。我本该坚持要你在离开里窝那以前好好休息一段时间的。"

"噢,神甫,那又有什么用呢?家母去世后我在那座悲惨的房子里实在待不下去了。朱莉娅会逼得我发疯的!"

朱莉娅是他异母兄长的妻子,是插在他肋间的一根芒刺。

"我并不是希望你同你家里的人待在一起,"蒙泰尼里温和地说道,"我也知道,对你说来,没有什么比那更难堪了。不过,你要是接受了你那位英国医生朋友的邀请,那就会好得多。在他家里住上个把月,回头再去上学,也许更合适。"

"不,神甫,我确实不该那样做!沃伦医生一家人都很善良、厚道,但他们并不理解我。再说,他们为我而难过——这是我从他们每个人的脸上都看得出来的——他们会尽力宽慰我,也就必然会谈到我母亲。当然,琼玛是不会的,甚至我们小时候,她就知道什么话不该说了,可别人是会说的。而且不单是为了这个。"

"还有什么原因呢,我的孩子?"

亚瑟从一枝低垂的毛地黄梗上捋下几朵花,焦躁地在掌中揉碎。

"那个小镇让我受不了。"他停顿片刻,然后开始说道,"那里有小时候她常给我买玩具的商店,有直到她病重前我搀扶她沿海滩散步的小路。无论走到哪里,总是旧景依然,而物是人非,市场上卖花的姑娘手持花束迎面向我走来——好像我现在还需要那些鲜花似的!还有那教堂墓地——我非离开不可,一看见那地方就让我伤心……"

他说不下去了,坐在那儿将毛地黄的花铃儿扯得粉碎。那沉默如此长久,如此深沉,他不由得抬起头,诧异神甫为何默不作声。木兰树下,天色越来越昏暗,一切都好像变得黯淡模糊。但是尚有一丝余光足以照见蒙泰尼里那张死人般苍白的脸。只见他低着头,右手紧紧抓住长凳的边缘。亚瑟带着一种敬畏和诧异之感把目光移开,仿佛他无意之中闯进了圣地。

"我的上帝啊!"他心想,"在他身边我是多么渺小,多么自私啊!假如我的烦恼是他自己的烦恼,他也不至于比这更伤心了吧。"

不一会儿,蒙泰尼里抬起头来,向周围看了一下。"我并不想劝说你回那里去。眼下无论如何都不会,"他以最慈爱的语调说道,"但你必须答应我,今年暑假一定要好好休息。我想,你最好远远离开里窝那地区。我不能眼看着你的身体垮下去。"

"神学院放假以后您打算去哪里,神甫?"

"跟往常一样,我得带领学生们进山,看着他们在那儿安顿下来。不过,八月中旬副院长就度假回来了。我将设法进入阿尔卑斯山,换一换环境。你愿意同我一起去吗?我可以带着你在山里到处游荡,你一定喜欢研究阿尔卑斯山的苔藓和地衣之类的东西吧。不过,也许跟我单独在一起你会觉得相当枯燥无味,是吗?"

"神甫!"亚瑟以朱莉娅所说的那种"感情外露的外国派头"拍着手说,"我无论如何也要跟您一起去。只是——我还说不准——"他停住不说了。

"你认为伯登先生不会答应?"

"他当然不喜欢,但是他也管不了。我已经十八岁了,要做什么就可以做什么。说到底,他不过是我的异母兄长罢了,我看不出我为什么非得服从他不可。他一向待母亲并不好。"

"话虽这么说,要是他竭力反对,我觉得你最好不要公然违拗他的意愿。那样你就会感到在家里的处境更难了,如果——"

"一点也不会更难!"亚瑟动情地插嘴说,"他们一向仇恨我,将来也会同样仇恨我——不管我做什么,都无关紧要。再说,詹姆斯怎么会竭力反对我同您——同我的忏悔神甫一道出行呢?"

"别忘了,他是新教徒啊。不管怎样,你最好给他写封信,我们等候他的回音。一定要耐心,我的孩子,不管人们是恨你,还是爱你,要紧的是看你自己做的如何。"

这一责备是如此委婉,亚瑟听了几乎没有脸红。"是的,这我知道,"他叹口气,回答说,"不过,这太难了——"

"很遗憾,礼拜二晚上你没能来我这儿,"蒙泰尼里猝然改变话题,说道,"那天阿雷佐的大主教来这儿,我本想让你们会面的。"

"我事先答应过一个同学去参加他宿舍的一次聚会,我要是不去,他们会一直等着我的。"

"什么样的聚会?"

这个问题好像使亚瑟颇为尴尬。"那——那不是一个例会,"他神色紧张,略带口吃地说,"有位同学从热那亚归来,给我们做了一次讲话——我是说,做了个演讲。"

"他演说什么来着?"

亚瑟犹豫了:"您不会问我他叫什么名字吧,神甫?因为我答应过——"

"我根本不提任何问题,既然你答应过人家保守秘密,当然不应该告诉我,不过我觉得,现在你似乎可以信任我了。"

"神甫,我当然可以信任您。他讲的是——我们和我们对人民的责任——还有对——对我们自己的责任;他还讲了——我们能做些什么,去帮助——"

"帮助谁?"

"农民——和——"

"和谁?"

"意大利。"

一阵长时间的沉默。"告诉我,亚瑟,"蒙泰尼里转向他,用极其严肃的语气说,"这个问题你考虑多久了?"

"自从——去年冬天。"

"在你母亲去世前?她知道这回事吗?"

"不——不知道。那时候我——我还没拿它当回事。"

"现在呢,你拿它当回事了?"

亚瑟又从毛地黄花茎上捋下一把花。

"事情是这样的,神甫,"他眼睛盯着地面,开口说道,"去年秋天准备入学考试的时候,我认识了很多同学,您大概还记得吧?他们当中有些人就给我谈起——谈起这些事,还借书给我看。当时我并不太留意,我总想赶快回家陪伴母亲。您是知道的,在那地牢一般的屋子里,跟他们在一起,她是多么孤单,单是朱莉娅那根舌头就足以要她的命了。到了冬天,家母病势更重,我把那些同学以及他们的书都丢在了脑后。后来,您知道,我根本就不到比萨来了。如果那时我想到过这回事,那我一定会对家母讲的,但我把它忘得干干净净了。后来我看出她快不行了——您知道,在她临终前的那些日子里,我差不多一直在陪伴她,我常常熬夜看护她,白天琼玛·沃伦来接替我的时候,我才能去睡一会儿。喔,正是在那些漫长的夜晚,我开始想到那些书,想到同学们说的那些话——并且开始考虑——他们的话对不对——还有——我们的主对这一切会怎么说。"

"你问过我们的主吗?"蒙泰尼里的声音有些颤抖。

"经常这样做,神甫。有时候我向我们的主祈祷,求他指示我该怎样做,或者祈祷他让我随母亲一同去。可是我得不到任何回答。"

"可你从未向我吐露过一个字。亚瑟,我本希望你能信任我的。"

"神甫,您知道我是信任您的!但有些事是不能讲给别人听的。我——在我看来,没有人能帮助我——即使您或者母亲也不行,我必须直接从上帝那里得到我自己要寻找的答案。要知道,这是关系到我的一生和整个灵魂的大事呀。"

蒙泰尼里掉转了头,凝视着欧楂树枝之间的昏暗。苍茫暮色中,他的身影看上去朦朦胧胧,犹如一个阴暗的幽灵,立于更阴暗的树阴里。

"后来呢?"他慢吞吞地问道。

"后来——她去世了。您知道,她临终前的三个夜晚我一直守在她病榻前——"

他突然中断,停顿片刻,而蒙泰尼里一动未动。

"在她殡葬前的整整两天里,"亚瑟用更低的声音接着说,"我什么都不能考虑。后来,葬礼结束以后,我就病倒了,您还记得,我没能来忏悔。"

"不错,我记得。"

"喔,那天夜里我从床上爬起来,走进母亲的房间。房里空荡荡的,只有壁龛里的大十字架还悬挂在那里。于是我想,也许上帝能帮助我。我就跪下来等候——等了一整夜。早晨当我清醒过来的时候——神甫,我没有办法解释,我无法告诉你我究竟看见了什么——连我自己也说不清楚。不过我知道,上帝给了我回答,我不敢不听命于上帝。"

他们在黑暗中默默地坐了一会儿。然后蒙泰尼里转过身来,一只手搭在亚瑟肩头。

"我的孩子,"他说,"上帝不容许我说他并没有对你的灵魂讲话。但不要忘记这事是在你处于什么样的状况下发生的,不要把由于悲痛或疾病所引起的幻觉当作上帝庄严的感召。如果通过死亡的阴影给你回答当真是上帝的意志,那也千万不要误解了上帝的话。你心里想要做的那件事究竟是什么?"

亚瑟站起身来,仿佛背诵宗教教义问答似的缓慢地回答:

"献身于意大利,帮助她挣脱一切奴役和悲苦,帮助她把奥地利人赶走,使她成为一个自由的共和国,只有基督,没有国王。"

"亚瑟,想一想你在说些什么!你甚至还不是个意大利人呢。"

"那也没有什么不同,我仍然是我。我既然得到了上帝的启示,就要为它献身。"

又是一阵沉默。

"你刚才说到基督给了什么启示——"蒙泰尼里缓缓开口说道,但亚瑟把他的话打断了。

"基督说:'为吾献身者,必得重生。'"

蒙泰尼里将胳膊靠在树枝上,用一只手掌遮住眼睛。

"来,坐一会儿,我的孩子。"他终于说道。

亚瑟坐下来,神甫用力紧紧握住他的双手。

"今天晚上我不能同你辩论,"他说,"这件事来得太突然——我没有想到——我必须有时间仔细想一想。改日我们一定要好好谈一谈。不过,就目前来说,我要你记住一点:倘若你因为这件事而招祸,倘若你——为此而丧生，你就让我心碎了。"

"神甫——"

"别打断我的话，让我把要说的话说完。有一次我曾对你说过，在这个世界上除了你我再没有别的人了。我想你并不完全理解这话的意思。这样小小年纪，要完全理解是很难的，我在你这个年纪，也不会理解。亚瑟，你对于我，就像我的——就像我的亲生儿子一般。你明白了吗？你是我眼睛的光芒，心灵的希望。我就是死也不能让你走错一步，毁掉你一生。但是我没有办法。我不要你在我面前许下任何诺言，我只请求你记住这一点，并且多加小心。即使不看在你母亲在天之灵的分上，也要看在我的分上，每采取一个无可挽回的步骤之前，一定要三思。"

"我会三思而后行的——还有——神甫，为我祈祷，为意大利祈祷吧。"

他默默地跪下，蒙泰尼里默默地将一只手放在那低垂的头上。过了一会儿亚瑟站起身，吻了那只手，脚步轻盈地穿过露水沾湿的草地走了。蒙泰尼里一个人坐在木兰树下，目不转睛望着面前的茫茫黑暗。

"这是上帝的惩罚降落到我身上了，"他想道，"正如降落到大卫身上一样。我，亵渎了他的圣殿，把圣体捧进肮脏的手里——他一直耐心待我，而现在报应的时刻到了。'汝于暗中行此事，吾却欲于所有以色列人面前，于光天化日之下惩汝，汝所得婴孩注定死矣。①'"

第二章

詹姆斯·伯登先生对他那位年轻的异母兄弟要同蒙泰尼里一起"漫游瑞士"的主意颇不以为然。然而，若公然阻止他与一位年长的神学教授共同进行一次无伤大雅的采集野生植物的旅行，在不明真正原因的亚瑟看来，就会显得专横而荒谬了。他会立即将此归因于宗教或血统的偏见，而伯登家族的人却正是以开明和宽容大度而自豪的。自从一百多年前伦敦和里窝那两地的"伯登父子船舶公司"开业以来，这个家族世代都是忠诚的新教徒和保守党。但是他们认为，英国绅士即使与罗马天主教徒共事也应公公道道，因此当那位一家之主觉得鳏夫生活无趣，娶了他稚子幼女的

---

① 引自《圣经》。

漂亮的家庭女教师——一个天主教徒——为妻的时候,那两个年长的儿子,詹姆斯和托玛斯,虽然因家里有一个年龄与他们相仿的继母愤愤不平,但也无可奈何,只好含愠不语,屈从天命了。老头子死后,长子娶了妻房,继母格拉迪斯本已艰难的处境变得更加复杂。尽管如此,在她有生之年,那弟兄二人仍诚心诚意尽其可能保护她不受朱莉娅那条刻毒舌头的伤害,并且按照他们自己的理解,对亚瑟尽职尽责。他们甚至并不装出喜欢那个少年的样子,他们对他的慷慨主要表现为毫不吝惜地供给他零花钱,一切行动,听其自便。

因此,亚瑟接到回信的同时,还收到一张足以支付他的花销的支票和一句不冷不热的话,允许其假期自便。他花去一半多余的钱买了植物学书籍和植物标本夹,然后跟神甫一起动身,踏上他首次漫游阿尔卑斯山的旅程。

蒙泰尼里那样轻松愉快的心情,亚瑟很久没见过了。花园里那次谈话对他的震惊过后,他渐渐恢复了心态平衡,现在看待那个问题冷静多了。亚瑟毕竟太年轻,阅世未深,他的决心并非是不可改变的。来日方长,只要循循善诱,晓之以理,仍有足够时间让他从刚刚踏上的危险道路上返回来。

他们原打算在日内瓦逗留数日,但一见那令人眩目的白色街道和尘土飞扬、旅游者熙熙攘攘的休憩场所,亚瑟便微微蹙起眉头。蒙泰尼里一声不响,饶有兴味地望着他。

"你不喜欢这儿吗,亲爱的?"

"很难说喜欢,或者不喜欢。它远不是我所期望的样子。不错,湖很美,我也喜欢那些山的形状。"他们这时正站在卢梭岛上,他指着日内瓦湖南岸萨沃伊小镇那边连绵不断的重峦叠嶂的轮廓说,"但这个镇子样子太死板、太整齐——俨然一副新教徒面孔,还带着一种自满自足的神气。不,我不喜欢这地方,它叫我想起了朱莉娅。"

蒙泰尼里哈哈大笑:"可怜的孩子,多么不幸!好啦,我们是来这儿消遣解闷的,没有必要非待在这儿不可。要是今天在湖上泛舟,明天早晨进山,你看怎么样?"

"可是,神甫,您不是想在这儿待几天吗?"

"我亲爱的孩子,所有这些地方我都看过十多次啦。我这个假期就是要看你玩得开心。你喜欢去哪儿?"

"如果您真是觉得去哪儿都无所谓的话,我倒愿意沿河逆流而上,找到它的源头呢。"

"你是说罗纳河?"

"不是,是埃维河,你看这条河水流多急啊。"

"那我们就去沙莫尼。"

他们驾一叶扁舟,扬起白帆,在湖上漂泊了一个下午。湖光水色给亚瑟的印象,远不及那条灰暗而混浊的埃维河。他生长在地中海边,见惯了潋滟碧波,但他更向往奔腾激越的湍流,因此那条冰川一样疾促迅猛的河流给他带来无限的喜悦。"它如此执著,奔流不息。"他说。

第二天早晨,他们向沙莫尼进发。当驱车在美丽富饶的山谷田野间穿行的时候,亚瑟的情绪十分高涨,但驶上克鲁兹附近蜿蜒曲折的山路,进入高大嵯峨的群山怀抱之后,他变得严肃和沉默了。过了圣马丁,他们便弃车步行,缓步循山谷而上,在路边的牧人小屋或小山村里借宿,然后凭兴致所向,继续漫游。亚瑟对景色的变化特别敏感,途中看到第一个瀑布时,他那欢喜雀跃的神情,使别人见了也为之高兴。但越接近雪峰,他渐渐超脱了这种狂喜情绪,进入一种梦幻似的超凡脱俗的精神境界,这是蒙泰尼里以前从未见过的。他和群山之间好像有一种神秘的联系。他往往一连几个小时躺在幽暗、神秘、山风回荡的松树林中一动不动,从高大挺拔的树干之间,观看外面闪光的峰峦和秃兀的悬崖峭壁组成的阳光灿烂的世界。蒙泰尼里则以一种悲哀的妒忌心情在一旁观望他。

"我真希望你能告诉我你都看见了些什么,亲爱的。"有一天他正读着书,偶尔抬起头来,只见亚瑟仍像一个钟头前那样,四肢舒展开趴在他身边的苔藓地上,睁大眼睛,凝视林外广袤无垠的碧蓝天空和皑皑雪峰。他们已经离开大路,来到戴尔塞斯山泉附近一个僻静山村投宿,是时晴空万里,红日低沉,他们已爬上一个松柏覆盖的悬崖,等待观赏降临勃朗山峰圆顶和尖顶山头上的阿尔卑斯晚霞。亚瑟眼含着惊异与神秘的神色,抬起头来。

"您问我看见了什么,神甫?我看见苍穹中有一个伟大的、白色的影像,无边无涯。我看见它等候了一个世纪又一个世纪,等待着圣灵降临。我好像透过一块玻璃朦胧地看见它。"

蒙泰尼里叹了口气。

"从前我也看见过这些东西。"

"您近来没看见过?"

"没有。我再也看不见它们了。我知道它们在那儿,但是我没有看见它们的眼睛了。我看见的是完全不同的东西。"

"您看见了什么?"

"我,亲爱的?我看见的是蓝天和雪山——我往高处看的时候只看到这些东西。可是,往下看就不同了。"

他指一指脚下万丈深谷。亚瑟跪下来,俯伏在那陡直的悬崖边缘上。下瞰深壑,但见在渐聚渐浓的暮色中,挺拔高大的松树,犹如一个个哨位,布列于夹持着山涧的狭窄河岸上。霎时间,红如炭火的太阳倏忽坠落,沉入一座锯齿状山峰背后,一切的生气和光明都将大自然抛弃了。黑暗和险恶的东西立刻进入山谷——阴森、可怖的妖氛鬼气。秃兀的西山,壁立千仞,犹如巨怪的獠牙,那巨怪隐迹潜形,随时欲搏人,将其牺牲品拉进那黑沉沉山林哀号的万丈深渊。那高大的松树是一排排刀林剑丛,低声呼唤着,"落在我们身上吧!"黑暗越来越浓,山泉在咆哮嗥叫,因永久的绝望而狂暴地拍击着禁锢它的岩石狱墙。

"神甫!"亚瑟站起身,瑟瑟颤抖着,从悬崖边抽身后退,"这简直像地狱。"

"不对,我的孩子,"蒙泰尼里用柔和的声音说道,"这只像一个人的灵魂。"

"坐在黑暗和死亡阴影里的人的灵魂?"

"是每天从你身边走过的人们的灵魂。"

亚瑟打了个寒战,低头望着下面的阴影。一片白色雾霭,朦朦胧胧,若隐若现,在松林中飘荡,若即若离地依傍着汹涌澎湃的山泉,像一个可怜的不能给人以任何安慰的孤鬼游魂。

"瞧呀!"亚瑟突然说道,"走在黑暗中的人们看见了伟大的光辉。"

掉头东向,只见冰雪覆盖的山峰,在落日余晖映照下,如烈火燃烧。待到那片红光渐渐从峰巅消失之后,蒙泰尼里转过身来,碰一碰亚瑟的肩膀,将他从如痴如醉状态中唤醒。

"走吧,亲爱的,一点亮光都没有了。我们如果再耽搁下去,在黑暗中是要迷路的。"

"它的样子像一具尸体。"亚瑟不再看透过薄暮微微闪光的积雪山峰那种鬼怪似的样子,掉过头来,说道。

他们小心翼翼地穿过黑暗的树林下了山,回到原定住宿的那座牧人小屋。

晚饭时候,蒙泰尼里一走进亚瑟在餐桌旁等候他的那个房间,就发现那个年轻人已经摆脱了阴森可怖的梦幻,与刚才判若两人了。

"哦,神甫,快来看看这只荒唐的狗!它能后腿站起来跳舞呢。"

他对那条狗和它精彩的表演是那样全神贯注,就像刚才他被落日余晖吸引住那样。他逗着狗玩的时候,那位脸膛红彤彤的、系一条白围裙的女主人用两条粗壮的胳膊叉着腰,笑眯眯地站在一旁。"能玩儿得这样开心的人,心里保准无忧无虑,"她用当地土话对她女儿说,"看那小伙子长得多俊!"

亚瑟像个女学生似的羞红了脸,那女人见他听懂了她的话,又看到他那副窘态,便笑着走开了。吃饭的时候,他没有谈论别的,只谈旅游、爬山和采集标本的计划。显然,那如梦的幻觉既没影响他的情绪,也没影响他的胃口。

第二天早晨,蒙泰尼里醒来的时候,亚瑟已经不见了。他天一亮就爬上山坡牧场,"帮助加斯帕德放羊去了"。

但是,早餐摆在桌子上不一会儿,他就飞奔回屋里,没戴帽子,肩膀上驮着一个三岁的农家小女孩儿,手中拿着一大束野花。

蒙泰尼里微笑着抬起头来。他这副样子,与在比萨或里窝那的那个严肃而沉默的亚瑟,是多奇妙的对照呀。

"你这个愣头愣脑的孩子,到哪里去啦?不吃早饭就满山乱跑?"

"哦,神甫,好玩儿极啦!太阳升起的时候,山上景色十分壮观,露水也很浓!您瞧哇!"

他抬起一只湿漉漉、泥糊糊的靴子让神甫察看。

"我们随身带了点面包和奶酪,在牧场上挤了点山羊奶喝,噢,那真是够脏的!不过,我这会儿又饿了,我还要给这小不点儿弄点东西吃。安妮特,你吃点蜜糖好不好?"

他已经坐下来,把小女孩儿放在膝头,帮她把那些野花整理好。

"不行,不行!"蒙泰尼里干涉道,"我可不能让你着凉。快去把那湿漉漉的东西换下来。到我这儿来,安妮特。你是在哪儿把她抱起来的?"

"在村头上。她是我们昨天碰见的那个人的孩子——也就是村里那个修鞋匠。她的眼睛很漂亮,是吗?她口袋里还装着一只小乌龟呢,她管它叫'卡罗琳'。"

亚瑟换罢湿袜子回来吃早饭的时候,发现那孩子坐在神甫的膝头,正咿咿呀呀给他讲小乌龟的事。她把乌龟四脚朝天托在她那胖乎乎的小手里,好让"先生"欣赏它那摆动的脚。

"瞧哇,先生!"她一本正经地用她那一半可以听得懂的土话说,"瞧瞧卡罗琳穿的靴子!"

蒙泰尼里坐在那里跟小女孩儿玩耍,摩挲她的头发,欣赏她那只心肝宝贝似的小乌龟,讲些奇妙的故事给她听。小屋的女主人进来收拾餐桌的时候,看见安妮特在翻腾那位教士装束、神态庄重的先生的口袋,不禁惊奇得瞪大眼睛看得出了神。

"上帝教会小孩子识别好人,"她说,"安妮特总是怕见生人,可是你瞧哇,跟这位先生在一起一点也不怯生了。好生奇怪!跪下来,安妮特,在这位先生出门以前,求他为你祝福,这会给你带来好运的。"

"我没想到您能跟孩子们玩得那样惬意,神甫,"一个钟头后,他们漫步在阳光灿烂的牧场上的时候,亚瑟说道,"那个孩子的眼睛一直没离开过您。您知道吗,我想——"

"嗯?"

"我只是想要说——在我看来,教会不允许教士结婚,简直是一件令人遗憾的事。我不大明白这是什么道理。要知道,培养教育孩子是一件大事,从一开始就让他们受到周围环境的良好影响,对于他们至关重要。我觉得,一个人的职位越神圣,生活越纯洁,就越适合做父亲。我相信,神甫,假如您没有发过庄严的誓言——假如你结过婚——您的孩子一定会很——"

"嘘!"

那轻轻的嘘声是猝然迸发出来的,从而使接踵而至的静默显得更加深沉。

"神甫,"亚瑟见对方神色黯然,不由得心中难过,便又开口说道,"您觉得我哪些话说得不当吗?当然,我的想法也许不对,不过,对我来说,这样想是自然而然的。"

"也许,"蒙泰尼里温和地答道,"你现在还认识不到你刚才那番话的意思,再过几年你的看法就会不同了。这会儿我们最好还是谈点别的吧。"

在那个理想的假期里,他们一直保持着轻松与和谐的气氛,而这件事给这种气氛刻上了第一道裂痕。

他们离开沙莫尼继续前行,途经太特纳瓦尔山,来到马蒂尼镇,因为天气十分闷热,便在镇上歇息。晚饭后他们坐在旅馆凉台上纳凉,这里树阴蔽日,遍山景色一览无余。亚瑟把他的标本箱搬出来,立刻认认真真地用意大利语讨论起植物学的问题来。

凉台上还坐着两个英国人:一个在写生,另一个在懒洋洋地聊天。聊天的那个似乎压根儿就没想到新来的二位客人可能听得懂英语。

"不要涂抹风景画了,威廉,"他说,"你看那个光彩照人的意大利孩子对着那些羊齿草出神呢,就画他吧。瞧他那眉毛的线条!你只消把他手里的放大镜改作十字架,用罗马宽罩袍代替他的紧身外套和灯笼裤,一个形神毕肖的罗马时代的基督徒就跃然纸上了。"

"让你的罗马基督徒见鬼去吧!晚饭时候我就坐在那个年轻人身旁,他面对烤野鸡像面对这些肮脏的野草一样心醉神迷。他的确很漂亮,橄榄色的服饰也很美,但他远不及他的父亲富于画趣。"

"他的——什么人?"

"他的父亲,就是坐在你前面的那人呀。难道说你把他给忽略了?你看他仪表堂堂,气宇轩昂。"

"嘿,你这个傻瓜,你这个地地道道的监理会教徒!你面前是个天主教教士,难道认不出来吗?"

"一个教士?真的!他确实是位教士!我给忘记啦,他们是发过坚守童贞等等那一套誓言的。好吧,那样的话,咱们就慈悲为怀,把那年轻人当成他的侄儿吧。"

"一对白痴!"亚瑟目光闪烁着抬起头来,低声说道,"尽管如此,还得感激他们的好心,说我很像您。如果我真是您的侄儿就好了——神甫,您这是怎么啦?您脸色这样惨白!"

蒙泰尼里正一手按着额头,站起身来。"我有点头晕,"他用一种奇怪的微弱而单调的语调说,"也许今天上午我在阳光下待得太久了。我要去躺一会儿,亲爱的,没什么,只不过天气太热了。"

亚瑟和蒙泰尼里在吕森湖畔度过两星期后,取道圣哥瑟德山口返回意大利。他们很幸运,一路上都是好天气,几次远游也非常愉快,然而假期伊始时的那种乐趣已失掉魅力。蒙泰尼里不断被那个令人不愉快的"一定好好谈一谈"的想法弄得心烦意乱,因为他知道,这个假期正是个机会。在埃维河峡谷中他故意尽力避免提到他们在木兰树下谈的那个话题,他觉得,对于像亚瑟这样一个有艺术气质的人,用一个势必引起痛苦的话题跟阿尔卑斯秀丽景色联系在一起,从而破坏了他的兴致,未免太残酷了。甚至从抵达马蒂尼镇的那一天,他每天早晨都对自己说:"我今天要谈了。"每天晚上又说:"我明天要谈了。"而现在假期即将结束,他仍一遍又一遍重复着:"明天,明天。"他之所以一直缄口不谈,是因为他有一种令人寒心的莫可名状的感觉,他觉得如今已不同于往昔,他和亚瑟之间已遮上一道看不见的纱幕,因此,直到假期的最后一个晚上,他才突然意识到,要么不谈,要谈就必须在当天晚上。是时他们正在鲁加诺湖畔小镇上过夜,次日早晨就要动身回比萨了。他希望至少也得弄清,他所钟爱的人在生死攸关的意大利政治流沙中究竟陷了多深。

"雨已经停了,亲爱的,"太阳落山后他说,"要想看湖,这是唯一的机会。出去走走吧,我想跟你谈一谈。"

他们沿湖岸走到一个僻静角落,在一堵低矮的石墙上坐下来。紧靠他们身旁,有一丛野蔷薇,鲜红的蔷薇果挂满枝头,一两簇迟开的乳白色花朵依然悬吊在高处一根树枝上,忧伤地在风中摇曳,花上沉甸甸的雨珠儿颗颗欲滴。绿莹莹的湖面上有一只小船,在清新湿润的微风中随波荡漾,雪白的风帆似微微扑打的翅膀。它看上去显得那样轻盈和纤弱,好像一簇银色的蒲公英投在水面上。在萨尔佛多山的高处,牧羊人茅舍的窗户,望去仿佛是一只睁开的金黄色的眼睛。在九月娴静的白云下,蔷薇花低垂着头,长梦悠悠,湖水在岸边鹅卵石之间溅泼着,喁喁低语着。

"这将是在很长时期内我能跟你安安静静谈话的唯一机会了,"蒙泰尼里开始说道,"你就要回到大学的功课和你朋友中间去,而我呢,今年冬天也会很忙。我想彻底了解一下,今后我们彼此之间的关系是何局面,因此,如果你——"他停顿片刻,然后用更慢的语速继续说道,"如果你觉得你还能像从前那样信任我,我希望你能比在修道院花园那天晚上更肯定地告诉我,你在那件事里究竟陷了多深。"

亚瑟眼望着湖对岸,静静地听着,一言不发。

"我想要知道,如果你愿意对我说的话,"蒙泰尼里继续说,"你是否因为宣过誓,或者别的什么,而使自己受到约束?"

"没有什么可说的,亲爱的神甫。我没有约束自己,但我是受到约束的。"

"我不懂你的意思——"

"宣誓有什么用？约束人的并不是誓言。如果你对一桩事情有了某种感受，你就受它的约束了。如果你没有那种感受，任何别的东西都约束不了你。"

"那么，你的意思是说，这一桩事——这——这种感受是不可改变的？亚瑟，你说的是什么话，你想过没有？"

亚瑟转过身来，直视蒙泰尼里的眼睛。

"神甫，您问我能不能信任您。您能不能也信任我呢？确实，如果有什么可说的，我一定会说给您听，可是，谈论这些事毫无用处。我没有忘记那天晚上您对我讲过的话，我永远也不会忘记。但是我必须走自己的路，追随我所看见的光明。"

蒙泰尼里从花丛中摘下一朵蔷薇花，把花瓣一片一片扯下来，扔进水里。

"你的话有理，亲爱的。是的，我们以后不必再谈这些事了，看来话说多了的确无济于事。好啦，好啦，我们回屋里去吧。"

第三章

秋冬两季平平淡淡地过去了。亚瑟刻苦攻读，少有空闲。但他每个星期总要设法挤出时间——哪怕只有几分钟——去看望蒙泰尼里一两次。他还不时地带着艰深难懂的书来求教，每逢这种时候，话题只局限于所讨论的题目上。蒙泰尼里观察到——毋宁说是感觉到——那种隐微、难以捉摸的障碍已经横亘于他们之间，因而处处留心，尽量避免留下他似乎在努力保持亲密的老关系的印象。现在，亚瑟的拜访给他带来的苦恼多于欢乐，要不断努力装得泰然自若，装出好像一切都没有改变的样子，实在是件很痛苦的事。在亚瑟这一方面，也注意到了神甫态度的微妙变化，但却几乎不明底里，不过他隐约觉得这种变化与那个恼人的"新思想"问题有关，因而绝口不提无时无刻不盘踞着他思想的那个题目。尽管如此，他爱蒙泰尼里从没有像现在这样情深意笃。他曾有过一种模糊而持续的不满足的感觉，一种精神空虚感，他曾竭力用深奥的神学和繁琐的宗教仪式窒息它，而自从他与青年意大利党接触以后，这些感觉便都化为乌有了。由于生活孤独和服侍病人而产生的种种幻想已经消失,从前他常用祈祷来解决的那些疑问,现在毋须施任何法术也就不存在了。与一种新热情,一种更明晰、更新鲜的宗教理想的觉醒(由于他是以这种观点而不是以政治发展的观点看待学生运动的)伴随而来的,是一种安适恬然和尽善尽美的感觉,是一种天下太平和人皆为善的感觉。在这样一种庄严而温和的兴奋心情下,在他看来整个世界都充满光明。他在从前最憎恶的人身上,也发现了某种可爱的新品质。至于蒙泰尼里,在过去五年中一直是他理想中的英雄,如今在他的心目中又增添了一道光环,仿佛成为这种新信念的法力无边的先知了。他如饥似渴地聆听蒙泰尼里神甫讲道,试图从中找到某种迹象,以证明它与共和理想有内在的亲缘关系,他埋头钻研各种福音书,为基督教在其根源上有民主倾向而欢欣。

正月里的一天,他到神学院来还书,听说院长不在,便径直走进蒙泰尼里的私人书斋。他把书放回书架上,正要离开房间,放在桌上的一本书的书名引起他的注意。那是但丁的《帝制论》。他开始读起那本书来,不一会儿就被书的内容吸引住,他那样心神专注,连房门开启和关闭的声音都没有听见。蒙泰尼里在他背后说话的时候,他才蓦然惊醒。

"我没料到你今天会来,"神甫说着,瞥了一眼那本书的书名,"我正要差人去问今晚你能不能来一趟呢。"

"有什么紧要的事吗?晚上我有个约会,不过我可以不去,如果——"

"不必爽约,明天来也成。我想见一见你,因为星期二我就走了。我已经应召去罗马了。"

"去罗马?要在那儿逗留很久吗?"

"谕旨上说:'须待至复活节。'谕旨来自梵蒂冈罗马教廷。我本该接到谕旨立刻告诉你,可是我不得不了结神学院的事务,为新任院长做些安排,因此这一阵忙得顾不上。"

"哦,神甫,您肯定不会脱离神学院吧?"

"看来不得不如此了。不过我大概还要回比萨,至少也要在比萨待一段时间。"

"可是,您为什么要脱离神学院呢?"

"唔,已经任命我为正主教了,只是还没有正式宣布。"

"神甫!是在哪一个教区?"

"我去罗马正是为此。是到亚平宁山区当正主教,还是留在这儿当副主教,这还没有决定。"

"新院长人选确定了吗?"

"已任命了卡尔狄神甫,他明天就到。"

"这不是太突然了吗?"

"是太突然,不过——梵蒂冈的决定有时候直到最后一刻才下达。"

"您认识这位新院长吗?"

"没见过面。不过他有很高的声望。那个写文章的贝洛尼神甫说,他是个学识渊博的人。"

"神学院的人会非常想念您的。"

"神学院的人想不想我,我不知道,但是我知道你一定会想念我的,亲爱的,也许几乎像我想念你那样想得厉害。"

"我是会想念您的,不过,尽管如此,我还是很高兴。"

"你高兴?我并不觉得高兴。"他脸上带着疲惫的神情在桌旁坐下来,那神气并非一个巴望着高升的人所应有的。

"你今天下午忙吗,亚瑟?"停了一会儿,他说道,"如果不忙,我希望你能多陪我一会儿,因为今天晚上你没空来了。我略感不适,想在临走之前尽可能多跟你谈谈。"

"下午不忙,我可以待上一会儿。约会是在六点钟。"

"又是去参加一个会吗?"

亚瑟点一点头,蒙泰尼里赶紧改变了话题。

"我想要跟你谈一谈你自己的事,"他说,"我走后这段时间你需要另外找一位忏悔神甫。"

"您回来的时候,我还可以继续向您忏悔,是吗?"

"我亲爱的孩子,这还用问吗?我当然只是指我离开的那三四个月而言。你去向圣凯瑟琳教堂的某位神甫忏悔行吗?"

"很好。"

他们又谈了一会儿别的事,然后亚瑟站起来。

"我必须走了,神甫,同学们在等我。"

那憔悴的神色又回到蒙泰尼里的脸上。

"已经到时间啦?你刚刚把我的阴郁心情赶跑了。好吧,再见。"

"再见。我明天一定来。"

"尽可能早点来,这样我就有时间和你单独在一起。卡尔狄神甫明天

就到了。亚瑟,我亲爱的孩子,我不在的时候,要小心谨慎,千万不可听人指使,做任何鲁莽的事,至少在我回来以前不要做。你想象不到,离开你我是多么担心。"

"何必担心呢,神甫?一切都很平静。事情还远着呢。"

"再见。"蒙泰尼里猝然说道,说完便坐下奋笔疾书。

亚瑟走进大学生们聚会的那间屋子,第一眼看见的是他小时候一同玩耍的伙伴、沃伦医生的女儿。她坐在靠窗户的一个角落里,面带专注而热切的神气,倾听一位"启发者"对她讲话。那是个身穿一件褴褛外套的高个子伦巴第青年。近几个月她大变了样,发育很快,现在看上去像个成熟的青年女性,虽然依旧是女学生打扮,两条又密又黑的辫子垂在背后。她穿了一身黑衣服,因为屋里冷而透风,头上还围了一条黑色披巾。她的胸前,插着一枝丝柏树叶,那是青年意大利党的标志。那位"启发者"正慷慨激昂地向她描述卡拉勃里亚地区农民的苦难,她一手托着下颏,眼睛望着地面,坐在那里静静地听着。在亚瑟看来,她好像是自由女神忧郁的幻象,正在哀悼那失去的共和国(在朱莉娅眼里,她不过是个发育过快的、野小子似的顽皮姑娘,肤色灰黄,鼻子不太周正,而且她穿的那件用旧面料做的上衣短得很不合体)。

"琼,你也在这儿!"当启发者被人叫到屋子另一头去的时候,亚瑟走到她面前说道。原来她受洗礼的时候取了个古怪名字"琼尼佛",后来孩子们念讹了音,管她叫"琼"。她的意大利同学都称呼她琼玛。

她吃了一惊,抬起头来。

"亚瑟,噢,我不知道你——也是这儿的人!"

"我没想到你也是。琼,你从什么时候——"

"你还没弄明白!"她立刻打断他的话,"我不是党员。我只不过做了一两件小事。喏,我偶尔碰见了比尼——你认识卡罗·比尼吧?"

"是的,当然认识。"比尼是里窝那支部的组织者,所有青年意大利党党员没人不认识他。

"喔,是他给我谈起这些事情,我要求他让我也参加一次大学生的集会。几天前他给我写了封信,寄到佛罗伦萨——你还不晓得我是在佛罗伦萨过的圣诞节吧?"

"近来我不常听到家乡的消息。"

"啊,明白啦!不拘怎么说吧,我去跟莱特姐妹住了一段时间。(莱特姐妹是她的老同学,后来移居佛罗伦萨)随后比尼就给我写了信,要在我回家的时候今天路过比萨,顺便到这儿来。啊!他们就要开始啦。"

讲演的题目是理想的共和国和青年为实现这一理想应尽的责任。讲演者对他的题目的理解有点模糊不清,但亚瑟带着虔诚和钦佩的心情倾听着。在这个时期,他的思想批判力太差,当接受一种道德的理想时,总是囫囵个地吞下去,也不停下来想一想是否消化得了。演讲之后,继之以长时间的讨论,等讨论结束,学生们开始纷纷散去,亚瑟才走到仍坐在角落里的琼玛面前。

"让我陪你一起走吧,琼。你眼下住在什么地方?"

"跟玛丽埃塔住在一起。"

"就是你父亲的老管家婆?"

"是的,她住得离这儿很远。"

他们默默地走了一会儿。然后亚瑟突然说道:

"现在,你十七岁了,对吗?"

"去年十月份我就满十七岁了。"

"我一向以为你是长不大的,也不会像别的姑娘那样想要参加舞会和别的那一类的活动的。琼,亲爱的,我常常想,不知你会不会成为我们当中的一员。"

"我也常这样想。"

"你刚才说你为比尼做了几件事。我还不知道连你也认识他。"

"不是为比尼,而是为另外那个。"

"另外哪个?"

"今天晚上跟我谈话的那一个——波拉。"

"你跟他很熟?"亚瑟略带妒意,插嘴说。波拉跟他是对头,他们之间曾因为一件工作互不相让,后来青年意大利党的委员会宣称亚瑟太年轻,没有经验,把那件工作托付给波拉。

"我跟他很熟,我也很喜欢他。他近来一直待在里窝那。"

"这我知道,他是十一月份到那里去——"

"处理轮船的事。亚瑟,你不认为做这种工作你家里比我家里更安全吗?谁也不会怀疑像你家那样一个经营航运的富商,再说,你跟码头上的人又全都很熟——"

"嘘!小点儿声,亲爱的!这么说,从马赛运来的那批书报是藏在你家里啦?"

"只存放了一天。哦!也许我根本不该告诉你。"

"为什么不?你知道我也是这个团体里的人呀。琼玛,亲爱的,再没有什么事能比你同我们在一起更使我高兴了——你,还有神甫。"

"你的神甫!他肯定——"

"不,他的见解不同一般。不过有时候我瞎想——或者说——希望——我说不清——"

"可是,亚瑟!他是个教士呀。"

"那又怎么样？这个团体里不是有两个教士给我们的报纸写文章吗？为什么不行？引导世界走向更高的理想和目标乃是教士的使命，舍此而外，我们的团体还追求什么？归根结底，这是个信仰和理念问题，而不仅仅是个政治问题。如果人人都成为合格的、自由而有责任心的公民，那就谁也不能够奴役他们了。"

琼玛蹙起双眉。"依我看来，亚瑟，"她说，"你的逻辑里什么地方有点含混不清。做教士的，宣传的是宗教教义。我看不出这跟驱逐奥地利人有什么关系。"

"教士教导人们信仰基督教，而耶稣基督正是一切革命者中最伟大的革命者。"

"你知道吗，前几天我跟父亲谈起教士，他说——"

"琼玛，你父亲是个新教徒。"

略停了一会儿，她扭过头用坦诚的目光望着他。

"你听我说，我们最好不谈这个题目。一谈到新教徒，你就不能容忍。"

"并非我不能容忍。倒是新教徒一谈起教士，常常不能容忍呢。"

"就算是那样吧。总之，我们过去常常为这个问题吵架，现在何苦又因为它拌嘴呢。你觉得刚才的演讲怎么样？"

"我很喜欢——尤其最后那一部分。我很高兴，他着重指出，必须按照共和国的理想去生活，而不光是梦想它。这正像基督说的那样：'天国寓汝心中。'"

"我所不喜欢的恰好是那一部分。他把我们应该怎么想、怎么感觉、应该成为什么样子等等，说得天花乱坠，可是只字不提我们应该做哪些实事。"

"到了紧要关头，会有很多的事要我们做的，我们必须有耐心，实现这样的巨大变革，绝非一日之功。"

"要完成一桩事业，所需要的时间越长，那就越有理由立刻动手去做。你谈到有没有资格享有自由的问题——你可知道还有什么人能比你母亲更有资格享有自由吗？难道她不是你所见过的最完美的天使般的女人吗？而她的一切美德又有什么用？她做了一辈子奴隶，直到临终那一天，还在遭受你哥哥和他妻子的欺侮、烦扰和羞辱。假如她不是那样温和、耐心，她的情况就会好得多，他们就绝不会那样对待她。意大利的情况正是这样，现在所需要的并不是耐心——而是需要有人揭竿而起,保卫他们自己——"

"琼,亲爱的,如果愤怒和激情能够拯救意大利,她早就自由了,她需要的并不是恨,而是爱。"

他说最后一个字的时候,一片红晕突然从前额掠过,随即消退。琼玛没有看见,她正皱着眉头,紧绷着嘴,眼睛直视前方。

"你认为是我错了,亚瑟?"停了一会儿,她说,"不过我并没有错,总有一天你会认识到这一点的。到家了。你不进来坐一坐吗?"

"不啦,天太晚啦。晚安,亲爱的!"

他站在门前石阶上,两手紧紧握着她的右手。

"为了上帝和人民——"

她缓慢而又庄严地接着念完那句誓词:

"始终不渝。"

然后她把手抽出来,转身跑进房子里。当门在她身背后关闭的时候,他弯腰拾起从她胸前掉落地上的那枝丝柏树叶。

第四章

亚瑟回到寓所,心里轻快得犹如长了翅膀。他是绝对快乐,没有一丝愁云。在那天的会议上,他听到了准备武装起义的暗示,如今琼玛已成为党内的一个同志,而且他爱她。为了那将要实现的共和国,他们可以一起工作,甚至可能一起捐躯。他们的理想开花结果的时候已经到来,神甫将会亲眼看到它,不再怀疑。

然而,第二天早晨醒来,他冷静多了,想起琼玛要回里窝那,神甫要去罗马。正月、二月、三月——要等上漫长的三个月才到复活节呢!如果琼玛回到家里受到"新教徒"的影响(在亚瑟的语汇里,"新教徒"是"腓力斯人"的代名词)——不,琼玛永远不会学里窝那其他英国年轻姑娘的样子,不会学打情骂俏、卖弄风骚那一套,勾引旅游观光客和秃头顶的轮船公司老板,她是由完全不同的材料做成的。不过,她的处境也许会非常可怜,因为她太年轻,身边没有朋友,身处那一群木头人之中一定十分孤单。如果母亲依然健在,那就好了……

傍晚,他去神学院,看见蒙泰尼里正在款待新任院长,神色既疲倦又不耐烦。神甫见亚瑟到来,并没有像往常那样面露喜色,反而脸色变得更阴郁了。

"这就是我跟你说起的那个学生,"他说着,生硬地替亚瑟做了介绍,"如果你允许他继续利用那个图书馆,我将感激不尽。"

卡尔狄神甫是位慈眉善目的老教士,一见亚瑟就立刻跟他谈起萨宾查大学。他娓娓而谈,亲切而自然,显示出他对大学生活非常熟悉。话题很快转到大学校规上去,这在当时是个热烈争论的问题。这位新院长激烈抨击学校当局制订毫无意义的繁琐校规不断为难学生的做法,亚瑟听了不禁喜出望外。

"指导青年,我是有不少经验的,"他说,"我给自己定下一条原则,无论青年人做什么,没有充足理由,决不能禁止。如果能对青年人的要求适当考虑,尊重他们的人格,蓄意捣乱和找麻烦的人毕竟是极少数。不过,当然啦,老是拉紧缰绳不松手,最驯服的马也会尥蹶子的。"

亚瑟瞪大眼睛听着,他不曾料到,新院长会为学生的事业辩护。蒙泰尼里没参与讨论,这个话题显然未引起他的兴趣。见到他脸上那副难以形容的沮丧和倦怠的表情,卡尔狄神甫便突然把话打住了。

"恐怕我让你过分劳累了,坎农,请原谅我唠叨起来没完没了。我对这个问题有非常浓厚的兴趣,忘记了别人可能会听得不耐烦。"

"哪里的话,我很感兴趣。"蒙泰尼里不习惯于那老一套应酬辞令,他的语调在亚瑟听来很不舒服。

卡尔狄神甫回他自己的房间去了,蒙泰尼里转向亚瑟,依然像整个晚上那样愁眉苦脸。

"亚瑟,我亲爱的孩子,"他慢慢吞吞地开始说道,"我有些事情要跟你谈一谈。"

"他一定得到了什么坏消息。"亚瑟不安地望着那张憔悴的脸,脑子里闪过这个念头。良久,他们都默默不语。

"你喜欢这位新来的院长吗?"蒙泰尼里突然问道。

这个问题来得如此突兀,亚瑟一时语塞,竟不知如何回答是好。

"我——我很喜欢他,我想——至少——不,我说不准是不是真喜欢他。跟一个人初次见面,很难说得上喜欢或不喜欢。"

蒙泰尼里坐在那里,一只手轻轻拍打着椅子扶手,这是他每当焦虑或惶惑时的习惯。

"关于去罗马的事,"他又开始说道,"如果你认为有任何——喔——如果你希望我这样做,亚瑟,我就可以写信,说我不能去了。"

"神甫!可是梵蒂冈那方面——"

"梵蒂冈自然会去找别人的。我可以写信表示歉意。"

"可是,为什么要这样?我不明白。"

蒙泰尼里一只手抹了一下前额。

"我对你放心不下。我脑子里不断出现各种念头——总而言之,我没必要非去不可——"

"那么,正主教的职位呢——"

"哦,亚瑟!这会给我带来什么好处?如果我得到正主教职位,却失掉了——"

他的话突然中断。亚瑟以前从未见过他这个样子,因此心里很难过。

"我不明白,"他说,"神甫,如果您能把您是怎样想的对我解释得更——更明确些——"

"我什么也没想,我被一种恐怖感所缠绕。告诉我,你有什么特别的危险吗?"

"他已经听到了风声。"亚瑟想起了关于计划起义的种种传言,暗自思忖道。但是秘密决不能从他嘴里泄露出去,于是他淡淡地回答:"能有什么特别的危险呢?"

"不要向我提问题——回答我的问题!"蒙泰尼里情急之下,声音几乎变得严厉了,"你到底是不是身处危境?我并不想知道你的秘密,只告诉我这一点!"

"我们都捏在上帝的手心里,神甫,说不定什么时候都可能出事。但是我不知道有什么理由,在您回来的时候我就不会平平安安地活着。"

"在我回来的时候——听着,亲爱的,这件事就由你来决定了。你不必给我讲任何理由,只消说一句'留下来',我就放弃这次旅行。这对任何人都没有妨碍,只有你在我身边,我才会觉得你更安全。"

这种病态的胡思乱想与蒙泰尼里本来的性格如此不合,亚瑟不由得怀着沉重的忧虑心情望着他。

"神甫,我知道您身体欠安。您当然应该去罗马,彻底休息一下,把您的失眠和头疼的老毛病治好。"

"好吧,"蒙泰尼里打断他的话,好像厌倦了这个话题似的,"我明天早晨坐早班驿车动身。"

亚瑟望着他，莫名其妙。

"您不是有什么事要跟我谈吗？"他说。

"不，不，没有事了——没有什么要紧的事了。"他的脸上有一种吃惊的，几乎是恐惧的神情。

蒙泰尼里走后不几天，亚瑟到神学院图书馆去借书，在楼梯上遇见卡尔狄神甫。

"啊，伯登先生！"院长高声喊道，"你来得正好。请进来帮助我解决一个难题。"

他打开书斋房门，亚瑟心中怀着一种莫名其妙的反感，跟随他走了进去。看到这个亲切的书斋、他的神甫的私室，被一个陌生人侵占，亚瑟心里好生不是滋味。

"我这人是个可怕的书蠹虫，"院长说道，"我来到这里做的第一件事就是检查图书馆。这个图书馆看来很有意思，只是我不明白它是怎样编目分类的。"

"这儿的目录不全，最近增添的很多好书都没有编进目录。"

"能劳你驾费半小时工夫给我解释一下编目方法吗？"

他们走进图书馆，亚瑟仔仔细细把目录向他解释了一番。他站起身拿起帽子要走的时候，院长笑着拦住他。

"不，不！我不能让你就这样匆匆忙忙走了。今天是星期六，你的功课留到星期一做未尝不可。我已经让你耽搁得太晚了，就留下来跟我一起吃晚饭好啦。我一个人很孤单，很高兴有人为伴。"

他的言谈举止是那样爽朗豁达，令人愉快，亚瑟立刻觉得在他面前一点也不拘束了。他们闲聊了一气，然后院长问他与蒙泰尼里相识多久了。

"大约有七年了。他从中国回来的时候，那会儿我才十二岁。"

"噢，不错！他就是在那里成了一个出名的传教士。你从那以后一直是他的学生吗？"

"一年以后他才开始教我，大约是从我第一次向他忏悔的时候开始。自从我上了萨宾查大学，他仍然继续帮助我，凡是我在正规课程之外想学的东西都可以向他请教。他对我非常好——你几乎想象不到他对我有多么好。"

"这一点我深信不疑,他是一个谁都不能不敬慕的人——他有最高尚、最优美的品性。我曾遇到过和他一起去中国的人,他们对他那历尽艰辛坚忍不拔的精神和勇气,对他那始终不渝的奉献精神,简直找不到足够高尚的言词加以赞美。你在年轻时候就得到这样一个人的帮助和指导,实在太幸运了。我听他说起过,你失去了双亲。"

"是的,我小时候父亲就死了,母亲是一年前去世的。"

"你有兄弟姐妹吗?"

"没有,我有几个异父兄弟,不过我还在幼儿园的时候,他们就已经是商人了。"

"你在幼年时代一定很孤单吧,也许正是为了这个缘故,你才更加珍视坎农·蒙泰尼里的好心。对啦,他不在的这段时间,你是否挑选好了忏悔神甫?"

"我打算去找圣凯瑟琳教堂的某位神甫,如果他们那儿的忏悔者不是太多的话。"

"你愿意向我忏悔吗?"

亚瑟惊异地睁大眼睛。

"尊敬的神甫,我当然——当然很高兴,只不过——"

"只不过神学院的院长通常不接受俗家忏悔者,是吗?这话倒是不错。不过我知道坎农·蒙泰尼里对你非常关心,我也可以想见他还有点为你担心——就像如果我要离开一个心爱弟子的时候那样——他若知道你是在他的同事的精神指导下,一定会很高兴。而且,坦率地对你说,我的孩子,我喜欢你,乐意给你我所能给的一切帮助。"

"如果你这样说,我对你的指导当然非常感激。"

"这么说,你愿意下个月就来我这儿忏悔啦?这就对啦。晚上有空闲的时候,我的孩子,就顺便来看看我,哪天晚上都行。"

复活节前不久,蒙泰尼里被任命为埃特鲁斯坎·亚平宁山区中布列西盖拉小教区主教的消息正式公布了。他以愉快而平静的心情从罗马写信给亚瑟,显然他的沮丧情绪正渐渐消失。"每个假期你都必须来看我,"他写道,"我也经常去比萨,即使不能完全如愿以偿,我也希望多见你几次。"

沃伦医生也写信邀请亚瑟去跟他和他的孩子们共度复活节,免得他再回那座凄凉的、鼠害成灾的古老豪华住宅,如今那里已由朱莉娅主宰一切。信中还附了一张简短的字条,是琼玛用她那欠工整的娃娃字体潦潦草草写就的,请求他可能的话一定要去,"因为我想跟你谈一桩事。"更使亚瑟兴奋的是在大学生中间悄悄传播的消息:人人都在准备迎接复活节过后的巨大事变。

所有这一切使亚瑟进入一种狂喜的期待状态,在这种状态下,学生中间传播的种种荒诞无稽的流言,在他看来都是自然的、在未来两个月中很可能实现的。

他计划在耶稣受难周的星期四那天回家,在那里度过假期的头几天,以免访问沃伦一家的欢乐和与琼玛小别重聚的兴奋,有可能使他不适于参加教会要求全体教民在复活节期间举行的庄严的宗教默祷式。他写信给琼玛,答应复活节后的星期一到达,于是,星期三那天晚上,他怀着宁静的心情,走进他的卧室。

他在十字架前跪下来。卡尔狄神甫已经答应明天早晨接受他的忏悔,而为了这复活节圣餐礼之前的最后一次忏悔,他必须长时间虔诚地祈祷,做好充分准备。他双手合十,低垂着头,跪在那里,回顾那一个月的所作所为,逐一细数暴躁、粗心、性急等等小过错,这一切都在他那洁白的灵魂上留下了淡淡的小污点。除此而外,他找不出别的毛病,这一个月来,他太高兴了,不可能造多少孽。他在胸前画了十字,站起来,开始脱衣服。

解开衬衣纽扣的时候一张纸条从衬衣里抖落,飘落地板上。那是琼玛的一封信,他已经在脖颈上贴了整整一天。他捡起纸条,展开来,吻了一下那亲切的字迹,然后,带着做了一件很可笑的事的朦胧感觉,准备把纸条折叠起来,这时忽然注意到纸条反面还有几句附言是他以前没看到的。"一定要来呀,越快越好,"附言上写道,"因为我想要你会一会波拉。他现在就住在这儿。我俩每天在一块儿读书。"

亚瑟看到这儿,一阵热血涌上他的额头。

老是波拉!他又待在里窝那干什么?为什么琼玛偏要跟他一块儿读书?莫非他通过私运书报的那趟差使把琼玛迷住了?在一月份那次会上就不难看出,他爱上了她,这就是他之所以热心于向她宣传的原因。现在他又到了她身边——而且天天跟她一块儿读书。

亚瑟突然把那封信扔到一边,再次跪到十字架前。这就是准备请求基督赦罪、准备参加复活节圣餐礼的灵魂——那个与上帝和他自己以及整个世界相处时的宁静灵魂!这个灵魂竟然怀着卑鄙的妒意和猜忌,怀着私愤和胸襟狭窄的仇恨反对一个同志!他感到痛苦和羞愧,两只手捂住了脸。

五分钟前他还在梦想以身殉教,而现在却萌生了这样卑鄙龌龊的念头!

星期四早晨他走进神学院的时候,只有卡尔狄神甫一个人在那里。他背诵完忏悔前的祷文,就立刻说起昨天晚上萌生的恶念。

"我的神甫,我指控我自己犯了妒忌和愤恨的罪孽,对一个没做过对不起我的事的人起了不应有的念头。"

卡尔狄神甫心里很清楚,他要对付的这个忏悔者是怎样的一种人。他只温和地说道:"你还没把一切都告诉我呢,孩子。"

"神甫,我曾用不符合基督教教义的思想反对一个人,那人正是我特别应该爱戴和敬重的。"

"是一个与你有血缘关系的人吗?"

"比血缘关系更密切。"

"那是什么关系呢,我的孩子?"

"同志关系。"

"在哪一方面的同志关系?"

"一件伟大而神圣的事业中的同志关系。"

短暂的一阵沉默。

"你对这个——这个同志的愤怒,对他的嫉妒,是由于他在这个事业中的成就比你大而引起的?"

"我——是的,这是一部分原因。我嫉妒他有经验,我嫉妒他很能干。而且——我想——我唯恐——他会夺去我所爱的那个姑娘的心。"

"你所爱的这个姑娘,她是我们神圣的天主教中的一个姐妹吗?"

"不是,她是个新教徒。"

"是个异教徒?"

亚瑟觉得很难堪,两手紧握,绞着十指。"是的,是个异教徒,"他重复道,"我们是一块儿长大的,我们的母亲是好朋友。我——我嫉妒他,因为我看出他也爱她,而且因为——因为——"

"我的孩子,"卡尔狄神甫略一沉吟,然后缓慢而严肃地说,"你还没有把全部真情对我言明呢,你灵魂上的负担远不止这些。"

"神甫,我——"他支支吾吾,又说不下去了。

卡尔狄神甫一声不响,静候他。

"我嫉妒他,因为我们的团体——青年意大利党——"

"唔?"

"把一项工作交给了他,而我本希望——这项工作交给我,因为我觉得——我特别适合做这项工作。"

"什么工作?"

"把那些书籍——政治书籍——从运送书籍的轮船上卸下来——带到城里找个地方藏起来——"

"你们的团体把这项工作交给了你的对头吗?"

"交给了波拉——于是我嫉妒他。"

"而你在他身上找不到使你产生这种感情的理由?你并不责备他玩忽委托给他的使命?"

"不,神甫,他工作中勇敢而忠诚,他是一个真正的爱国者,除了爱戴和敬重,我不应该对他有别的感情。"

卡尔狄神甫沉吟片刻。

"我的孩子,如果你内心里有了一种新的光明,有了为你的同胞完成一项伟大事业的梦想,有了为劳苦大众和被压迫者减轻负担的希望,那你就要注意如何对待上帝赐予你的最珍贵的恩惠。所有美好的事物都是上帝赐予的,新生是上帝赐予的。如果你找到了以身殉教的道路,找到了通向和平的道路;如果你与其他仁人志士一道去拯救暗中哭泣和呻吟的人们;那你务必使你的灵魂摆脱嫉妒和愤怒的羁绊,以你的心为祭坛,让圣火在那里永远燃烧。要记住,这是一项崇高而神圣的使命,接受这一使命的心灵必须净化,没有丝毫私心杂念。这一使命就像教士的使命一样:那不是为了爱一个女人,也不是为了一时的转瞬即逝的激情,而是'为上帝和人民',而是'始终不渝。'"

"啊!"亚瑟猛然一震,两手紧握在一起,听到这一条誓词,他险些儿抽噎起来,"神甫,你把教会的许可给了我们!基督在我们这一边——"

"我的孩子,"神甫神色庄严地说道,"基督曾把兑换钱币的商人赶出了神庙,因为上帝的屋宇应该叫作祈祷者的屋宇,而他们却把这个屋宇变成了盗贼的巢穴。"

沉默良久之后,亚瑟用颤抖的声音低声说道:

"他们被赶走之日,便是意大利成为上帝神庙之时——"

他停顿了一下,神甫温和地回答:

"主曰:'大地及大地上一切财富皆属于我。'"

第五章

那天下午,亚瑟觉得他需要多走点路。便把行李托付给一位同学照管,徒步向里窝那走去。

是日霭霭停云,湿气浓重,但并不很冷。低平的原野在他看来似乎比往常所见的样子更美一些。脚下柔软而富有弹性的湿草,路旁春天野花那娇羞和惊讶的眼睛,都给他一种畅快的感觉。在一片小树林边缘的刺槐丛里,有一只鸟儿正在筑窝,他从旁经过时,鸟儿惊叫一声,立即张开褐色翅膀,扑棱棱凌空飞起。他努力使自己的思想集中在耶稣受难日前夕所念的悼文上。然而对蒙泰尼里和琼玛的思念却时时作梗,他终于不得不放弃默诵悼文的努力,听任他的幻想驰骋。他想着未来起义的奇迹和荣耀,想着他所崇拜的那两个人在起义中所扮的角色。在他心目中,神甫将成为起义领袖,成为使徒和先知,一切黑暗势力在他神圣的愤怒面前纷纷逃避,在他的领导下,捍卫自由的年轻斗士将在某种想象不到的、全新的意义上学习旧的教义和旧的真理。

琼玛呢?噢,琼玛将在街垒前战斗。她是由塑造巾帼英雄的特殊材料造就的。她会成为一个坚贞不二的同志,成为多少诗人梦寐以求的那种勇敢无畏、玉洁冰清的圣女。她将站在他身旁,与他肩并肩,在生死斗争的疾风暴雨中共同领略战斗的欢悦,他们将一起战死疆场,也许就在胜利前的一刻——毫无疑问,胜利必将到来。他不会向她倾吐心中的爱情,凡是足以扰乱她的平静或者破坏她的同志情感的话,只字不提。她之于他,是一神圣的偶像,是为了拯救人民将奉献于祭坛之上焚化的洁白无瑕的祭品,他是何许人也,竟想闯入她那颗只知爱上帝和意大利的纯洁灵魂的圣殿?

上帝和意大利——然而,当他走进"宫殿街"上那座高大而阴郁的宅邸时,就好像从九霄云端突然跌落下来。在楼梯上,他迎头碰上朱莉娅的大管家,那人仍像往常一样,衣冠楚楚,态度安详,彬彬有礼却又目中无人。

"晚安,吉本斯先生,我的哥哥们在家吗?"

"托玛斯先生在家,先生,伯登太太也在家。他们都在客厅里。"

亚瑟带着一种沉闷的压抑感觉走进客厅。那是多么凄凉惨淡的一座房子啊!仿佛生活的洪流滚滚而过,却总把它留在高水位线以上。房子里的一切都没有变化——人依然如故,一家人的肖像画依然如故,笨重的家具和粗俗的器皿依然如故,那庸俗的豪华排场和死气沉沉的气氛也依然如故。甚至摆在黄铜花架子上的盆花看上去也像涂了油漆的金属花,在和暖的春天里也从未有过元气萌动。朱莉娅已穿戴整齐准备进餐,此时正坐在她视为生活中心的那间客厅里迎候客人,脸上挂着呆滞的笑纹,头上披散着亚麻色鬈发,膝头趴着一只叭儿狗,那副样子,很像时装画里的模特儿。

"你好吗,亚瑟?"她生硬地把手指尖儿伸给他握一握,随即抽回手,转而去抚摸手感更舒适的叭儿狗柔软光滑的毛皮,"我希望你很好,在大学念书念得大有长进。"

亚瑟木木讷讷回答了临时所能想到的第一句客套话,然后就陷入尴尬的沉默。詹姆斯带着一副十足的趾高气扬派头走了进来,身边跟随着一位腰板直挺挺、上了年纪的轮船公司经理,但他们的到来并没有能缓解尴尬气氛。直到吉本斯来报告晚宴即将开始,亚瑟这才轻舒了一口气,站起身来。

"我不想去吃晚饭了,朱莉娅。请原谅,我要回房里去。"

"你的斋戒做得太过分了,我的孩子,"托玛斯说,"这样下去,你肯定要闹出病来。"

"噢,不会的!晚安。"

在走廊里亚瑟碰见一个使女,就吩咐她明天早晨六点钟敲门唤醒他。

"明天少爷要去教堂?"

"是的。晚安,特丽萨。"

他走进自己的房间。那原是他母亲的卧室,与窗子相对的那个壁龛,在她缠绵病榻期间,已砌成小祈祷室。黑色底座支撑着一个巨大的耶稣受难十字架,占据了祭坛中间位置,十字架前面悬挂着一盏老式罗马吊灯,她就是在这个房间里辞世的。她的肖像挂在卧榻一侧的墙壁上,一张桌子上放着一只瓷钵,那是她的遗物,里面插着一大束她喜爱的紫罗兰。今日恰逢她逝世周年祭日,那些意大利仆人并没有忘记她。

他从行囊里掏出一个细心包扎的纸包,里面有一幅镶框的图片。那是蒙泰尼里的彩色蜡笔画像,不几天前才从罗马寄来。他正要拆开那个珍宝似的包裹时,朱莉娅的小听差端着一只晚饭托盘走进来,托盘上放着几色小糕点,那是在泼辣的新女主人到来之前侍候过格拉迪斯的那位意大利厨娘放上的,她认为她那亲爱的小少爷可以允许自己食用,又不至于违反教会规矩。亚瑟只取了一片面包,其余的一概退回。那个小听差是吉本斯的侄子,新近从英国来,他见势意味深长地咧嘴一笑,便将托盘撤走了。他虽新来乍到,却已经在佣人厅堂里与新教徒混成一伙。

亚瑟进入小祈祷室,双膝跪在十字架前,努力使自己静下心来,以适于祈祷和默念。但他发现这很难办到。正像托玛斯说的那样,他把四旬斋的斋戒做得太过分了,脑袋里犹如灌了烈性酒一般,脊背从上到下微微颤抖,那只十字架在他眼前一团云雾中飘荡。经过了长时间机械地重复祈祷之后,他才将飘游不定的想象收回来,使自己的思想集中在赎罪的玄义上。后来,一种纯系体力的疲劳征服了神经上狂热的激动,他在宁静平和的心情下躺到床上,进入梦乡,终于摆脱了狂乱纷扰的思想。

他睡梦正酣,忽听得一阵狂暴、急骤的敲门声。"啊,特丽萨!"他心里这样想着,懒洋洋地翻了个身。

"少爷!少爷!"一个男人用意大利语喊叫,"看在上帝的面上,快快起来!"

亚瑟从床上一跃而起。

"什么事?你是谁?"

"是我,贾恩·巴蒂斯塔。看在圣母的面上,赶快起来!"

亚瑟匆匆穿起衣服,将门打开。他正惊愕地凝视马车夫那张苍白、惶恐的脸,只听得走廊里响起沉重的脚步声和金属碰撞的叮当声,他突然明白了是怎么回事。

"来抓我的?"他冷静地问道。

"是抓你的!噢,少爷,快点!你有什么东西要藏起来吗?喏,我可以放在——"

"我没有什么要藏的东西。我的兄长们知道这回事吗?"

第一个穿制服的宪兵在走廊拐角上露面了。

"已经打发人去叫主人了,全家上上下下都给吵醒了。天哪!多么不幸——多么可怕的不幸!况且正赶上耶稣受难节。神灵啊,发发慈悲吧!"

贾恩·巴蒂斯塔急得哭起来。亚瑟往前走几步迎了上去,那几个宪兵靴声橐橐地走过来,后面跟着一群穿着各式各样随手抓来的衣服、瑟瑟发抖的仆人。宪兵们将亚瑟团团围住,这时本宅的主人和主妇才在那古怪的行列后面出现:男的穿着睡衣和拖鞋,女的穿的是浴衣,满头扎着鬈发纸卷儿。

"看来又发了一场洪水,这成双成对的正向诺亚方舟奔跑呢!那边来了一对很奇怪的动物!"

亚瑟眼望着那些怪里怪气的人物,脑子里忽然闪过书上这段话。若不是感到不合时宜,他真要大笑了,但他强忍住笑——现在还有更重要的事应该考虑。"再见吧,圣母马利亚,天国的女王!"他低声说道,并把目光移向别处,以免朱莉娅头上跳动的鬈发纸卷儿再次诱使他说出刻薄的话来。

"请向我解释清楚,"伯登先生朝宪兵中那个当官儿的走过去,说道,"这样粗暴地夜闯民宅用意何在?我警告你,除非你能向我提供一个满意的解释,否则我一定要去向英国大使控诉。"

"我想,"军官生硬地回答,"你会认为这就是一个充分的解释,英国大使当然也会这样看。"他抽出一张拘捕哲学系学生亚瑟·伯登的拘捕证,递给詹姆斯,并冷冷地补充说,"如果你想得到进一步解释,最好亲自去向警察局局长询问。"

朱莉娅从她丈夫手里一把夺过那张拘捕证,从上到下瞟了一眼,立即冲着亚瑟大发雷霆,俨然一个气急败坏的贵妇人样子。

"好哇,原来是你,给我们全家丢尽了脸!"她尖声叫道,"让全城的下流胚子对着我们瞪眼睛、伸舌头,看我们的热闹!你不是很虔诚么,怎么倒落了个囚犯的下场?我们早就料到,那个天主教婆娘养的孩子——"

"你不能跟一个犯人讲外国话,太太。"军官插嘴说,但他的指责被朱莉娅滔滔不绝的英语淹没,几乎听不见了。

"果然不出所料!斋戒啊,祈祷啊,神圣的默念啊,在这一切掩盖之下,却原来干的是见不得人的勾当。我就知道你会有这样的下场。"

沃伦医生曾有一次把朱莉娅比作一盘色拉子,厨师不慎打翻了醋瓶子,陈年老醋流进盘子。她那尖利刺耳的声音使亚瑟的牙根发酸,便突然想起这个比喻。

"说这种话又有何用,"亚瑟说道,"你们不必担心我会连累你们,人人都清楚你们跟这事没有任何干系。我想,先生们,你们是要进行搜查。请搜吧,我没有什么可藏匿的东西。"

宪兵们在房间里翻腾一气,检查了他的信件,查看了他在学校里写的文章,在他们翻箱笼倒抽屉的时候,亚瑟就坐在床沿上等候,虽因激动而微微脸红,但一点也不感到痛苦。抄家之举并未使他心神不宁。凡是有可能

牵连别人的信件都早已烧掉,除了一两首半带革命性、半带神秘性的小诗稿和两三张青年意大利报之外,宪兵们枉自折腾一气,什么也没捞到。朱莉娅终于经不住她小叔子的再三劝说,带着鄙夷、不屑一顾的神气从亚瑟身边走过,回去睡觉,詹姆斯俯首帖耳尾随其后。

托玛斯一直迈着沉重的步子在那里踱来踱去,待他们离开房间以后,他才竭力作出不以为意的姿态,走到军官面前,请求允许他同犯人讲几句话。见军官点头答应,他便走到亚瑟跟前,嘎声嘎气低语道:

"我得说,这件倒霉的事实在糟透了。我为此非常难过。"

亚瑟抬起头来,那面容像夏日清晨一样静谧。"你一向待我很好,"他说,"没有什么可难过的。我是会安然无恙的。"

"听我说,亚瑟!"托玛斯将胡子狠狠地捋了一把,不顾一切提出了那个难以启齿的问题。

"是不是——这一切都跟——都跟钱有关系?因为——如果是那样,我——"

"跟钱有关?噢,不!这怎么会跟钱有——"

"这么说,是跟某件政治上的愚蠢行为有关了?这我倒是想到了。好吧,不要垂头丧气——对朱莉娅那一套胡言乱语也别介意,这都怪她那条刻薄的舌头。你如果需要帮助——无论是现款,或是别的什么——只管告诉我好啦!"

亚瑟默默地伸出手,托玛斯轻轻一握,走出房间,因为他要竭力装出一副满不在乎的神气,从而使得他的面部表情比平素更加呆滞。

这时宪兵们已经搜查完毕,带队的那位军官命令亚瑟穿上外出穿的衣服。他立刻服从了命令,转身要离开那间屋子,这时他忽然犹豫起来,便驻足不前。看来当着宪兵们的面同他母亲的小祈祷室告别,的确不便。

"请诸位暂时离开房间一会儿,可以吗?"他问道,"你们瞧,我既跑不掉,也没有什么东西可藏匿。"

"对不起,把犯人单独留下,这是不准许的。"

"好吧,没关系。"

他走进壁龛,跪到地上,亲吻十字架的下端和底座,轻声低语道:"主啊,让我至死忠诚不渝吧。"

他站起身来的时候,那位军官正立于桌旁审视那幅蒙泰尼里的画像。"这个人是你的亲戚吗?"他问道。

"不是,他是我的忏悔神甫,布列西盖拉教区的新主教。"

家中的意大利仆人们,既担忧,又痛心,都聚集在楼梯上等候亚瑟下楼。他们都喜欢亚瑟,因为他自己和他母亲都有人缘,见他走下来,大家将他团团围住,很伤感地亲吻他的手和衣服。吉安·巴蒂斯塔站在一旁,泪水顺着花白的胡须滴下来。伯登一家没有一个人出来给亚瑟送行。他们的冷淡反而更突出了仆人们的亲切和同情心,以至亚瑟握着伸向他的手,与他们一一道别的时候,几乎要哭出来了。

"再见,吉安·巴蒂斯塔。替我亲一亲孩子们。再见,特丽萨。大伙儿都为我祈祷吧,上帝保佑你们!别啦,别啦!"

他匆匆下楼跑向前门。一分钟后,只有一群默不作声的男仆和抽泣不止的女佣人站立在门外台阶上,目送马车辚辚远去。

第六章

亚瑟被押解到港口上那座巨大的中世纪古堡里。他发现监狱里的生活还勉强可以忍受。牢房里阴暗、潮湿,很不舒服,但他是在波尔勒大街伯登家那座古老的房子里长大的,无论凝滞的空气、成群的老鼠,或者腐臭气味,对他来说都不是什么新奇的东西。囚食虽然质量很糟,分量也不足,但詹姆斯不久便得到许可,从家里给他送来一应生活必需用品。他被囚禁在单人牢房,狱卒看管的虽不像他原先想的那么严,他却始终打听不出被捕的原因。尽管如此,他走进这座古堡时所怀的那种泰然自若的心境并未发生变化。牢里不准看书,他便以祈祷和潜心默念消磨时间,平心静气,不急不躁,静候事态进一步发展。

一天,一个士兵打开牢门,朝他喊道:"出来,跟我走!"亚瑟提了两三个问题,均未得到回答,只听那人说"不准讲话",他便只好听天由命,跟随士兵穿过迷宫似的庭院、走廊和楼梯,所经之处无不散发着或浓或淡的霉味儿,进入一个宽敞明亮的房间。只见一张铺着绿色台面呢的长桌上,散乱地堆放着一些文件,桌子后面坐着三个穿军服的人,正懒洋洋地谈天说地。亚瑟一进门,他们立刻装出道貌岸然、一本正经的样子,他们之中最年长的那个,满脸络腮胡子,一副纨绔子弟的轻薄相,身穿上校军服,用手指一指桌子对面的椅子叫亚瑟坐下,立即开始了预审。

亚瑟预料他会受到威胁、侮辱和谩骂,准备以耐心和尊严对付他们,谁知竟让他大失所望。上校虽然矜持、冷漠,官气十足,却彬彬有礼。姓名、年龄、国籍、社会地位等等通常要问的问题提了出来,亚瑟一一应答,问答逐字逐句都记录在案。亚瑟开始感到厌倦和不耐烦了,这时上校问道:

"喏,伯登先生,你对青年意大利党有何了解?"

"我知道那是一个政治团体,在马塞出版了一种报纸,在意大利境内发行,目的在于鼓动人民起义,把奥地利占领军驱逐出国门之外。"

"我想,你一定读过这种报纸啦?"

"不错,我对这些事很感兴趣。"

"你在读这种报纸的时候,你知道你是在干一种违法的事吗?"

"当然。"

"在你房间里搜出的那些报纸你是从哪里弄来的?"

"这,我无可奉告。"

"伯登先生,在这个地方,你不可以说'我无可奉告',你有义务回答我提的任何问题。"

"如果你反对我说'无可奉告',那我就只好说不愿奉告了。"

"如果你允许自己使用这样的措辞,你是要后悔的。"上校说道。见亚瑟没有接话茬,他便继续说:

"我不妨告诉你,我们手头已有证据,证明你与这个团体的联系非常密切,绝不仅仅是阅读其违禁书报而已。从实招来,对你是有好处的。无论怎样,事情真相一定会弄个水落石出的,你会发现,用推诿和否认开脱你自己,是徒劳无益的。"

"我无意开脱自己。你想要知道些什么?"

"首先,你,作为一个外国人,是怎样卷入到这一类的事情中去的?"

"我用自己的脑子思考这个问题,阅读我能到手的任何读物,得出我自己的结论。"

"是谁劝你加入这个团体的?"

"没有人劝我,是我自己愿意加入的。"

"你在跟我泡蘑菇,"上校厉声说道,他的耐性显然接近了极点,"没有一个人能不经介绍而自己加入一个团体的。你把加入这个团体的愿望曾对谁讲过?"

沉默。

"请你回答我的问题好吗?"

"这类问题我一概拒绝回答。"

亚瑟话语中满含愠怒,心头涌动着一股莫可名状的怒气。此时他已经知道在里窝那和比萨两地有很多人被捕,尽管这场灾难蔓延的范围有多广尚不清楚,单就他所听到的情况而言,已足以使他为琼玛和其他同志的安全提心吊胆了。军官们故作的礼貌姿态,以回避和搪塞问题与对方周旋的无聊游戏,这一切都使他心烦意乱,门外来回走动的士兵的笨重脚步声,声声刺激着他的耳鼓。

"喔,顺便问一下,你最后一次见到乔万尼·波拉是什么时候?"上校又争论了几句,然后问道,"就在你离开比萨之前,对吗?"

"我不认识叫这个名字的人。"

"什么！你不认识乔万尼·波拉？你肯定认识他——一个身材高大的小伙子，脸刮得光光的。对啦，他跟你还是同学呢。"

"大学里同学多得很，我怎能人人都认识！"

"哦，可你一定认识波拉，肯定认识！喏，这是他亲笔写下的。你瞧，他对你很了解。"

上校漫不经心地递给他一份文稿，题头写的是"自供"二字，下面署名"乔万尼·波拉"。亚瑟向下溜了一眼，发现了他自己的名字。他惊奇地抬起头来："是要我看的吗？"

"是的，你不妨看一看，这跟你有关系。"

他开始看那份"自供"，那几位军官坐在一旁，一声不响，注视着他的脸。那份文稿好像是对一连串问题所作的回答。很清楚，波拉肯定也被逮捕了。供词的第一部分是通常审讯必有的老套子，接下去波拉简略地讲述了他怎样与党发生的联系，怎样在里窝那散发违禁书刊，以及大学生们开会的情形等等。下面写道："入党的人当中有一个年轻的英国人，名叫亚瑟·伯登，是一个开办轮船公司的豪富之家的子弟。"

血液涌到亚瑟的脸上。波拉把他出卖了！波拉，这个曾以完成启发者的庄严使命为己任的人——波拉，这个曾使琼玛改变了信仰并爱着他的人！他放下那张纸，久久凝视地板。

"我希望这份小小的文件唤起了你的记忆。"上校委婉地暗示道。

亚瑟摇一摇头。"我不认识叫这个名字的人，"他用一种单调、生硬的声音重复说道，"一定是搞错了。"

"搞错了？哦，笑话！你听着，伯登先生，骑士风度和堂·吉诃德精神，就其本身而言，都是很不错的东西，然而做得过分了却毫无用处。这是你们年轻人一开始都要犯的一个错误。听着，好好想一想吧！人家已经把你出卖了，你还在拘泥小节，从而引火烧身，断送你一生前途，这有何益？你自己也看到了，他供出你来的时候，并没有格外留情啊。"

上校话语中隐隐约约透露出一种揶揄意味。亚瑟不由得一怔，抬起头来，心中突然闪现一道亮光。

"这是谎言！"他高喊道，"这是伪造的供词！我一看你的脸，就清楚了——你这个卑鄙小人——你想要诬陷被你们关押的什么人，要么就是设下一个陷阱，打算把我拉进去。你是个伪造口供的家伙，是骗子，是流氓——"

"住口!"上校怒不可遏,大喝一声,拍案而起,他的两个同僚早已站立起来。"托玛塞上尉,"他转向其中一个,吩咐道,"请你按铃把卫兵叫进来,把这位年轻的先生送进惩罚牢里关几天。我看出来了,得教训教训他,才能让他恢复理智。"

所谓惩罚牢,是个暗无天日、阴冷潮湿、污秽不堪的地洞。它非但没有使亚瑟"恢复理智",反倒把他彻底激怒了。他的奢侈的家庭早已使他养成非常讲究个人清洁的习惯,那滑腻腻的爬满了毒虫的墙壁,堆积着垃圾污物的地板,以及苔藓、阴沟和腐烂的木头发出的恶臭,在他身上产生的第一个效果,足可以使那位被他顶撞的审问官释怀了。他被推进洞里之后,门在他背后反锁住,他伸出手臂,小心翼翼地向前挪动了三步,手指触到滑溜溜的墙壁,他不禁一阵恶心,浑身颤抖不已。他在一片漆黑中摸索,找一个不算太龌龊的地方坐下来。

漫长的白昼在不间断的黑暗和沉寂中溜走了,黑夜并没带来任何变化。因为外界的一切声响动静都不存在,他渐渐失去了时间的感觉。次日早晨,当钥匙在锁孔里转动,受惊的老鼠吱吱叫着匆匆从他身边跑过时,他猛然惊醒,心脏剧烈跳动,耳鼓隆隆作响,仿佛他与声和光隔绝了不是数个小时,而是数个月。

门开了,透进一线微弱的灯光——这对于他却是眩目的光的洪流——牢头手拿一块面包和一杯水走进来。亚瑟向前跨了一步,他蛮有把握,那人是来放他出去的。他还未及讲话,那人已经把面包和水杯放到他手中,一言不发,转身走开,又将门锁住。

亚瑟在地上直跺脚,他生平第一次这样狂暴地发怒。然而,随着时光流逝,对时间和地点的感觉也渐渐悄然溜走,越走越远。黑暗像是一件无边无际东西,没有开始,也没有终了,生命对他来说好像停止了。第三天傍晚,门开了,那个牢头和一个士兵出现在门槛上,亚瑟眼花缭乱,茫茫然抬起头来,用手遮挡住那已经不习惯的亮光,心里模模糊糊,不知道他在这座坟墓里究竟待了多少个钟头,抑或待了多少个星期。

"跟我走。"牢头冷冷地打着官腔说道。亚瑟站起身,机械地向前移动,不料却站立不稳,像醉汉似的东倒西歪,跌跌撞撞。他厌恶牢头试图搀扶他走上通向庭院的又陡又窄的阶梯;但是当他爬上最高一级的时候,突然感到一阵晕眩,趔趔趄趄,若不是牢头一把抓住他的肩膀,他便向后栽倒了。

"瞧着吧,他马上就没事儿了,"一个声音兴致勃勃地说道,"他们走出牢房,吸上新鲜空气,十有八九是要昏过去的。"

又是一捧冷水泼到他脸上,亚瑟拼命挣扎着缓过来一口气。黑暗好像带着哗啦啦的响声,一点一点从他眼前消散,不一会儿他突然完全恢复了知觉,把牢头的胳膊推开,几乎迈着稳健的步子走过长廊,登上楼梯。他们在一扇门前驻足片刻。随之,房门打开,他还没弄清被带到了什么地方,就已经站在灯火通明的审讯室里,惊疑不定地凝视着那张桌子、桌子上的文件和坐在老地方的三位军官了。

"啊,原来是伯登先生!"上校说,"我希望现在咱们能好好地谈一谈了。喔,你觉得黑牢房的滋味怎么样?未必有你兄长家的客厅富丽堂皇吧,是吗?呃?"

亚瑟抬起眼皮,望一眼上校那副笑容。他突然产生了一种难以遏止的欲望,想要扑上去掐住那个花白络腮胡子的花花公子的咽喉,用牙齿将它撕裂。很可能这种想法在他脸上流露了出来,因为上校立刻换了一种迥异于前的语气说道:

"请坐,伯登先生,喝点水,你太激动了。"

亚瑟把递给他的水杯推到一边,两条胳膊靠在桌子上,一只手托住额头,想竭力把思想集中起来。上校坐在那里,他那老练的目光仔细打量亚瑟微微颤抖的手和嘴唇以及湿漉漉的头发和迷离的眼神。他知道这一切都说明他的体力消耗殆尽,神经紊乱。

"喏,伯登先生,"过了几分钟后,上校说道,"上回从哪里中断,咱们就从哪里开始吧。因为上一回你我之间发生了许多令人不愉快的事,所以在开始的时候我不妨说明,在我这一方面,除了对你宽容相待别无他意。只要你举止得当,通情达理,我保证我们不会对你采取任何不必要的粗暴手段。"

"你们想要我干什么?"

亚瑟用生硬的、含着怒气的语调说,这迥异于他素日讲话的声调。

"我只想让你坦率地告诉我们,你对这个组织及它的成员了解多少。直截了当,别绕圈子。首先,你认识波拉多久了?"

"我这一辈子都没见过这个人。我根本不认识他。"

"真的？好吧，我们待一会儿再回到这个题目上。我想，你总该认识一个名叫卡罗·比尼的年轻人吧？"

"我从没听说过这样一个人。"

"这可就太奇怪啦。那么，佛朗西斯科·尼里呢？"

"我从没听到过这个名字。"

"可是这儿有你的一封亲笔信，就是写给他的。瞧！"

亚瑟漫不经心地瞟了那封信一眼，把它撂到一边。

"你认出那封信来了吗？"

"没有。"

"你否认那是你的笔迹？"

"我什么也没否认。我不记得了。"

"也许你记得这一封吧？"

第二封信递给他，他看出那是他秋天写给一位同学的信。

"不记得。"

"连收信人也不记得？"

"连人也不记得了。"

"你的记忆力可差得出奇啊。"

"我经常为这个缺陷感到痛苦。"

"确实！可是前几天我从一位大学教授那里听说，无论怎么说都不能认为你记忆力有缺陷，事实上你聪明过人。"

"你大概是用警察局密探的标准来判断聪明的吧，大学教授们用词有不同的含义呢。"

从亚瑟讲话的声音中可清楚地听到他的火气越来越大。由于饥饿、空气污浊和睡眠不足，他已经精疲力竭，身体内的骨头好像根根作痛。上校的声音摩擦着他那被激怒的神经，使他把牙咬得吱吱作响，犹如石笔在石板上滑动的声音。

"伯登先生，"上校向后一仰，靠在椅背上，严肃地说道，"你又忘记了自己的处境。我再警告你一次，这样的谈话对你没有好处。当然啦，你已经尝够了黑牢房的滋味，至少现在不想再尝了。我老实告诉你，要是你一意孤行，不肯接受我温和的办法，那我就要使用强硬的手段对付你。你注意，我手里有证据——确凿的证据——证明这些年轻人当中有几个参与偷运违禁书报入港的活动，而你跟他们来往密切。好啦，你是否愿意主动交代你对这件事所了解的情况?"

亚瑟的头垂得更低了。一股盲目的、无意义的、狂野的怒火,像一个活物,开始在心头搅动。他有可能失去自我控制,对他说来,这要比任何威胁更可怕。他第一次开始认识到,在任何一位绅士的涵养和基督教徒的虔诚下面,都隐藏着何等的潜在力量,于是他对自己感到害怕。

"我在等你回答呢。"上校说。

"我没有什么要回答的。"

"你断然拒绝回答?"

"我什么也不会告诉你。"

"那么我只好下令把你带回惩罚牢,一直把你关到你回心转意。要是你再惹麻烦,我就给你戴上镣铐。"

亚瑟抬起头来,从头到脚瑟瑟颤抖。"悉听尊便,"他缓缓地说,"英国大使能不能容忍你们虐待一个无罪的英国臣民,由他自己决定吧。"

最后,亚瑟被押回他自己的那间牢房,一进门便扑到床上,一觉睡到第二天早晨。没有给他戴镣铐,他也再没被关进那个可怕的黑牢房。然而,随着每次审讯,他与上校之间的积恨变得越来越深。无论他怎样祈祷上帝赐给他力量帮他克服他那邪恶的愤怒,或是花上半夜的时间沉思默想基督的耐心和忍让,都无济于事。只要他一被带进那个空旷的长屋子,看见那张铺绿台面呢的桌子,面对上校那蜡黄的胡子,非基督教精神便会再次控制他,使他想出种种尖刻的话语和轻蔑的回答。他坐牢的时间还不到一个月,他和上校之间的仇恨就已经达到水火不容的地步,只要他和上校一照面就会勃然大怒。

这类小冲突所造成的持续紧张,开始严重影响到他的神经。他知道自己受到严密监视,而且想起那些可怕的传闻。据说当局暗中给犯人服下颠茄,这样就可以把他们的谵言妄语记录下来。因此,他越想越怕,吓得觉也不敢睡,饭也不敢吃。如果半夜有只老鼠从他身边跑过,他就会猛然惊醒,吓出一身冷汗,浑身战栗,好像觉得真有人藏在房里听他说梦话。宪兵们显然试图给他设下一个圈套,诱使他供出波拉,他唯恐一时不慎失足跌进陷阱,以至极度的恐惧造成了神经紧张,使他真正处于这种危险之中。无论白天黑夜,他耳中都回响着波拉的名字,甚至他的祈祷也受到干扰,在他数着念珠念诵圣母马利亚的时候,却不由得念出波拉。最糟糕的是,他的宗教信仰,也跟外部世界一样,好像一天天离他远去。他顽强地坚持着这个最后的立脚点,每天花好几个钟头的工夫祈祷和默念,但是他的思想却越来越经常地转到波拉身上,祈祷变得非常机械。

他最大的安慰要算看守他的牢头了。那是个肥胖、秃顶的小老头儿,开始的时候费尽力气装出一副严厉的面孔,但渐渐地他那胖脸上的每一个酒窝都透露出他是个好心人。他战胜了因职务关系而不得不有的顾忌,开始从一个牢房到另一个牢房为犯人们传递消息了。

五月中旬的一天下午,牢头走进亚瑟的牢房,满脸愁云和怒气,亚瑟不禁惊奇地望着他。

"怎么啦,安里柯!"他惊叫道,"今天碰上什么晦气的事?"

"没什么,"安里柯急躁地回答,爬到草铺上面,撤下那条垫毯——那是亚瑟随身之物。

"你拿我的东西干什么?要我搬到另外一个牢房去?"

"不是,要放你出去了。"

"放我出去?你说什么——今天?统统都释放吗?安里柯!"

亚瑟激动地一把抓住老头儿的胳膊。那条胳膊愤怒地从他手中挣脱。

"安里柯!你这是怎么啦?为什么不回答我?要把我们所有的人都放出去吗?"

老头儿鼻子轻蔑地哼了一声,作为唯一的回答。

"你听我说呀!"亚瑟又捉住牢头的胳膊,笑着说,"你对我生气也没有用,因为我不打算生气。我只想知道别的人怎么样了。"

"哪些别的人?"安里柯突然把正在折叠的衬衫放下,咆哮着说,"我想不会是波拉吧?"

"当然有波拉,还有其余的人。安里柯,你这是怎么啦?"

"喔,他大概不可能马上放出去了,可怜的小伙子,因为一个同志出卖了他。哼!"安里柯带着厌恶的神气把那件衬衫捡起来。

"出卖他?一个同志!哦,多可怕!"亚瑟惊恐得瞪大两眼。

安里柯迅速转过身来:

"哼,不是你干的吗?"

"我干的?你发疯啦,你这个家伙?我干的?"

"那好吧,反正昨天受审的时候他们是这样对他说的。如果不是你干的,我就很高兴了,因为我一向认为你是个很本分的年轻人呢。往这边走!"安里柯一步跨出牢房,到了过道上,亚瑟紧随其后,心里豁然开朗,疑团顿释。

"是他们对波拉说我出卖了他吗?他们当然会那样干!怎么不会呢,老头子,他们还对我说波拉把我出卖了呢。波拉肯定不至于愚蠢到相信那一套鬼话的。"

"这么说,这确实不是真的了?"安里柯在楼梯下停住脚步,用锐利的目光审视亚瑟,而亚瑟只耸了耸肩膀。

"这当然是谎言。"

"好啦,我听到这话很高兴,我的孩子,我要把你的原话告诉他。可是你要知道,他们对他说的是,你出卖他是出于——噢,出于嫉妒,因为你们两个人跟同一个女孩子好。"

"扯谎!"亚瑟急促地把这句话低声重复了一遍,他突然感到一种如五雷轰顶般的恐惧,"同一个女孩子——嫉妒!"他们怎么知道——他们怎么知道呢?

"等一等,我的孩子。"安里柯在通向审讯室的过道里停下来,温和地说。

"我相信你,不过你要告诉我一件事。我知道你是天主教徒,你在忏悔的时候说过什么话——"

"这是扯谎!"这一次,亚瑟的声音已经变为声嘶力竭的哀号了。

安里柯耸一耸肩膀,继续往前走。"当然,你自己心里最清楚。话说回来,像这样被骗过的傻小子,不只是你一个人。现在比萨全城为一个传教士闹得沸沸扬扬,事情是被你的一些朋友戳穿的,他们印发传单,说他是警察局的暗探。"

他打开审讯室的门,见亚瑟仍呆立原地一动不动,眼睛茫然无所视,便轻轻地把他推进门去。

"午安,伯登先生,"上校满脸堆笑,龇着牙说道,"我非常高兴能向你祝贺。佛罗伦萨方面来了一道释放你的命令。请你在这份文件上签个字好吗?"

亚瑟走到他面前。"我想知道,"他用一种干巴巴的声音说,"是谁告发我的?"

上校扬起眉毛,微微一笑。

"你猜不出来吗?想一想吧。"

亚瑟摇一摇头。上校把两手一摊,做了个颇有礼貌的表示诧异的姿势。

"猜不出来吗?当真猜不出来?喔,就是你自己呀,伯登先生。旁人怎会晓得你的儿女私情呢?"

亚瑟默默地掉转了头。墙壁上悬挂着一尊巨大的耶稣被钉在十字架上的木雕像,亚瑟的目光慢慢移向雕像面部,但他的目光里没有祈求的意思,只有一种不甚分明的疑惑:这位因循姑息的上帝对出卖忏悔人的教士为何不加以雷殛?

"请你在领取你的笔记的收据上签个字好吗?"上校和颜悦色地说,"签过字,我就不必再耽搁你了。我知道你一定急着要回家,而我这会儿也为那个傻小子波拉的事忙得不可开交。他把你基督徒的忍耐性考验苦了,恐怕他是要判重刑的。午安!"

亚瑟在收据上签了字,拿起他的笔记,在死一般的沉寂中走出去。他跟随安里柯走出古堡沉重的大门,一句道别的话也没说就走下河岸,在那里,一个船夫正等着把他渡过护城河。当他登上对岸通向街市的石阶的时候,一个穿棉布裙子、戴草帽的姑娘伸出双手迎面朝他跑来。

"亚瑟!哦,我多高兴——多高兴啊!"

他把他的两只手缩回,簌簌发抖。

"琼!"过了许久他才开口说道,仿佛那声音并不属于他似的,"琼!"

"我在这儿等候了半小时了。他们说你四点钟出来。亚瑟,你干吗用这样的眼神看我?出了什么事情啦!亚瑟,你碰到了什么事?站住!"

这时他已经转过身,沿着大街慢慢走下去,好像已经忘记她在身边。他的神态使她大为震惊,于是连忙追上去,一把抓住他的胳膊。

"亚瑟!"

他停住脚步,带着迷惘的眼神抬起头来。她的手臂插进他的臂弯,两人默默无语地往前走了一会儿。

"听着,亲爱的,"她温和地说道,"你不该对那桩倒霉的事这样耿耿于怀。我知道那桩事让你极为难堪,但是人人心里都明白着呢。"

"什么倒霉事?"他依然用那干巴巴的声音问道。

"我是说,波拉写的那封信。"

一听到这个名字,亚瑟的脸立刻痛苦地抽搐起来。

"我原来以为你不会听说这事的,"琼玛接着说,"但我猜想他们一定把这事告诉你了。波拉竟然想得出这种事,简直是发疯了。"

"这种事——"

"这么说,这事你还不知道吗?他写过一封可怕的信,说你供出轮船的事,因此他也被捕。这种说法当然是荒谬绝伦的,每一个认识你的人都看得出来,只有对你不甚了解的人才被激怒。说实在的,我跑来接你就是为了这桩事——我要告诉你,我们同志中没有一个人相信他信上的话。"

"琼玛!可这是——这是真的!"

她一步一步从他身边向后退缩,然后木然站立不动,两眼圆睁,恐怖使得目光阴沉,脸色苍白得像脖颈上的围巾一样。沉默犹如一阵冰冷的巨浪冲过他们身边,将他们冲进另外一个世界,与街上的人和活动完全隔绝了。

"是的,"他终于低声说,"轮船的事——我说过,而且我还说出了他的名字——哦,我的上帝!我的上帝!我怎么办?"

他突然清醒过来,看清她站在他的面前,也看清她脸上那极度的恐惧。是的,当然啰,她一定会认为——

"琼玛,你不明白!"他突然迸出一句话,并向她凑近,但她尖叫一声连忙后退。

"别碰我!"

亚瑟猛然抓住她的右手。

"听着,看在上帝的面上!这不是我的过错。我——"

"放开我,放开我的手!放开!"

随之,她的手指从他掌中挣脱,并且扬起手来,一巴掌打在他的脸颊上。

似乎有一阵迷雾蒙住了他的眼睛。片刻间,除了琼玛那惨白而绝望的面孔和她在棉布裙子上狠狠蹭着的右手,他什么都感觉不到。后来阳光又偷偷爬回来,他环顾四周,发现自己孑然一身。

第七章

亚瑟来到波尔勒大街那座大房子前门按响门铃的时候,天早已向晚。他记得自己一直在大街小巷游荡,至于到过哪里,去干什么,待了多久,他一无所知。朱莉娅的小听差打着哈欠将门开了,看见那张憔悴的、毫无表情的面孔,意味深长地撇了撇嘴。在他看来,他的小主人从监狱回到家里,竟像一个"烂醉如泥,衣衫不整"的乞丐,实在可笑。亚瑟往楼上走去。到了二楼,只见吉本斯迎面走下来,一副高贵、庄严、目中无人的神气。亚瑟喃喃地道一声晚安,打算与他擦身而过,但是吉本斯这个人,谁要是不顺他的心,他是不会轻易放过去的。

"主人们都出去了,先生,"他上下打量着亚瑟不整洁的衣衫和蓬乱的头发说道,"他们跟女主人一道去参加一个晚会,十二点左右才回家。"

亚瑟看了看表:正好是九点。噢,行啊!他还有时间——有充分的时间——

"女主人要我问一声你想不想吃晚饭,先生,还要我告诉你她希望你坐着等她,因为她特别希望今天晚上就和你谈一谈。"

"我什么也不需要,谢谢你,你可以对她说,我还没上床睡觉。"

他上楼进了自己的房间。自他被捕以来,房间里的一切都没变化。蒙泰尼里的画像仍旧放在桌子上他原来搁下的地方,那只耶稣受难十字架依然像从前的样子立在神龛里。他在门槛上略一踌躇,侧耳谛听,整座房子寂然无声,显然没有人来打扰他。他轻轻地踏进房间,把门锁住。

他的人生道路就这样走到尽头。再没有任何东西值得眷恋,或值得为之烦恼了。现在要做的事情,就是摆脱掉那毫无用处却纠缠不休的生之意识——仅此而已。然而,这一切看起来总有点像是愚蠢的、毫无意义的。

他并没有痛下自杀的决心,实在说来,在这个问题上也没有多动过脑筋,只是觉得,这样的结局显而易见,而且不可避免。他甚至对采用什么方式结束生命尚无定见,要紧的是赶快了却这桩事——把这桩事结束,然后忘得一干二净。他房间里没有利器,连一把折叠刀也找不到,那有什么关系呢,一条毛巾就行了,把床单撕作布条也成。

窗户上方恰好有一枚大钉子。那就可以了,不过它必须钉得牢固,承载得住他的体重方可。他站到椅子上摇撼一下那枚钉子,发现不太牢固,便跳下椅子,从抽屉里拿出一把钉锤。他把钉子又敲进去一点,正要从床上拉下一条床单来,忽然想起还没有做祷告。当然,一个人在临死前必须祷告,每个基督徒都这样做。对于一个行将告别尘世的灵魂来说,甚至还要做特别的祈祷呢。

他走进神龛,在耶稣受难十字架前跪下来。"全能的和仁慈的上帝啊——"他开始大声祷告,可是念过这一句后便就此中断,再也念不下去。的确,这个世界变得如此枯燥乏味,还有什么值得祈求或诅咒呢。再说,基督对这样的一种烦恼有何了解呢——基督,他并没过这样的罪呀!他只是被出卖过,像波拉那样,但他不曾因受骗而出卖别人。

亚瑟站起来,出于习惯,在胸前画了十字。走近桌旁,他看见桌上有一封写给他的信,是蒙泰尼里的笔迹,用铅笔写的:

> 我亲爱的孩子:你获释之日不能相见,甚感失望。我应人之邀探视一垂危病人,至午夜方回。万望明晨至下处一晤。匆此。
>
> 劳·蒙

他放下那封信,叹一口气,看来这件事对神甫的确是个沉重打击。

人们依然在街上嬉笑浪谑,飞短流长!一切依然如故,与他生前并无二致。他周围的一切日常琐事,并没有因为有一个人的灵魂、一个活生生的人的灵魂被毁灭而发生丝毫的变化。一切都跟从前一模一样。喷水池里的水依然在噼噼啪啪迸溅,屋檐下的麻雀依然在叽叽喳喳鸣叫,就像它们昨天那个样子,也正像它们明天会有的样子。可是他,他却死了——完完全全死了。

他在床沿上坐下来,两臂交叠,伏在床栏上,头枕着臂膀。时间还很充裕,可他的头痛得厉害——似乎脑子的神经中枢在作痛。一切都无聊极了,愚蠢极了——简直毫无意义……

前门的铃声急促地响起来,他大吃一惊,简直喘不过气来。他用双手扼住喉咙。他们已经回来了——而他一直坐在那里想入非非,让宝贵的时间溜掉了——现在他只得去看他们的脸色,听他们的恶言冷语——由着他们嘲讽和诟骂了——要是有一把刀子……

他拼命地在房间四下里搜寻。他母亲的针线笸箩就放在一个小茶具柜里,那里肯定有剪刀,他可以剡开一条动脉。不,如果有时间,布条和钉子更靠得住。

他把床罩从床上拽下来,发疯似的急忙撕下一条。噔噔的脚步声响上楼来。不成,布条太宽,扎不牢,而且还必须打成套索。脚步声越来越近,他越来越手忙脚乱,血液在太阳穴里激烈搏动,在耳朵里轰鸣。快些——再快些!哦,上帝啊!再给我五分钟!

门上传来一阵敲门声。他手中撕下来的布条掉到地上,他坐着一动不动,屏息谛听。门把手转动了一下,接着便是朱莉娅的声音喊道:

"亚瑟!"

他站起来,大口喘着粗气。

"亚瑟,快开门,我们等着呢。"

他把撕烂的床罩收拾起来,扔进一个抽屉里,连忙把床整理平整。

"亚瑟!"这一次是詹姆斯在喊叫,不耐烦地晃动着门把手,"你睡着了吗?"

亚瑟把整个房间扫了一眼,见一切都藏好,便打开了门。

"我还以为你至少会照我的明确要求做,坐着等我们呢,亚瑟,"朱莉娅满脸怒气,风风火火地闯进屋里,说道,"你好像觉得把我们挡在门外恭候半个钟头是很得体的事——"

"才四分钟呢,我亲爱的,"詹姆斯跟在他老婆粉红色锦缎裙裾后面,一步跨进房间,温和地纠正说,"不过,我应该说,亚瑟,如果你……那就会更——更得体。"

"你们有什么事?"亚瑟把他的话打断。他一只手扶着门站在那里,像一只掉进陷阱里的野兽,朝那两个人分别偷觑了一眼。然而,詹姆斯过于迟钝,朱莉娅过于愤怒,两人谁也没注意到他的眼神儿。

伯登先生给太太搬了一把椅子让她落座,自己也坐下来,小心翼翼地拉一拉崭新笔挺的裤脚管。"朱莉娅和我,"他开始说道,"觉得我们有义务跟你严肃地谈一谈——"

"我今天晚上不能听你讲话,我——我很不舒服。我头痛得厉害——请你们改日再谈吧。"

亚瑟说这话的时候声音反常,含糊不清,精神恍惚,语无伦次。詹姆斯吃惊地向周围看一看。

"你这是怎么啦?"他突然想起亚瑟刚刚从一个传染病的温床回来,所以急切地问,"你不会是在生什么病吧。你看上去像是发烧呢。"

"一派胡言!"朱莉娅厉声打断他的话,"他平日里拿腔作势的惯了,现在这样子是因为他觉得没脸见我们。亚瑟,你过来,坐下。"

亚瑟慢吞吞地走到房间这头,坐在床沿上。"唔?"他无精打采地说。

伯登先生先咳嗽几声,清一清喉咙,将本已修剪得整整齐齐的小胡子抹抹平,然后再一次背诵那篇精心准备的演说词。

"我觉得我有义务——痛苦的义务——非常严肃地跟你谈一谈你那出格的行为——你跟作奸犯科、杀人越货的亡命徒——呃,跟行为不轨的人呼朋引类的事。我相信,你之所以这样做,也许主要是因为愚蠢,而不是堕落——呃——"

他停顿了一下。

"唔?"亚瑟再次说。

"呃,我不想对你过分责备,"詹姆斯看见亚瑟那无精打采的绝望神气,不由得缓和了口气,继续说,"我很愿意相信,你是被坏朋友引上邪路的,因为你年轻无知,还有,呃,呃,我想,恐怕还有从你母亲那里继承来的轻浮、任性。"

亚瑟的目光缓缓地转到他母亲的肖像上,接着又转回原处,但他没讲话。

"但是,我觉得,你心里清楚,"詹姆斯接着说,"要在我的家里继续收留一个败坏家声、玷污门楣的人,那是不可能的。"

"唔?"亚瑟又重复一遍。

"得啦,"朱莉娅啪嗒一声合上手中的折扇,横放膝头,尖声尖气地说,"除了'唔','唔',你就不肯屈尊说句别的话吗,亚瑟?"

"当然,你们觉得怎么好,就怎么办吧。"他一动不动,慢吞吞地说,"说也好,不说也好,都没有多大关系。"

"没有——关系?"詹姆斯愕然说道,他老婆冷笑一声站了起来,"哦,没关系,是吗? 我说,詹姆斯,我真希望这一回你总该明白人家是怎样对你感恩戴德了吧。我早就给你说过,你那份善心到头来会得到什么报应——对天主教的投机女人们和她们的——"

"嘘! 嘘! 别提这档子事,亲爱的!"

"啐! 詹姆斯,这种婆婆妈妈的感情用事,我们早就受够了。本来是个野种,反倒堂而皇之以这个家庭的成员自居——是时候啦,应该让他知道他母亲究竟是个什么样的人了。我们凭什么要替一个天主教传教士的私生子承担责任呢? 喏,把这个拿去——瞧瞧吧!"

她从口袋里掏出一张搓揉得皱巴巴的纸团,隔着桌子扔到亚瑟面前。亚瑟将纸团摊开,见是他母亲的笔迹,日期是他出生前四个月,原来那是她写给丈夫的一份忏悔书,下面有两个人的签名。

亚瑟的目光慢慢向下移动,经过他母亲歪歪斜斜的签名字体,落到下面那个笔体遒劲的名字上"劳伦佐·蒙泰尼里"。他盯着那个名字凝视片刻,然后一声不响,将信折叠起来,放到桌上。詹姆斯站起身,挽住他老婆的胳膊。

"听着,朱莉娅,这就行啦。你下楼去吧,天晚了,我要跟亚瑟谈点正经事。这跟你没关系。"

她抬头瞟了她丈夫一眼,又瞟了亚瑟一眼,但见他默然对着地板出神。

"他好像呆了,傻了。"她悄声说。

她敛起她的裙裾离开房间以后,詹姆斯小心翼翼地闭住门,回到桌旁的椅子上。亚瑟仍像刚才那样坐着,一动不动,一声不吭。

"亚瑟,"因为没有朱莉娅在跟前旁听,詹姆斯便用一种较为温和的语调说,"这件事再也包不住了,我很抱歉。本来以不让你知道为好。不过,这一切都过去了。看到你能够自制自控,我非常高兴。朱莉娅有点儿——有点儿激动,女人嘛,常常是这样——无论怎样,我是不会叫你太难堪的。"

他停顿了一下,看看这番善良的言辞产生了什么效果,但亚瑟却没有任何反应。

"当然,我亲爱的孩子,"过了一会儿詹姆斯接着说,"这是个十分令人伤心的故事,我们最好的办法就是从今往后绝口不再提它。我的父亲是足够宽宏大量,你母亲向他忏悔了不贞行为以后,他没有和她离婚,他只要求勾引她的那个男人必须立刻离开国境。如你所知,他到中国当了传教士。他从国外回来以后,就我个人而言,我是极力反对你同他有任何交往的;然而我父亲在弥留之际同意了让他做你的老师,但以永不跟你母亲见面为条件。我必须说句公道话,我相信他们两个直到最后一刻都忠实地履行了自己的诺言。这是很可叹的事,不过——"

亚瑟抬起头来。一切的生气和表情都从他脸上消失了,那张脸就像一张蜡做的面具。

"你不——不认为,"亚瑟结结巴巴,一字一顿地轻声说道,"这——这——这一切——滑稽可笑吗?"

"滑稽可笑?"詹姆斯把椅子从桌旁拉开,坐在那里,大瞪着两眼望着亚瑟,完全吓坏了,连脾气也发不出来,"滑稽可笑?亚瑟,你是在发疯吧?"

亚瑟突然把头向后一扬,着疯着魔似的哈哈大笑。

"亚瑟!"那位轮船公司老板大吼一声,颤巍巍地站起来,"我对你的轻狂感到震惊。"

没有回答，只有一阵接一阵的狂笑，笑声之大和喧嚣程度，使詹姆斯开始怀疑这里面是否还有比轻狂更严重的东西。

"活像个歇斯底里的女人。"他嘴里嘟哝着，带着不屑一顾的神气耸一耸肩膀，转过脸去，焦躁地迈着沉重脚步在房间里踱来踱去。

"说真的，亚瑟，你比朱莉娅还要坏。行啦，别笑了！我可不能在这儿侍候你一整夜。"

但是，他这一要求简直等于要求耶稣受难像自己从底座上走下来。亚瑟对任何规劝和训诫都置若罔闻，只是一个劲儿地笑，笑了又笑，没完没了。

"太荒唐了！"詹姆斯终于停止了烦躁的踱步，说道，"看起来你太激动，今天晚上是冷静不下来了。照这个样子，我怎么能跟你谈正经事呢。明天早上吃过早饭你来见我。现在你倒不如去睡觉的好。晚安！"

他走出去，咣当一声关住门。"现在得去应付楼下那个歇斯底里的人了，"他一边脚步沉重地往楼下走着，一边喃喃自语，"我看那边保准又哭成泪人儿了！"

疯狂的笑从亚瑟嘴角上消失了。他一把抓起桌子上的锤子，猛然向耶稣受难十字架扑去。

随着咔嚓一声巨响，他的神志突然清醒了。他站在空荡荡的基座前，锤头仍握在手里，被击的圣像的残骸断片散落脚下。他扔掉了锤头。"原来这般容易！"他说着，掉头走开，"我过去真蠢！"

他坐到桌旁，两手支颐，喘着粗气。不一会儿，他站起身，走到盥洗架前，劈头盖脸浇了一罐冷水。他心情平静地回到座位上，开始思索。

原来都是因为这些东西——因为这些虚伪的、奴性十足的人，因为这些不会作声、没有灵魂的偶像——他才遭受了这么多羞辱、刺激以及绝望的痛苦的折磨。换句话说，假如他结了一根绳子，上吊死了，那也只是因为一个传教士是个骗子。难道他们不都是骗子吗！噢，这一切都结束了，他现在变聪明了。他必须摆脱这些毒虫，重新开始生活。

码头上停泊着许多货船，偷偷钻到一艘船上溜出海港并非难事。这样即可横渡大洋，远走加拿大、澳大利亚、好望角，随便什么地方，随便去哪里都无所谓,只要远走高飞就够了。至于到了异国他乡如何生活,他可以随机应变,一个地方不养人,再换个地方试试。

他把钱袋掏出来。袋里只剩下三十三个玻里,不过他那块表很值钱,可以帮他不少的忙。无论发生任何情况都没有关系,他总会想得出办法渡过难关的。但是,那一伙人一定会来寻他,他们肯定要来码头上查问。不行,他必须给他们布一个疑阵——让他们相信他已经投水自尽,那样他才能获得自由——真正的自由。想到伯登家的人寻找他的尸体的情景,亚瑟不由得窃笑。这一切简直是一场闹剧!

他取了一页纸,把最先出现在脑子里的几句话写在上面:

> 我相信你,如同相信上帝一样。上帝是木雕泥塑的偶像,我用一把锤子即可砸碎,而你用一个谎言欺骗了我。

他将信折叠起来,写上蒙泰尼里的名字,又拿了一页纸,写道:"到达森纳码头去找我的尸首。"然后戴上帽子,走出房间。从他母亲肖像前经过的时候,他抬起头来看一看,大笑一声,耸一耸肩膀。她呀,也一样,曾经欺骗过他。

他蹑手蹑脚穿过走廊,轻轻拉开门闩,出了门,走上黑暗中那道宽大而有回音的大理石阶梯。他降级而下,那阶梯像一个黑洞洞的深坑在他脚下张开大口。

他穿过庭院的时候,极其小心地迈着脚步,唯恐把睡在楼下的吉安·巴蒂斯塔惊醒。房后堆积木柴的地下室,有一扇格子窗朝向运河,离地面不过四英尺。他记得,那锈迹斑驳的窗棂一边已经折断,稍稍用力一推,即可推开一个足以容他爬出去的洞。

窗棂很牢固,他把手擦破了,外套的一只袖管也被撕烂,但这又有何妨。他向街道上下张望,但见阒无人迹,那条阴郁的运河静静地躺在面前,像夹在两道笔直的泥壁之间的肮脏水沟。那个未曾涉足过的世界,也许是个伤心惨命的洞穴,但它绝不可能比他即将弃之而去的这个角落更无聊,更惨淡。没有什么值得惋惜,没有什么值得回顾。那是恶臭冲天、瘴疠肆虐的一潭死水,充满肮脏的谎言、笨拙的骗局、浅得连人都淹不死的臭气熏天的阴沟。

他傍运河堤岸走着,来到梅狄契宫附近的小广场。正是在这儿琼玛曾眉开目笑地张开双臂向他飞跑过来。这里,那道湿漉漉的石阶延伸到护城河里,肮脏的河沟对面就矗立着那座阴森的古堡。他以前从未注意到,那座古堡竟是那样低矮难看。

他穿过一条条狭窄的街道,来到达森纳码头,在那里摘下帽子,扔进水里。他们来用拖网打捞他的尸体的时候,无疑会发现它。然后他沿着水边往前走,一面漫无头绪地考虑着下一步怎么办。他必须设法藏到某一条船上,然而这做起来却很不容易。他唯一的机会是登上那道巨大的古老的梅狄契防波堤,顺着大堤往前一直走到头。在大堤的头上有一家下等酒馆,也许他在那里能找得到一个可以买通的水手。

但码头上所有的门都关闭了。他怎样才能通过这些门,从海关官员鼻子底下混过去呢?他们在夜间放一个没有护照的人过关,是要索取高额贿赂的,而他口袋里的钱不够。何况,他们还可能会认出他来。

在他正从"四个摩尔人"的青铜雕像跟前走过的时候,只见从码头对面一座老房子里冒出一个人影,并向桥上走去。亚瑟立即溜进一组群雕背后的阴影里,蜷缩作一团,从雕像基座角上向外窥望。

那是个柔和的春天夜晚,温暖而星光灿烂。海水拍打着防波堤的石壁,在石阶周围轻盈地打着漩涡,发出低低的笑声一般的声响。近处有一条铁链吱吱嘎嘎作响,慢慢地摆来摆去。一个巨大铁吊塔耸入云天,在苍茫夜色中显得高大而凄凉。那繁星密布、白云飘荡、熠熠闪光的天幕,映衬出黑黢黢一群披枷戴锁的奴隶的身影,向着他们的悲惨命运作激烈然而却是徒劳的抗争。

那人怪声怪调吼着一首下流的英国小曲,一溜歪斜沿港岸走了过来。他显然是个在小酒馆里喝得醉醺醺归来的水手。周围再看不见有别的人。待他走到近前,亚瑟站起身,一步跨到路当中。水手咒骂一句,中止了小曲,突然站住。

"我要跟你说句话,"亚瑟用意大利语说,"你听懂了吗?"

那人摇摇头。"跟我讲这种黑话没啥用,"他说,随之转而用半通不通的法语恼怒地说,"你想干吗?为啥不放我过去?"

"来,到黑地儿里来待一会儿,我要跟你说句话。"

"啊!到黑地儿里!可真是个好主意!你身上藏着一把刀子吧?"

"不,不是这个意思,朋友!你还看不出我只是想要你帮忙吗?我不会让你白帮的,我付给你钱。"

"呃?你说什么?看你这身打扮倒像个公子哥儿——"这时水手又换用英语说。他说着,走进阴影里,斜倚雕像周围的栏杆。

"好吧,"他又操着他那糟透了的法语,说道,"你想要干吗?"

"我想要从这里逃走——"

"啊哈!偷渡!想要我把你藏起来?我想,是犯了什么案吧。捅了哪个人一刀子,呃?这些外国人可真干得出来!那么,你打算上哪儿去?我猜想,总不会是去警察局吧?"

他带着醉态哈哈大笑,并眨着一只眼睛。

"你是哪条船上的人?"

"卡洛塔号上的——从里窝那到布宜诺斯艾利斯,运油去,运皮革回来。船就在那边——"他指着防波堤的方向上说,"一条老掉牙的旧船!"

"布宜诺斯艾利斯——行!你能把我藏到船上什么地方吗?"

"你能给多少钱?"

"给不太多,我只有几个玻里。"

"不行。至少也得五十个玻里——这个数就够便宜了——单凭你这身公子哥儿打扮。"

"你说公子哥儿打扮,是什么意思?你要是喜欢我的衣服,可以跟我换一换,但是再多的钱我就拿不出来了。"

"你那儿还有一块表呢,拿来。"

亚瑟掏出一只女式金怀表,上面的花纹和珐琅做工颇为精致,背面刻着"G·B"两个缩写字母。那是他母亲的表——但事到如今,哪顾得上许多?

"啊!"水手很快瞥了一眼那只表,说道,"当然,是偷来的!让我看一看!"

亚瑟忙把手缩回去,"不行,"他说,"等上了船我才把表给你,上船以前不给。"

"倒看不出你并不傻啊!我敢打赌,你这是第一次落难,对不对?"

"这不关你的事。噢,巡夜人走过来了。"

他们蜷缩在那组群雕背后,一直等巡夜人走过去。然后,水手站起来,叫亚瑟跟着他,他一边往前走,一边傻笑着。亚瑟默默地尾随其后。

水手带领他回到梅狄契宫旁边那个不规则的小广场,在一个黑暗角落里停住脚步,本出于谨慎想悄悄地说话,结果却唧唧哝哝含糊不清地说道:

"你就在这儿等着,再往前走,那些当兵的就会看见你了。"

"你去哪里?"

"给你弄几件衣服。我不能把你连同血渍斑斑的袖管一起带上船呀。"

亚瑟低头看了一眼被窗棂扯烂了的袖管。是擦破的那只手上有一点血滴到了上面。显然那个人把他当成了杀人犯。哼,管它呢,人们怎么想都无所谓。

过了一阵子,水手胳肢窝里夹着一个包袱,得意洋洋地回来了。

"换吧,"他低声说,"赶快换下来。我得返回去,那个犹太老家伙跟我讨价还价,纠缠了我半个钟头。"

亚瑟依照他的话去做,但一碰那身旧衣服,一种本能的厌恶感油然而生,遂不免缩手缩脚。幸而那几件衣服虽质地粗糙,倒还算干净。他穿着这身新装走到亮光下的时候,水手醉眼惺忪地上下打量他一番,然后郑重地点头称是。

"这就行了,"他说,"这边走,别弄出响声。"亚瑟抱着他换下来的衣服,跟着他穿过迷宫一般曲曲折折的沟渠和幽暗狭隘的胡同,这里是自中世纪以来的贫民区,里窝那的人管它叫做"新威尼斯"。在破烂不堪的房屋和污秽的院落中间,偶尔可见一座阴森森的旧宫殿,茕茕孑立于两条臭水沟之间,显出一副努力保持昔日的尊严然而却明知无望的孤独凄凉神气。他知道,有一些僻街陋巷,是盗贼、杀人凶手和走私犯的臭名昭著的巢穴,另外一些只是贫困凄惨罢了。

来到一座小桥旁边,水手停住了脚步,环顾四周,看一看有没有人注意,然后下了一道石阶,走到一个狭窄的埠头上。桥下有一只肮脏的、破烂不堪的小船。他厉声命令亚瑟跳进船躺下来,自己也坐到船上,开始向港湾的出口划去。亚瑟躺在湿漉漉并漏水的船板上一动不动,那人扔在他身上的衣服遮盖住他,他从这些衣服下面窥视着那些熟悉的街道和房屋。

不一会儿他们便从一座桥下穿过,进入运河环绕古堡的那一段。雄伟的城墙从水面上崛起,底基宽厚,渐上渐变窄狭,直到最上端那颦眉蹙目的塔楼。几小时前,在他看来还是那样坚不可摧,那样不可逾越!而现在……

他躺在船底轻声笑起来。

"别出声!"水手悄声说,"把头蒙住!我们靠近海关了。"

亚瑟拉过衣服蒙住了头。又往前行进了几码,小船在一排用链子锁在一起的桅杆前停下来,这些桅杆横陈于运河河面上,挡住了海关与古堡城墙之间狭窄的水路通道。一个睡眼惺忪的海关官员打着哈欠走出来,手持一盏风灯,弯腰望着水面。

"请出示护照。"

水手把他的正式证件递上去。亚瑟在衣服下面憋得几乎窒息了,但仍屏息静听。

"深更半夜才回船上去,可拣了个好时候啊!"那个海关官员抱怨说,"在外头痛痛快快地玩了一阵子吧?船上装的是什么?"

"旧衣服。捡的便宜货。"他拿起那件马甲来让那人检查。那位官员把风灯放低,弯下腰,瞪大了眼睛看了一下。

"我看没问题。你可以过去了。"

他抬起横杆,那只船缓缓驶出,进入黑沉沉、波浪起伏的水域。行了一段距离,亚瑟坐起来,把那些衣服扔掉。

"那条船就是,"水手默默地划了一些时候之后,低声说道,"坐在我背后,别出声。"

水手爬上那个黑色大怪物的一侧,边爬边小声骂骂咧咧,嗔怪那个初次航海的人笨手笨脚,其实亚瑟天生动作敏捷,大多数人处在他的地位要比他更为笨拙。他们安全地上了船,就小心地从一堆堆黑黢黢的缆绳、机器中间爬过去,终于爬到一个舱口跟前,水手轻轻地把舱盖揭开。

"下去!"他低声说道,"我去去就来。"

那个船底舱不仅潮湿、黑暗,而且臭不可闻。起初,亚瑟差一点被那生皮子和腐败脂油的臭味噎住,本能地抽身后退。随之,他想起了那个"惩罚牢",便耸一耸肩膀,顺着梯子爬下去。看将起来,生活,不管在哪里都是一样:丑恶、腐败、毒虫成灾,充满可耻的隐秘和黑暗角落。尽管如此,生活依然是生活,他必须好好地生活下去。

过了几分钟,水手回来了,手里拿着一件东西,因为舱里黑咕隆咚,亚瑟看不清是什么。

"喏,把表和钱给我。快些!"

亚瑟是在暗处,居然趁势扣下了几个硬币。

"你必须给我弄点什么东西吃,"他说,"我简直要饿死了。"

"我带来了。拿去吧。"水手递给他一只大水罐、几块硬邦邦的饼干和一块咸肉,"你听着,明天早晨海关官员来检查的时候,你必须藏在这儿这只空酒桶里。在我们出海以前,要像一只老鼠那样安静。该出来的时候,我自会叫你。要是叫船长看见,你可就要吃苦头了——就是这些!把喝的东西放好了吗?晚安!"

舱盖关闭了,亚瑟把那宝贵的"喝的东西"放到一个安全地方,爬上一只油桶,吃起咸肉和饼干来。然后,他在肮脏的地板上蜷缩作一团,自从离开襁褓以来,他第一次没有祷告就允许自己睡觉了。黑暗中老鼠成群结队在他的周围窜来跳去,然而,不管是老鼠的无休止的吵闹,或是船的颠簸摇晃,或是脂油令人作呕的臭味,或是明天晕船的前景,都不能使他醒来。这一切他都不管不顾了,就像他对昨日还当作神来崇拜的那个打碎的、失去尊严的偶像一样,不管不顾了。

第二卷

第一章

一八四六年七月的一个晚上,几位老熟人在佛罗伦萨的法布列齐教授家里聚会,讨论今后如何开展政治活动。

在座的有几位是玛志尼党人,对他们而言,只有建立一个民主共和国和统一的意大利,才会感到满意。其余的人是君主立宪党人和各色各样的自由主义分子。尽管众说纷纭,但大家在一点上意见是一致的,那就是都不满意塔斯加尼公国的报刊检查制度。著名的教授们召集这次聚会时曾希望,与会之持不同政见者各方代表,至少能在这一点上进行一个小时的讨论,而不发生争执。教皇庇护斯九世即位时发布了著名的大赦令,宣布释放教皇领地内的政治犯,这件事才过去两个礼拜,它所引起的自由主义浪潮就席卷了整个意大利。在塔斯加尼公国,连政府也好像受到这令人震惊的事件影响。法布列齐和其他几位佛罗伦萨社会名流立刻想到,这是一个为争取改革出版法而做一番勇敢努力的大好时机。

"当然啦,"当这个问题首次向戏剧家莱伽提出来的时候,他曾这样说,"在出版法修改以前,创办报纸是不可能的,我们根本不必办报。不过,也许已经能够通过检查,出版一些小册子了,我们动手越早,也就促使出版法修改得越快。"

现在这位戏剧家正在法布列齐教授的图书室里阐述自由主义作家所应采取方针的理论。

"毫无疑问,"座中一位花白头发、说话慢条斯理的律师插嘴道,"我们应当设法利用这样一个时机。难得有这样一个对重大改革有利的时机,不可错过。但是,我怀疑出版小册子是否会有好处。这样的小册子只会激怒政府,叫它害怕,不能把它争取到我们这一边来,而这一点正是我们真正想要做的。一旦当局把我们当成危险的煽动分子看待,我们可就失去得到它帮助的机会了。"

"那么,你认为我们应该怎么办?"

"请愿。"

"向大公爵请愿吗?"

"不错,要求放宽出版自由。"

靠窗坐着的一个目光炯炯、面皮黝黑的人大笑一声,转过头来。

"请愿吧,你会从中捞到不少好处的!"他说,"我还以为伦齐一案的结局,给了所有用这种方法工作的人足够教训呢。"

"我亲爱的先生,我们最终没能阻止住引渡伦齐,我跟你一样感到遗憾。不过说实话——我无意伤害任何人的感情,但我不能不认为,那次事件的失败,主要应归咎于我们中间一些人的过激言行。因此我不能不怀疑……"

"每个皮埃蒙特人都是这样,"那个黑脸汉子疾言厉色插嘴道,"我不明白过激言行表现在哪里。我们呈递的一连串请愿书都是措辞温和,除非你能从中挑出毛病。这在塔斯加尼和皮埃蒙特也许可以算得上过激言行,但在我们那不勒斯人看来,这算不得什么特别过激的言行。"

"幸而,"那位皮埃蒙特人说道,"那不勒斯人的过激言行只为那不勒斯人所独有。"

"喂,喂,先生们,算啦!"法布列齐教授打断他们的话,"那不勒斯人的习惯有其长处,皮埃蒙特人的习惯也是如此;眼下我们是在塔斯加尼,而塔斯加尼人的习惯是就事论事。现在,格拉西尼主张请愿,而盖利反对。列卡陀医生,你有什么看法?"

"我看不出请愿有什么害处,如果格拉西尼草拟一份请愿书,我会很高兴在上面签名。但我认为,单是请愿而不做别的事,成就不会很大。我们为什么不能又请愿,又印发小册子呢?"

"原因很简单,小册子会引起当局反感,从而不准许我们请愿。"格拉西尼说。

"不管怎么样,当局都不会让步。"那个那不勒斯人站起来,走到桌前,"先生们,你们采取的方法是不对的。一味迎合政府没有好处。我们必须要做的事是唤起民众。"

"说一说容易,做起来可就难了,你打算怎么样着手呢?"

"这还用得着问盖利!他当然是要把检察官打得头破血流啦。"

"不,说实话,我不会那样做,"盖利坚定地说,"你总以为从南方来的人一定不相信说理,只相信冷冰冰的铁棍。"

"好啦,你有什么建议?嘘!请安静,先生们!盖利有个提案要说出来。"

所有在座的人,原先三三两两分作几堆分头议论,这时都集中到桌子周围来恭听。盖利连忙举起双手来作解释。

"不,先生们,这不是什么提案,只是一项建议。大家因为新教皇即位欣喜若狂,照我看来,这里面潜伏着现实的巨大危险。民众好像认为,既然他制定了一个新方针,我们只要把我们自己——包括我们所有的人,整个意大利——投入他的怀抱,他就会把我们带到理想的乐土。我也像大家一样,对教皇感到由衷的敬佩。大赦令的确是一个了不起的行动。"

"我敢说,教皇陛下听到这话可要受宠若惊了。"格拉西尼鄙夷地插嘴说。

"行了,格拉西尼,你让人家说下去呀!"这回轮到列卡陀插话了,"真是怪事,你们两个就像狗见了猫,一打照面就要撕咬。接着往下说,盖利!"

"我要说的是,"那位那不勒斯人接着说,"教皇陛下这样做,无疑用心良苦。但他能把改革进行到何等程度,那就是另外一个问题了。当然,目前局势看来一切平静。在一两个月内,意大利各地的反动分子都会暂时偃旗息鼓,等着大赦引起的这股狂热劲儿过去;但他们不会眼看着人家夺走他们手中的权力而不拼死搏斗。依我个人之见,冬天过不了一半,耶稣教派、格黎高里派和圣信会派,以及他们的狐群狗党,就会来跟我们捣乱,策划阴谋,施展诡计,将他们收买不了的人统统毒死。"

"这倒是很有可能。"

"好啦,那么,我们究竟是在这儿束手待毙,恭而敬之送上几份请愿书,直到拉姆布鲁斯契尼和他的党羽说服了大公爵,把我们一起交给耶稣教派管制,也许还会派几名奥地利骑兵在街上巡逻,使我们俯首帖耳呢,还是抢先下手,利用他们暂时失势的机会,先发制人,给他们一次打击?"

"请告诉我们你所谓的打击是什么?"

"我要建议,展开一种旨在反对耶稣教派的有组织的宣传和鼓动。"

"那实际上就是用小册子来宣战,是不是?"

"不错,我们要揭露他们的阴谋,戳穿他们的诡计,号召民众团结起来去攻击他们。"

"可是这里并没有耶稣教派要我们去攻击啊。"

"没有吗?等上三个月,你再看看会有多少吧。那时候要想把他们赶出去,可就太晚了。"

"要想真正唤起全城民众反对耶稣教派,那就必须直言不讳;如果这样做,你怎样躲避审查制度呢?"

"我压根儿不想躲避它,我要向它挑战。"

"你是说印发匿名的小册子?好倒是好,可事实上我们都看到了许多秘密出版物的下场了——"

"我不是这个意思。我要公开出版小册子,印上我们的姓名和住址,他们要是敢于起诉我们,就让他们起诉好啦。"

"这个计划荒唐到了极点,"格拉西尼喊道,"这简直是把自己的脑袋送进狮子嘴里,纯粹是胡来。"

"哦,你不必害怕!"盖利尖刻地打断他的话,"我们不会为我们的小册子请你跟我们一起去坐牢的。"

"住嘴,盖利!"列卡陀说,"这不是个害怕不害怕的问题;只要这样做确实有道理,我们大家都会像你一样,毫不含糊,跟你去坐牢。但是无谓的冒险则是幼稚之举。我个人对这一个提议要做一点修正。"

"好呀,你怎样修正呢?"

"我想,我们可以想办法小心地与耶稣教派进行斗争,而不同审查制度发生冲突。"

"我不明白你怎样才能做到这一点。"

"我想,用拐弯抹角的办法把要说的话遮掩一下还是可能的,那样——"

"那样就审查不出来?然后你就指望每一个贫苦的手艺人和卖苦力

的人靠他们的无知和愚笨读懂其中的意思？这听起来根本行不通。"

"玛梯尼，你有什么看法？"教授转向坐在他身边的一个宽肩膀、蓄一部棕色大胡子的人问道。

"我看在我有更多的事实作依据之前，以保留意见为好。这个问题要不断探索，视其结果而定。"

"你呢，萨康尼？"

"我很想听一听波拉夫人怎么说。她的意见一向是很有价值的。"

大家都回过头去看房间里唯一的女人，她一直手托香腮静静地坐在沙发上听人们争论。她有一对深邃、严肃的黑眼睛，可是她现在抬起头来的时候，眼睛里有一种不会被误解的嘲弄的光芒。

"恐怕我不敢苟同大家的意见。"她说。

"你总是样，最糟糕的是你总有理。"列卡陀插嘴说。

"我以为，必须采用某种方式同耶稣教派作斗争，这一点完全正确；如果我们用一种武器不行，就必须换另一种。但是光靠针锋相对不行，那是一件软弱无力的武器，而躲避审查则是一件笨拙的武器。至于请愿，那是小孩子的玩意儿。"

"我希望，波拉夫人，"格拉西尼神色庄重地插言道，"你不至于建议采用诸如行刺之类的手段吧？"

玛梯尼捋一捋他的大胡子，盖利不客气地格格笑着。就连那位一向矜持的夫人也忍不住微微一笑。

"相信我，"她说，"即便我歹毒到想得出这种主意，也还不至于如此幼稚，拿到这儿来大谈特谈。但是，我所知道的最厉害的武器就是冷嘲热讽。如果你能够把耶稣会教士描绘得滑稽可笑，让民众都嘲笑他们和他们的主张，那么你不用流血就把他们征服了。"

"就此而论，我相信你是对的，"法布列齐说，"但我看不出怎样才能做到这一点。"

"我们为什么就做不到这一点呢？"玛梯尼说，"一篇讽刺文章较之一篇严肃文章更容易通过审查；而且，假如非得遮遮掩掩不可，比之于科学或经济学论文，一般读者更能从一则显然荒唐的笑话里看出双关的意义。"

"那么，夫人，你是建议我们出版讽刺性小册子呢，还是试图创办一份滑稽小报？我敢断定，审查官们是绝不会允许后一种尝试的。"

"确切地说,这两种都不符合我的意思。我相信,印一些用散文或诗歌写的小传单,廉价出售,或者在街头免费散发,那是很有用的。假如我们找得到一位聪明的画家,能领悟文章精神,我们就给它们配上插图。"

"如果能够做成这件事,这倒是个绝妙的主意,不过,不做则已,要做一定得做好。我们需要一位第一流的讽刺家,这样的人我们去哪里找呢?"

"对呀,"莱伽补充说,"我们中的大多数人都是严肃作家,我说一句对诸位有失恭谨的话,如果要大家强作幽默状,就好比叫大象跳塔伦台拉舞呢。"

"我绝不是要大家一哄而上都去干外行工作。我的意思是,我们应该设法找一个真正有天才的讽刺家——在意大利,这样的人肯定找得到——并且主动向他提供所需的资金。当然啦,对这个人我们必须了解透彻,确保他能按照我们同意的方针工作。"

"可是,到哪里去找呢?有真才实学的讽刺家屈指可数,没有一个人合适。裘斯梯不会接受,事实上他已经忙得不可开交了。伦巴第倒是有一两位好手,可惜他们只用米兰方言写作——"

"而且不仅如此,"格拉西尼说,"我们可以用别的更好的办法影响塔斯加尼人。我敢断言,如果我们把这个事关公民自由和宗教自由的严肃问题视若儿戏,小而言之,人们就会认为我们缺少政治上的'应变力'。佛罗伦萨并不像伦敦那个只知道开工厂赚大钱的野蛮地方,也不像巴黎那个穷奢极欲、纸醉金迷的魔窟,它是一个有过伟大历史的城市——"

"雅典也一样,"她微笑着打断他的话,"但是它'因为臃肿而显得麻木不仁,需要一只牛虻来刺醒它'——"

列卡陀拍了一下桌子:"着哇,怎么就没想到牛虻呢?他不正是要找的人吗!"

"你说的是谁?"

"牛虻——费利斯·列瓦雷士。你不记得他吗?三年前跟穆拉多里兄弟的队伍一起从亚平宁山上下来的那个人。"

"噢,你认识那一伙人,不是吗?我记得,他们去巴黎的时候是你跟他们一起去的。"

"不错。我去了里窝那,送列瓦雷士动身去马赛。他当时不愿意留在塔斯加尼;他说,起义失败了,留在这儿除了放声大笑没有别的事可干,他倒不如去巴黎。毫无疑问,他跟格拉西尼先生的见解一致,认为塔斯加尼这地方让人笑不出来。不过,我相当有把握,只要我们邀请他,他是会回来的,因为在意大利又可大干一番了。"

"你刚才说他叫什么名字来着?"

"列瓦雷士。我想,他是巴西人吧。至少,我知道他在那儿住过。他是我见过的最机智的人了。天晓得,我们在里窝那的那一个礼拜,无论如何都高兴不起来,一看见兰姆勃梯尼,就叫人伤心死了。但是只要有列瓦雷士在屋里,我们就忍不住要笑,他那诙谐的谈吐,简直就是一团永远喷不完的烈火。他的脸上也给深深地横劈了一刀,我记得是我给他把伤口缝合起来的。他人很古怪,但是我相信,因为有他和他不时地打趣调侃,才让那些可怜的小伙子们没有完全垮下来。"

"他不就是那个在法国报纸上用牛虻做笔名发表政治讽刺文章的人吗?"

"是的,大多数都是短小精悍的幽默小品。亚平宁山上的走私贩子知道他舌头厉害,给他送了个绰号'牛虻',他就把这个绰号当笔名了。"

"我也听人说过这位先生的情况,"格拉西尼用他那慢条斯理的声调插进来说,"我可不能说,我所听到的都是对他的赞誉。虽说他的确具有某种哗众取宠的小聪明,但我认为他的才能被说得太神乎其神了。他可能不乏敢打敢拼的勇气,但我相信他在巴黎和维也纳的名声不能说是白璧无瑕。他好像是一个绅士——呃——呃——多次出生入死,然而身世无从稽考。据说他在南美赤道一带的荒原上流浪,杜普雷探险队出于慈善之心收留了他。当时他像个野人,潦倒落魄的程度令人难以想象。我相信,他对自己何至于落到那步田地,从没做出过令人满意的解释。至于说亚平宁山的那次起义,恐怕毋庸讳言,参与那个不幸事件的,三教九流什么人都有。据说在波沧亚被处决的那几个人是一伙亡命之徒,侥幸逃脱的人当中,大多数人的品格不值得一提。当然,其中也的确有少数几个是具有高贵品格的——"

"他们当中有几人还是在座几位的至交呢!"列卡陀声音里满含怒气插嘴说,"采取挑剔和孤傲的态度并不为过,格拉西尼;但是那些所谓的亡命之徒是为他们的信仰而舍生的,这就比你和我到现在为止所干的事要伟大多了。"

"下次你再听到有人对你讲起这种巴黎的风言风语,"盖利补充说,"你不妨告诉他们,就我所知,他们有关杜普雷探险队的说法是完全错误的。我跟杜普雷的助手马特尔有私交,从他那里了解到了事情的真相。他们发现列瓦雷士流落到那里,确有其事。他在为阿根廷共和国的战斗中被俘,后来逃跑了。当时他正用各种方法乔装改扮,在阿根廷境内到处流浪,设法回到布宜诺斯艾利斯。要说是出于慈善之心才收留了他,那就纯属杜撰了。事实上,他们的翻译员突然病倒,不得不离队返回,那些法国人当中没有一个会讲当地土语,于是他们主动向他提供了这个职位,他也就跟随他们转战三年,考察了亚马逊河所有的支流。马特尔告诉我,要是没有列瓦雷士,他们根本不可能完成那次探险。"

"不管他是什么人,"法布列齐说,"他一定有过人的本领,否则不会受到那两位经验丰富的老探险家瞩目。你有什么看法,夫人?"

"我对这桩事一无所知。他们从塔斯加尼逃亡出去的时候,碰巧我去了英国。不过我倒觉得,那些在蛮荒的国度里跟他一起探险三年的同伴和跟他一道起义的同志对他评价很高,那就是一份很有分量的推荐书,足以抵消那些无稽的街谈巷议了。"

"至于他的同志对他的评价,那是毫无问题的,"列卡陀说,"从穆拉多里和柴姆贝卡里,到最粗鲁的山民,都对他极为崇敬。他跟奥尔西尼私交也很深。不错,另一个方面,关于他在巴黎的情况,确实不断传出令人不太愉快的流言蜚语,但是,一个人如果不愿意树敌,他就成不了政治讽刺家。"

"我记得不是太清楚,"莱伽插言道,"但是那些人经过这里逃走的时候,我记得好像见过他一面。他是不是驼背,或是佝偻着腰什么的?"

教授拉开写字台上的一只抽屉,翻着一叠文件。"我想,我这里放着警察局通缉他的告示,"他说,"你们大概都还记得,他们逃进山里躲起来以后,当局给他们画影图形到处张贴,而且红衣主教——那个混蛋叫什么来着?——斯宾诺拉,还悬赏要他们的脑袋呢。"

"提起警察局这张告示,我倒想起列瓦雷士的另外一个神奇故事来了。他穿上士兵的旧军装,装扮成执行任务时负伤、想要归队的骑兵,在全国到处流浪。有一次,碰上了斯宾诺拉的搜查队,他竟然就便搭上他们的车,在车上整整坐了一天。他还对那些搜查队员讲了许多惊心动魄的故事,说他如何被叛乱分子俘虏,给拖进他们山上的巢穴,还说他如何受尽折磨。搜查队员把那张告示拿给他看,他就对他们胡编了一通瞎话,大谈'他们称作牛虻的恶棍'。到了半夜,等他们都睡熟了,他就把一桶水倒在他们的火药上,口袋里装满给养和弹药溜之大吉——"

"啊,告示在这儿,"法布列齐突然说,"'费利斯·列瓦雷士,绰号牛虻。年龄,三十左右;籍贯和家世,不详,可能为南美洲;职业,新闻记者。身材矮小,黑发,黑须,皮肤黝黑,蓝眼睛,宽额大颧,鼻子、嘴和下巴——'喔,在这儿:'特征:右腿瘸,左臂扭曲,左手缺二指,脸上有新刀伤疤痕,口吃。'另外还有一条注释:'枪法极精;追捕时务必小心。'"

"真是非同寻常,搜查队手里有这样详细的一份相貌特征描述,竟让他蒙混过去了。"

"当然,他能化险为夷全凭的是非凡的胆量。只要搜查队起半点疑心,他就没命了。但是他能随时装出一副推心置腹、天真无邪的样子,无论什么难关他总能闯过去。好啦,先生们,你们觉得这个提议怎么样?看来在座的人当中有不少认识列瓦雷士。我们要不要去向他表示,说我们这儿需要他的帮助?"

"我觉得,"法布列齐说,"我们不妨先向他试探一下,看他是否愿意考虑我们这个计划。"

"噢,他会愿意的,你放心好啦,只要是跟耶稣教派斗,他一定愿意干。他是我见过的人当中反对教士最激烈的人,事实上他在这一点上态度非常坚决。"

"那么,就由你给他写信好吗,列卡陀?"

"当然可以。让我想一想现在他在什么地方?我想是在瑞士吧。他是个在哪儿也待不住的人,总是东奔西跑。至于出版小册子的问题——"

随即他们进行了一番长久而热烈的讨论。等到与会的人最终散去的时候,玛梯尼走到那个沉默寡言的年轻妇人面前。

"我送你回家好吗,琼玛。"

"谢谢。碰巧我想跟你谈一件正事。"

"是地址出了岔子?"他轻声问道。

"并不太严重,不过我想现在应该稍做些改动了。这个星期有两封信扣押在邮局。那两封信都不太重要,也许事出偶然;但是我们不能冒险。一旦警方开始怀疑我们任何一个地址,我们就得赶紧更换。"

"这事我们明天再谈吧。现在我不想谈正事,你看起来有点累。"

"我不累。"

"要么就是心情不太好。"

"噢,不,不尽然。"

第二章

"夫人在家吗,凯蒂?"

"在家,先生,她正在梳妆。请在客厅稍候,她说话就下楼来了。"

凯蒂以德文郡姑娘特有的欢快友好态度把客人迎进门。玛梯尼是她特别喜欢的一位客人。他讲的英语自然带点外国口音,不过那得说讲得挺不错的。他不像别的客人那样,一坐下来就扯开嗓门儿高谈阔论,直至深夜,不顾女主人疲倦与否。再者,在女主人婴儿夭折、丈夫病危的困顿时期,他曾赶到德文郡帮助过她;从那时起,这个魁伟、笨拙、寡言少语的人,在凯蒂看来,就像趴在他膝头的那只懒洋洋的猫,简直成为"这个家庭中的一员"了。帕什特则把玛梯尼看作一件很有用的家具。这位客人从来不踩它的尾巴,也不把烟喷进它的眼睛里,或者寻衅挑逗跟它过不去。他一举一动有绅士风度:给它提供一个舒适的膝盖,让它趴在上面打呼噜,吃饭的时候从不会忘记把鱼赏给它吃一点。他们之间的友谊由来已久了。从前帕什特还是个猫崽的时候,女主人卧病在床,无暇顾及它,它便被装进篮子,在玛梯尼照料下从英国来到这里。自那时起,漫长的经历使它相信,这个笨拙的人熊绝非一个只能同安乐而不能共患难的朋友。

"看你们俩多惬意呀!"琼玛走进客厅说道,"人家会以为你们就这样安顿下来,消磨这个晚上呢。"

玛梯尼把猫小心翼翼地从膝头抱起来。"我早来了一会儿,"他说,"想趁我们出发前让你给我准备点儿茶点。那边的人一定多得要命,格拉西尼不会给我们准备什么像样的晚餐——身居豪宅的人从来不会。"

"得啦!"琼玛笑着说,"你讲话像盖利一样刻薄!可怜的格拉西尼,不算因为他妻子不善持家而遭的不幸,他自己的不幸也够多了。茶一会儿就好。凯蒂还特意为你做了德文郡小饼呢。"

"凯蒂是个好人,你说对吗,帕什特?噢,你终于把这件漂亮裙子穿上了。我还怕你忘记穿呢。"

"我不是答应过要穿嘛,尽管今晚天热,穿着不舒服。"

"到了菲索尔就凉快得多了,你穿白羊绒衫再合适不过。我给你带来一些鲜花,跟它相配。"

"啊,多么可爱的玫瑰花呀;我太喜欢了!最好还是把它们放进水里。我不喜欢戴花。"

"瞧!你那迷信的怪念头又来了。"

"不,这不是怪念头。只是觉得整个晚上让它们陪伴像我这样一个乏味的人,它们一定会觉得厌倦。"

"今天晚上恐怕我们大家都会觉得厌倦。这个晚会肯定乏味极了。"

"为什么?"

"一半是因为,凡是经格拉西尼之手触摸过的东西,都会变得像他一样乏味。"

"话不要说得这样刻薄。我们马上就到人家家里做客了,说这种话是不公道的。"

"你的话总有理,夫人。好啦,乏味的另一个原因是,那些令人感兴趣的朋友当中,有一半不来赴会。"

"这是怎么回事?"

"我也说不清。或许有的不在城里,有的生病,有的忙其他事。不过,不管怎么样,那里总会有两三位大使,几位德国学者,一班照例有的不三不四的旅游者、俄国王公和文学俱乐部成员,以及几个法国军官等等;那些人我一个都不认识——当然啦,那位新来的讽刺作家除外,他会是今晚众人瞩目的人物。"

"新来的讽刺作家?是列瓦雷士吗?我原以为格拉西尼对他很不赞成呢。"

"这话不假,但是,既然那个人已经到来,而且一定会成为众人谈论的对象,格拉西尼当然希望他的家成为名士初次露面的地方。你可以相信,列瓦雷士还没有听到格拉西尼对他不赞成的话。不过,他也许已经猜到了,要知道,他这个人是非常敏感的。"

"我还不晓得他已经来了呢。"

"他昨天刚到。茶来啦。不,你不必站起来。让我来端茶壶好啦。"

在这间小小的书房里,玛梯尼感到无比的快活。琼玛的友谊,她在不知不觉中对他产生的魅力,她那质朴忠诚的同志之情,这一切都是他那并不辉煌的一生中最辉煌的事物。每逢他开始觉得心情格外烦闷的时候,就在公务余暇跑来跟她坐一坐,通常一言不发,只默默地看着她斟茶或低头做针线。她从不询问他有什么烦恼,也不用言语表示对他的同情,但他每次离开这里,都觉得坚强了些,平静了些,像他常对自己说的那样,他又能够"像样地活上两个礼拜了"。她具有一种体恤他人的罕见才能,虽然她自己并不觉得。两年前,他的知心朋友们在卡拉布里被人出卖,像狼一样惨遭屠杀的时候,也许正是她的坚强信心,才把他从绝望中拯救出来。

他有时候也在礼拜天的上午来这里"谈谈正事"。这指的是与玛志尼党的具体工作有关的任何事情,因为他们两人都是该党积极而忠诚的党员。每逢这种时候,她俨然变成了另外一个人:机警,冷静,思维缜密,一丝不苟,绝少偏见。仅仅见过她从事政治活动的人,都把她看作一个训练有素、遵守纪律的革命家,是一个值得信赖、勇敢无畏、各方面堪为楷模的党员,但是缺乏人情和个性。"她是天生的革命家,一人抵得上我们十来个,仅此而已。"盖利曾这样评价她。玛梯尼所认识的这位"琼玛夫人",别人是很难理解的。

"呃,这位'新来的讽刺作家'是什么模样?"琼玛打开食品柜时回头望着玛梯尼说,"看,西萨尔,这儿有给你吃的麦芽糖和罐头蜜饯。我纳闷为什么干革命的男人都那么喜欢吃糖。"

"别的男人也爱吃糖,只不过他们爱面子,不肯承认罢了。你问那个新来的讽刺作家什么模样吗?噢,他是寻常女人见了着迷,你会感到厌恶的那种人。他以卖弄尖酸刻薄的话为能事,带着一副无精打采的样子闯荡世界,身后跟着一个跳芭蕾舞的漂亮姑娘。"

"你是说果真有个跳芭蕾舞的姑娘,还是你看着不愤,想要模仿一下他那尖酸刻薄的话?"

"天晓得!我干吗要看着不愤;跳芭蕾舞的姑娘确有其人,对那些喜欢风骚泼辣美人的人来说,长得漂亮也确有其事。不过我个人并不这样看。据列卡陀说,她是个匈牙利吉卜赛女郎,出身于加里西亚的地方戏院。他好像是个脸皮很厚的人,向人们介绍那个姑娘的时候,就好像她是他没出嫁的姑妈似的呢。"

"这样才公平啊,如果是他把她从家里带出来的话。"

"你可以这样看,亲爱的夫人,但是上流社会可不会这样看。我想,他把这个女人介绍给别人的时候,大多数人会很生气,因为他们知道那是他的情妇呀。"

"除非他自己告诉别人,否则人家怎会知道内情?"

"那是明摆着的,你只要跟她一见面就明白了。不过我倒认为,他胆子再大,也还不敢公然把她带到格拉西尼家里。"

"他们也不会接待她。像格拉西尼太太那样的女人,违背礼俗的事她是不会干的。好啦,我要了解的是作为讽刺作家的列瓦雷士,而不是他的个人情况。法布列齐告诉我,他已经回信并表示同意担负起抨击耶稣教派的使命了,这是我听到的最后消息。这个礼拜我实在忙得不可开交。"

"我也不一定能向你提供更多消息。钱的方面好像没什么困难了,原先我们还担心这一点。看来他很有钱。他愿意工作而不计报酬。"

"他是有一笔私人财产了?"

"他显然是有的,尽管这事有点奇怪——那天晚上在法布列齐家里,你听说过杜普雷探险队发现他时他的境况。但是他持有巴西某地矿山的股票,而且他作为一名专栏作家,在巴黎、维也纳和伦敦都非常成功。他好像精通六七种语言,就是在这里也无法阻止他跟各地报纸保持联系。写文章抨击耶稣教派不会占去他的全部时间。"

"这话有理。该动身了,西萨尔。哦,我还是把花戴上吧。请等我一下。"

她跑上楼去,回来的时候胸襟上别着玫瑰花,头上还围着一条西班牙式镶黑色花边的长披巾。玛梯尼以艺术家的赞许目光打量她。

"你看起来像个女王,我尊贵的夫人,像伟大而聪慧的示巴女王。"

"这话说得多损啊!"她笑着反驳他,"你知道,我为了把自己装扮成一个典型的上流社会贵妇,费了多少心思!谁要一个地下革命者看起来像示巴女王?那并不是摆脱暗探的办法。"

"纵然你费尽心思,也学不会上流社会女人那种俗不可耐的样子。但是话说回来,这也没有多大关系。你看起来太漂亮了,暗探们是不可能猜到你的政治观点的。即便如此,你也不会像格拉西尼太太那样,用扇子半遮面孔,格格地傻笑。"

"得啦,西萨尔,就别再挖苦那个可怜的女人了!喏,再吃点儿麦芽糖压一压火气吧。你准备好了吗?那我们就动身吧。"

果如玛梯尼所言,晚会上既拥挤又乏味。那些学者名流彬彬有礼地闲聊天,显出百无聊赖的样子;那些"不三不四的旅游者"和"俄国王子"往来穿梭于各房室之间,互相打听哪个是名流,并假装斯文,找人家攀谈。格拉西尼接待客人的矜持态度,就像他那双擦得锃亮的靴子一样,但一见琼玛,他那冷冰冰的面孔便顿时放出光彩。他并非真的喜欢她,其实他私下里见到她时还有点儿发憷。但是他意识到,如果没有她,他的客厅里就会缺少一个引人注目的人物。他在事业上飞黄腾达,如今财也发了,名也出了,剩下的一个抱负就是要使他的家成为开明人士和知识分子的社交中心。他痛苦地意识到,他在孟浪的青年时代娶下的这个相貌平庸、妆饰过度的小个子女人,谈吐粗俗,风姿不存,根本不配做这样一个大型文艺沙龙的女主人。只要他能说服琼玛来参加,他就觉得这次晚会一定成功。她那娴雅的风度会使客人们感到轻松愉快,只要有她在座,他想象中一直像魔影一般出没于这座房子的粗俗气会一扫而光。

格拉西尼太太亲切地欢迎她,对她大声地耳语道:"你今晚看起来多么迷人啊!"并以不怀好意的挑剔目光仔细打量那件白羊绒衫。她对这位女客怀有宿怨,她所恨的正是玛梯尼所爱的东西。她恨她那安详而坚强的性格,恨她庄重而诚挚的率直,恨她那沉稳的心态和她脸上那种表情。格拉西尼太太恨一个女人的时候,她是以一种溢于言表的柔情表现出来的。琼玛对这套恭维和亲昵抱着姑妄听之的态度,过后便不再思量。所谓的"社交",在她眼里是一件讨厌的、令人不愉快的任务,而一个不愿引起暗探注意的秘密革命者却必须主动地完成这个任务。她把这与繁琐而费力的写密码工作归之于一类,她知道,一个女人因穿着得体而赢得的名声是一道难得的屏障,使人不去怀疑她。因此,她钻研时装样本的细心程度,丝毫不亚于她钻研密码。

听到有人提到琼玛的名字,那些闷闷不乐、百无聊赖的学者名流立刻来了精神。他们很愿意和她交往。尤其是那些激进的新闻记者,他们立即从屋子另一头蜂拥而来,把她团团围住。但她是个见多识广的革命党人,绝不会听任这一伙人摆布。激进分子天天都可见到。这会儿他们聚集在她周围,而她则委婉地劝说他们各自去忙自己的正事,微笑着提醒他们不必在跟她谈话上浪费时间,那边还有很多旅游者等他们指导呢。她就这样把他们支开了。她自己则专心去跟一位英国议员攀谈,因为他们共和党人急于争取那个人的同情。她知道那人是位金融方面的专家。为了引起他的注意,她先向他请教了一个有关奥地利货币的技术性问题,然后巧妙地将话题转到伦巴第与威尼斯政府的财政支出状况上来。那个英国人原以为随便闲扯一气无聊得很,听了这番话,不禁惊奇地看了她一眼,深恐自己落到了一位女才子手里。见她仪态落落大方,谈吐不俗,他不由得肃然起敬,立刻认真地谈起意大利的金融问题,好像面对的是梅特涅一般。格拉西尼带着一个法国人来到她跟前,说是"要向波拉太太请教青年意大利党的历史的一些情况",那位议员先生惶惑地站起来,觉得意大利之所以民怨沸腾,其原因也许并不仅是他原先所想的那样。

过了一些时候,琼玛悄悄溜到客厅窗外的凉台上,想在那高大的山茶花和夹竹桃之间独自坐一会儿。房间里燠热的空气和川流不息的人群开始使她头痛。凉台的另一端有一排栽在大木桶里的棕榈和凤尾蕉,一排百合花和别的花木将木桶遮掩住。这些花木构成了一道严密的屏风,屏风背后是一个僻静的角落,从那里可以俯瞰山谷对面的美景。一株石榴树上一簇簇迟开的花朵垂吊在那些花木之间狭窄的通道一边。

琼玛便躲进了这个角落,希望没有人猜得出她在哪里。待稍事休息一下,安静一会儿,就可避开头痛的威胁。夜晚温和而幽静;但刚从闷热的房间里走出来,她不免感到一丝凉意,于是把那条镶边的围巾裹在头上。

不多时,凉台上响起说话声和脚步声,由远而近,把她从朦胧睡意中惊醒。她退缩进阴影里,希望避开注意,再偷得几分钟安静,以便使她那疲劳的脑子适于应付无聊的谈话。不料想,脚步声在屏风外面停下来,格拉西尼太太那像笛子一样尖细的声音聒噪了一阵后中断了一会儿。

接着便响起一个男人的声音,那声音非常柔和悦耳;但其中夹杂着一种奇特的震颤的拖音,使得那甜润的音调大为失色。这也许只是故意拿腔作调,但更可能是常常为了矫正口吃才成这个样子,总之叫人听了很不舒服。

"你说是英国人?"那个声音说道,"可这是意大利人的姓氏啊。你说姓什么来着——波拉?"

"是的。她是乔万尼·波拉的遗孀。三年多以前他死在英国——你不记得吗?噢,我真糊涂——你一直过着漂泊不定的生活,怎么能指望你知道我们这个不幸的国家所有殉难的仁人志士呢——这样的人也太多了!"

格拉西尼太太叹了口气。她跟陌生人谈话的时候总是这样。一副忧国忧民的爱国志士神气,与寄宿学校女学生的派头及小孩子撒娇时的嗲气,巧妙地合而为一。

"死在英国?"那个男人的声音重复道,"这么说,他是个流亡者啦?这个名字听着耳熟,他是不是跟早期的青年意大利党有关系?"

"对。三三年不幸被捕的那批青年中,他是其中之一——你还记得那个悲惨事件?过了几个月他被释放了,但是两三年后对他又下了逮捕令,于是他逃到英国。后来听说他在那里结了婚。那是一段很浪漫的恋情,可怜的波拉本来就是个浪漫的人嘛。"

"你是说他死在英国?"

"是啊,死于肺痨。他受不了英国那可怕的气候。他临死之前,她失去了她唯一的孩子。小孩染上了猩红热。惨哪,是吗?我们大家都喜欢亲爱的琼玛!她有点儿矜持,可怜的人。你知道英国人都是这样子。但我认为是她那不幸遭遇使她变得郁郁寡欢,而且——"

琼玛站起身,推开石榴树枝的梢头。这种拿她个人不幸当作谈资四处散布的行为,是她所不能容忍的,因之走进亮光下时,她满面怒容。

"啊,她在这儿!"女主人带着一种令人钦佩的冷静态度惊叫起来,"琼玛,亲爱的,我正奇怪你躲到哪里去了呢。费利斯·列瓦雷士先生希望同你结识。"

"看来此人就是牛虻了。"琼玛想道,并以略带好奇的目光看着他。他恭敬地向她深施一礼,但是目光正从她的脸庞和身体上扫过。她觉得那对冷光逼人的眼睛似在审视她。

"你在这里找到了一个舒、舒、舒适的角落,"他看着那道严密的屏风说,"景色多、多美啊!"

"对,这的确是个很美丽的地方。我出来就是为了呼吸点新鲜空气。"

"在这样美丽的夜晚,躲在房子里可真有点对不住仁慈的上帝了,"格拉西尼太太举目望着星空,说道,(她长着很好看的睫毛,总喜欢炫耀一下。)"瞧哇,先生!只要我们亲爱的意大利获得自由,它不就是人间天堂了吗?它有这样的花朵,这样的天空,怎想得到它却沦为奴隶!"

"还有这样一些爱国的女士呢!"牛虻懒洋洋拖着长音喃喃地说道。

琼玛吃了一惊,扭头看了他一眼。他也太放肆了,这一点谁也骗不过。

但是她低估了格拉西尼太太要别人奉承的胃口。那个可怜的女人叹了一口气,垂下睫毛。

"哎,先生,一个女人能有多大作为!也许有一天我会证明我不愧为一个意大利人——谁知道呢?现在我得回去尽我的地主之谊了。法国大使恳请我把他的养女介绍给这儿所有的名流,你真该进去看看她。她是一个非常迷人的姑娘。琼玛,亲爱的,我带列瓦雷士先生出来观赏我们美丽的风光,我必须把他托付给你了。我知道你会关照他,把他介绍给每一个人的。啊,那个讨人喜欢的俄国王子过来了!你见过他吗?人家都说他是尼古拉皇帝陛下的宠臣。他是某个波兰城市的城防司令官,那个城市的名字谁也没本领念得出来。Quelle nuit magnifique! N'est－est－pas, mon prince?"①

她飘然而去,一面跟那个粗脖子、肥下巴、胸前勋章耀眼的人絮聒着。她那为"notre malheureuse patrie"②而悲悼的凄婉挽歌里,掺杂着诸如"charmant"③、"mon prince"④,渐渐消失在阳台尽头。

琼玛静静地站立在石榴树旁。她为那个可怜的小个女人而难过,并对牛虻那种骄矜简慢态度感到恼怒。他正注目于那两个远去的人的身影,脸上那副神气尤其使她生气。对这样的可怜虫也要嘲弄一番,气量未免太小。

"意大利和俄罗斯的爱国主义走了,"他微笑着转脸向她说道,"手挽着手,兴高采烈结伴而行。这两种爱国主义你喜欢哪一种?"

琼玛眉头微微一皱,没有回答。

"当、当然啦,"他继续说道,"这完全是个、个人喜好问题。不过我想,两个里头我倒是喜欢俄罗斯那一种——它是那样彻底。假如俄罗斯帝国不是靠它的火药和子弹,而是靠鲜花和蓝天来维持它的霸权,你想想看,这位'我的王子'能把他的波兰要塞守多久?"

"我以为,"她冷冷地回答,"我们不妨保持己见,用不着在做客的时候嘲弄女主人。"

"啊,说得对!我忘、忘记了意大利的待客之道;这些意大利人,他们是热情好客的民族。我相信奥地利人也发现他们热情好客了。你不坐一会儿吗?"

他一瘸一拐地走到走廊上,给她搬来一把椅子,他自己则斜倚栏杆站在她对面。一扇窗户射出的灯光正照到他脸上,她可以从容地端详那张脸。

她感到失望。她原以为,那张脸纵使不讨人喜欢,也一定是显得刚毅和生动,但现在看来,他的仪表最显著的特点却是一种衣饰浮华的倾向,至于神情和态度中隐含的傲气,可就绝不仅仅是一种倾向了。此外,他皮肤

---

① 法语:多么美好的夜晚!不是吗,我的王子?
② 法语:我们不幸的祖国。
③ 法语:魅力。
④ 法语:我的王子。

微黑,像一个黑白种混血儿,尽管腿瘸,举动却像猫一样轻捷。奇怪的是,他的全部个性很容易使人联想到一只黑色的美洲豹。他的前额和左颊被马刀砍过而留下的那道长长的弯曲的刀痕,使那张脸破了相。她已经注意到,当他期期艾艾说不上话来的时候,那半边脸便神经质地抽搐起来。假如没有这些缺陷,尽管带点飞扬浮躁的神气,他还是相当漂亮的,但那绝不是一张吸引人的脸。

不一会儿,他那轻而含糊不清的声音又响起来了。("要是美洲豹也能讲话,且兴致勃勃,那么它的声音就是这样。"琼玛暗自思忖道,越来越生气。)

"我听说,"他说道,"你对激进派的报纸很感兴趣,而且常给他们写文章。"

"我写的不多,没有工夫多写。"

"啊,当然啦!我从格拉西尼太太那儿知道,你还担任别的重要工作。"

琼玛微微扬起眉毛。显然,格拉西尼太太这个傻女人一定不小心在这个滑头滑脑的家伙面前乱说了什么。就她自己而言,琼玛真的开始厌恶他了。

"我确实很忙,"她冷冷地说,"可是格拉西尼太太把我的工作未免说得太重要了。其实都是些不足挂齿的小事。"

"喔,要是我们大家都把时间用来哀悼意大利,这个世界可就糟透了。我倒是认为要是能跟今晚的主人和他的太太经常亲近,每一个人都会出于自卫而把自己说得一无是处。噢,不错,我知道你想要说什么。你完全正确,但是那对宝贝的爱国主义也实在可笑——怎么,你这就要进去吗?待在外面多好啊!"

"我看我是要进去了。那是我的围巾吗?谢谢。"

他已经替她捡起了围巾,此时正站在那儿望着她,睁大的眼睛像小溪边的勿忘我花一样碧蓝和无邪。

"我知道你生我的气了,"他懊悔似的说,"因为我愚弄了那个彩绘的蜡像娃娃。可是有什么办法呢?"

"你既然问我,我就得说,这样嘲笑一个智力上不如自己的人,不仅是不够大度,甚至——甚至是一种卑怯的行为。就像嘲笑一个瘸子,或者——"

牛虻突然痛苦地屏住呼吸,把身体缩回,瞥了一眼他的瘸腿和残手。但他立刻又恢复了镇定,突然放声大笑。

"这样比较恐怕有失公正,夫人。我们这些瘸子并不夸耀自己的残疾,而她却夸耀自己的愚蠢。请相信,我们自己也承认驼背比乖张的行为更令人生厌。这儿有个台阶,让我来搀扶你好吗?"

琼玛怀着一种惶惑的心情悄然回到屋里;他那出人意料的敏感弄得她十分狼狈。

他一拉开那间宽敞的接待室的门,琼玛立刻意识到她离开以后这里发生了不同寻常的事。大多数男士怒容满面,神色不安;夫人小姐们涨红了脸,竭力装作若无其事的样子,聚拢在房间的一头。男主人手里摆弄着眼镜,显然是在竭力压下一肚子怒气。那些旅行家们站在一个角落里,嬉皮笑脸,不时地向房间另一头瞅上一眼。显然那边出了什么事情,他们似乎是在看笑话。对大多数客人来说,他们觉得是受了侮辱。只有格拉西尼太太一个人好像什么也没注意到。她正搔首弄姿,一边轻轻摇着扇子,一边与荷兰使馆的秘书窃窃私语。那位秘书满脸堆笑,侧耳倾听。

琼玛在门口停顿片刻,随即回头看看牛虻是否也注意到了众人的不安情绪。他扫了一眼那位浑然不觉的女主人,然后迅速看了一下房间对面的沙发。他的眼里明白无误地流露出一种幸灾乐祸的得意神情。琼玛立刻明白是怎么回事了。他变着法儿把他的情妇带到这里,骗过了格拉西尼太太,但没能骗过其他人。

那个吉卜赛女郎斜靠在沙发上,一群嬉皮笑脸的纨绔子弟和假意殷勤的骑兵军官围在四周。她打扮得花枝招展,身穿一袭琥珀色和猩红色相间的衣裳,显出东方色彩的绚丽。她身上佩戴的饰物琳琅满目。她在这个佛罗伦萨文艺沙龙里格外扎眼,就像一只热带鸟落在一群麻雀和燕八哥中间。她自己也仿佛觉得不得其所,便恶狠狠地用一种鄙夷的目光看着那些气急败坏的女人们。见牛虻陪同琼玛走进来,她一跃而起,迎上前去,嘴里滔滔不绝地讲着法国话。令人遗憾的是她的法语错误百出。

"列瓦雷士先生,我在到处找你!萨尔特柯夫伯爵想要知道你明天晚上能不能去他的别墅。那儿有个舞会。"

"抱歉得很,我不能去。即使去了,我也不能跳舞。波拉夫人,请允许我向你介绍绮达·莱尼小姐。"

那个吉卜赛女郎带着点儿挑战的神气把琼玛打量一番,生硬地鞠了一躬。她确实很漂亮,就像玛梯尼说的那样,有一种生动活泼的野性美。她的姿态和谐自如,也讨人喜欢。但是她的前额又低又窄,小巧的鼻子的线条显得有点儿刻薄,几乎有点儿残酷。跟牛虻在一起,琼玛已经觉得压抑,现在来了这位吉卜赛女郎,这种感觉就变得更强烈。因此,过了一会儿,主人来请求波拉夫人帮助招待另一房间的客人的时候,奇怪的是她竟如释重负似的,欣然答应了。

"我说,夫人,你觉得牛虻这个人怎么样?"深夜乘车返回佛罗伦萨的路上,玛梯尼问道,"他竟然愚弄格拉西尼家那个可怜的小个女人,你见过如此无耻的行径吗?"

"你说的是那个跳芭蕾舞的姑娘吗?"

"是呀。他花言巧语骗了格拉西尼太太,说那个姑娘一定会成为社交活跃季节的明星。为了一个名人,格拉西尼太太什么事都肯干。"

"我觉得这样做很不公平,不仁不义。他让格拉西尼夫妇被人误解,而且对那姑娘本人来说也是残忍的。我相信她自己也觉得难堪。"

"你跟他谈了一次话,是吗?你认为他怎么样?"

"噢,西萨尔,我没什么想法。只是一离开他我就觉得高兴。我从没见过这样惹人讨厌的人。我跟他一起待了十分钟,他就让我感到头痛了。他像一个不安分的恶魔的化身。"

"我早就料到你不会喜欢他,说实话,我也不喜欢。那人像泥鳅一样滑,我信不过他。"

第三章

牛虻住在罗马城门的外边,距绮达的寓所很近。他显然有点儿西巴列斯人的派头。尽管房间里没有任何东西显得奢侈,但细微之处却掩不住一种崇尚奢华的倾向,零星什物陈设之雅致,足以使盖利和列卡陀感到惊奇。他们原以为一个曾在亚马逊荒野里生活过的人生活情趣应该单调些才是,所以看到他那纤尘不染的领带和一排排皮靴,以及经常摆在写字台上的大束鲜花,不免感到奇怪。大体上讲他们相处倒也投契。他对每一个人都殷勤友善相待,特别是对这里的玛志尼觉党员。但是琼玛显然是个例外。他好像从他们初次会面起就不喜欢她,老想着法儿回避她。实际上,他有两三次对待她很粗鲁,这激起玛梯尼对他的强烈不满。从一开始玛梯尼与他之间就没有好感,加之二人性情迥异,冰炭不能相容,彼此之间也就只剩下恶感了。而在玛梯尼那一方面,这种恶感迅速变成了敌意。

"他不喜欢我,我倒不怎么在乎,"有一天玛梯尼抱屈地对琼玛说,"说老实话,我也不喜欢他,所以,这没有多大关系。但是他对待你的那种粗鲁态度让我受不了。若不是怕在党内闹得沸沸扬扬,让人家说我们先是把他请了来,又跟他大吵一气,我非要求他说明理由不可。"

"由他去吧,西萨尔,这没什么,话说回来,他有不是,我也有不是。"

"你有什么不是?"

"就是为此他才不喜欢我。在格拉西尼家里跟他初次会面的那天晚上,我对他说了一句无礼的话。"

"你真的说了一句无礼的话吗?这真令人难以置信,夫人。"

"当然,我并不是有意的,而且话一出口就觉得很抱歉。我说了一句人们嘲笑瘸子的话,他把那话当作说他了。其实我心里从来没当他是个瘸子,他的残疾本来就不那么严重嘛。"

"当然没有那么严重。他的肩膀一高一低,他的左臂伤残得厉害,但是他的背并不驼,脚也不跛呀。至于他走路一瘸一拐的,那算不得什么。"

"反正他当时气得浑身哆嗦,脸也变了色。当然,在我这方面,是我一时莽撞,可是他那么敏感也是少见的。我怀疑是不是以前有人和他开过这样残酷的玩笑。"

"我倒认为他很可能对别人乱开过玩笑。他这个人貌似文雅,可内心里是残酷的,在我看来这正是他最令人厌恶的地方。"

"得了,西萨尔,这就太不公平了。我并不比你更喜欢他,但是何苦把他说得比实际上更坏呢?他的举止是有点矫揉造作,让人不耐烦——我想这是他被吹捧得太过分的缘故——他那无止无休的俏皮话也令人生厌。可我不相信他有什么恶意。"

"他有无恶意我不知道,但是一个人要是对一切都嗤之以鼻,他的心地也干净不到哪里。就拿那天在法布列齐家的讨论来说,他把罗马的改革贬得一钱不值,就好像他要在每一件事情上都找到一个肮脏的动机。听他那样说,我深恶痛绝。"

琼玛叹息一声。"在这一点上我倒是更同意他的看法,"她说道,"你们这些好心人都满怀着最美好的希望和期待;你们总认为,只要有一个心地善良的中年绅士当选为教皇,其他的一切问题便都会迎刃而解。他只消打开监狱的大门,把他的祝福赐予周围的每个人,那我们就可以指望在三个月内得到千年福泽了。似乎你们永远也不明白,就算他愿意这样做,他也不能匡正一切。错误在于原则,而不在于这个或那个人的行为。"

"什么原则?教皇的世俗权力吗?"

"为什么要单提这一点呢?这只不过是整个错误的一部分罢了。这个错误的原则就是一个人竟然可以握有对别人生杀予夺的权力。人与人之间不应该存在这种虚伪的关系。"

玛梯尼举起双手。"行啦,夫人,"他笑着说,"你要是开始谈论起废除道德论来,我就不跟你讨论下去了。我敢说,尊祖一定是十七世纪英国的平均派。何况我是为一篇稿子而来的。"

他从口袋里抽出那篇稿子。

"一本新编的小册子?"

"这篇愚蠢的东西是列瓦雷士那个家伙昨天送到委员会去的。我就知道过不了多久我们会跟他吵架的。"

"那是怎么回事呀?说老实话,西萨尔,我觉得你有点偏见。列瓦雷士这个人是不讨人喜欢,但是他并不愚蠢。"

"噢,我并不否认,就这篇稿子本身而论,倒是有它聪明的地方;不过你最好还是自己拿去读一读吧。"

那是一篇讽刺文章,它抨击了围绕新教皇即位而在意大利引发的狂热。跟牛虻所有的文章一样,那一篇也是笔锋犀利,咄咄逼人。尽管琼玛不喜欢它的文风,她还是打心眼儿里觉得这种批评是有道理的。

"我非常同意你的意见,这篇文章确实措辞恶毒,"她将稿子放下说道,"但不幸的是,他所讲的都是实话。"

"琼玛!"

"是的,的确如此。如果你高兴,可以说这个人是一条冷血的鳗鱼,但是真理在他那一边。我们用不着哄骗自己,硬说这篇文章没有击中敌人的要害——事实上,它击中了!"

"那么,你建议把它付印了?"

"啊!那完全是另外一码事。我当然不认为应该原封不动地付印。它会伤害每一个人,搅得众叛亲离,不会起好作用。但是,如果他肯做一番修改,删去人身攻击部分,我觉得它就可以成为一篇确实有价值的好文章了。作为政治评论,它写得很出色。我没想到他能写得这样好。他把我们想说而没有勇气说的话都说出来了。特别是这一段,他把意大利比作一个醉汉,搂住一个小偷的脖子哀哀啜泣,而小偷正掏他的口袋。写得多精彩!"

"琼玛!糟就糟在这里!我讨厌这种居心不良的对每件事、每个人狂吠乱叫!"

"我也讨厌,但是关键不在这儿。列瓦雷士的文风招人厌恶,作为一个人来说,他也不讨人喜欢。但是他说我们陶醉于宗教游行和拥抱,高呼友爱与和解的时候,却让基督教派和圣信会派那一班人得以从中渔利,这话是永远正确的。可惜我昨天没有去参加委员会会议。你们最后作出了什么决议?"

"我就是为这件事来找你的:请你去跟他谈一谈,说服他把稿子改得口气温和一点。"

"我?我几乎跟这个人还不相识呢,再说,他也讨厌我。有那么多人,为什么偏偏要我去?"

"原因很简单,今天别人没空。另外,你比我们理智一些,不会像我们那样弄不好跟他辩论一番,或者争吵起来。"

"我当然不会跟他争吵。好吧,如果你愿意,我不妨走一趟,虽然我并不抱太大的成功希望。"

"我敢肯定,只要你去做,你就能说服他。对啦,请你顺便告诉他,从文学的观点来说,委员会一致称赞这是一篇好文章。这样说他会很开心的,而且这也是事实。"

牛虻坐在摆满鲜花和凤尾草的桌边,茫然地凝视着地板,膝头放着一封拆开的信。一条毛茸茸的苏格兰牧羊犬卧在脚前的地毯上。听见琼玛轻轻叩击敞开的房门的声音,那条狗抬起头来汪汪叫了两声。牛虻连忙起身,出于礼貌,生硬地鞠了一躬。这时他的面容突然变得严峻和没有表情了。

"你也太客气啦,"他用最令人扫兴的态度说,"其实,只要事先告诉我一声,说你要跟我面谈,我一定会登门拜访的。"

见他显然想把她拒之于千里之外,琼玛连忙说明来意。他又鞠了一躬,并随手拉过一把椅子放在她面前。

"委员会要我来拜访你,"她开始说道,"因为他们对你那本小册子有一些不同的意见。"

"这倒是在我预料之中的,"他微微一笑,坐到她对面,拿过一只插着菊花的大花瓶,挡住射到脸上的光线。

"大多数委员认为,作为一件文学作品,他们也许很赞赏这本小册子。但是要原封不动拿去出版,似乎不太合适。他们担心激烈的言辞可能会得罪和离间一些人,而这些人的帮助和支持对党来说是很珍贵的。"

他从花瓶上捋下一朵菊花,开始慢慢地一片接一片撕碎那白色的花瓣儿。琼玛的眼睛无意中瞥见那只瘦骨嶙峋的右手扔下片片花瓣儿的动作,一种不舒服的感觉忽然掠过她的心头,仿佛她以前曾在什么地方见过这种姿势似的。

"作为一篇文学作品,"他用他那柔和而冷冰冰的声音说,"它一文不值,只有对文学一窍不通的人才会赞赏它。至于得罪某些人,这倒恰好是我有意要它做的事。"

"这一点我充分理解。问题是你会不会得罪了不该得罪的人。"

他耸一耸肩膀,将一片撕下来的花瓣儿塞进牙齿缝儿里。"我认为你错了,"他说,"问题是,你们的委员会请我到这儿来的目的是什么?我的理解是揭露和嘲讽耶稣教会的教士。我努力履行我的职责。"

"我可以向你保证,没人怀疑你的才能和善意。委员会担心这本小册子可能会惹恼自由党人,城里的工人也可能撤回给予我们的道义支持。也许你要用这本小册子攻击圣信会派教士,但是很多读者会认为是在攻击教会和新教皇。而这一点,作为一个政治策略问题,委员会认为是不可取的。"

"我似乎悟出了一点道理。只要我的矛头指向目前与你们有摩擦的那一撮教士先生们,我就可以畅所欲言。而一旦直接碰一碰委员会宠幸的那班传教士——'真理就是一条狗,必须回到狗窝里去,而且,如果圣父也有可能受到攻击,那就应当用皮鞭把它赶跑——'①不错,傻子的话颇有道理,可是我什么都可以做,唯独不愿做个傻子。我当然应该尊重委员会的

---

① 此引文来源于莎士比亚《李尔王》第一幕第四场中傻子的一段话。原文的译文是"真理是一条贱狗,它只好躲在狗洞里。当猎狗太太站在火边撒尿的时候,它必须一鞭子被人赶出去"。(朱生豪译文)

决议,但我依然认为,委员会未免太把注意力放在两边的小卒子身上,而让中间那位蒙、蒙、泰、泰尼里主教大人溜之大吉了。"

"蒙泰尼里?"琼玛重复说,"我不明白你的意思。你是说布列西盖拉教区的主教吗?"

"是的,你知道,新教皇已经任命他为红衣主教了。我这儿有一封信谈到他。你愿意听我念一念吗?写信人是我在边界那边的一个朋友。"

"教皇领地边界?"

"是的,他是这样写的——"他拿起琼玛进门时就捏在手里的那封信,大声朗读的时候,突然口吃得厉害了:

"'你、你不、不久就会有幸见到我们的死、死对头之一,前任布列西盖拉教区主教,现任红、红衣主教劳伦佐·蒙泰、尼、尼里了。他打、打、算……'"

他打住了。停顿片刻后,又接着往下念。这次念得很慢,声音拖得让人难以忍受,但不再结巴了:

"'他打算于下月访问塔斯加尼,他的使命是实现和解。他先去佛罗伦萨布道,大约在那里逗留三个星期,然后前往锡耶纳和比萨,再取道皮斯托亚返回罗玛亚。他表面上属于教会中的自由派,与教皇和红衣主教佛莱蒂过从甚密。在教皇格黎高里治下他很不得宠,被远远打发到亚平宁山区的一个小山沟,随之销声匿迹。不料他现在突然之间出了名。其实,他也像国内任何一个圣信会派的人一样,受耶稣会派操纵。执行这个使命,正是由几个耶稣会派的神甫出面建议的。他是天主教会里边最出色的一个传教士,手段之阴险,跟拉姆布鲁斯契尼不相上下。他的使命就是维持人们对教皇的狂热长驻不衰,以此吸引公众的注意力,直到大公爵签署耶稣会派的代理人准备提交的那份计划。那份计划的内容是什么,我还没能弄清楚。'然后,信上接着说,'蒙泰尼里是否明白自己被派往塔斯加尼的目的,或者他是否明白自己受了耶稣会派的愚弄,我不清楚。要么他是一个老奸巨猾的小丑,要么就是一头奇蠢无比的蠢驴。据我迄今所能了解到的情况而言,他既不接受贿赂也不蓄养情妇——这倒是我生平第一次遇到的怪事。'"

他把信放下,坐在那里半闭着眼睛看着她,显然在等待她说话。

"你对报信人所说的情况满意吗?"略停片刻,她问道。

"你是指蒙、蒙、泰尼、尼里主教大人无可非议的私生活吗?不满意。

他自己也不满意。你也许听到了,他加了一句保留的话'据我迄今所能了解到的情况而言——'"

"我说的不是这个,"她冷冷地打断他的话,"我说的是他的使命。"

"我对写信人完全信任。他是我的老朋友——是四三年的一个老同志,他所处的地位给他提供了查清这种事的特殊机会。"

"那一定是梵蒂冈的官员了。"琼玛心里马上闪过这个念头,"原来你还有这种关系?我倒是猜到了几分。"

"这当然是一封私信,"牛虻继续说,"你明白,这条消息只限你们委员会的人知道,需要严加保密。"

"这还用说吗。那么关于小册子,我能否告诉委员会你同意改得语气和缓一些,或者说——"

"夫人,你不认为这样一改,激烈的语气倒是缓和了,可这篇'文学作品'的整体美不是受到伤害吗?"

"你这是在问我个人的意见。可我来这里是传达整个委员会的意见。"

"这是不是说,你—你—你并不赞成整个委员会的意见呢?"他把信塞进口袋,带着一种急切和专注的神情向前探身望着她,这副神情大大地改变了他的面容,"你认为——"

"如果你想知道我个人的看法——我在两点上跟他们大多数人意见不一。从文学的观点来说,我根本不欣赏这本小册子,但我认为事实的陈述真实无误,手法也很高明。"

"你是说——"

"我同意你的观点,目前意大利正被鬼火引入迷途,这种狂热和狂喜很可能使它陷入可怕的泥沼。我倒衷心希望这些话公开地、大胆地说出来,即使冒犯和疏远了我们目前的支持者中的一些人也在所不惜。可是我是一个整体的一员,它的大多数又持相反的观点,因此我不能坚持我的个人意见。可是,我也确实认为,如果这些话非说不可,也应该说得含蓄,说得平心静气,而不能采用小册子上的那种口气。"

"请你略等片刻,让我看一遍原稿好吗?"

他拿起原稿一页一页往下翻着,不一会儿皱起眉头,显出不满意的神气。

"是的,当然,你完全正确。这文章写得像末流咖啡馆里读的东西,而不像一篇讽刺性的政论。我有什么办法?写得过于文雅,一般民众看不懂;写得不够尖酸刻薄,他们又说枯燥无味。"

"你不认为过于尖酸刻薄也会变得枯燥无味吗?"

他那锐利的目光迅速向她一瞥,突然哈哈大笑:

"有一类人是永远正确的,夫人显然属于这类可怕的人!如果我屈服于尖酸刻薄的诱惑,到时候我会像格拉西尼太太一样枯燥乏味吗?天哪,好命苦!不,你不必皱眉头。我知道你不喜欢我,我就要言归正传了。说到底其实就是:如果我删掉人身攻击,原封保留主要部分,委员会就会因为他们不能担负出版的责任而非常遗憾。如果我删掉有关政治的真话,一味臭骂党的敌人,而不涉及旁人,委员会就会把它吹捧到天上去,而你和我明知这是不值得印行的。这可真成了一个悖论了:不值得印的要印,值得印的不印。哪种情况更符合愿望?你说呢,波拉夫人?"

"我认为你并不受任何一种选择的约束。我相信,如果你删除了人身攻击的部分,委员会就会同意印行这本小册子,当然大多数人也许不会同意其中的观点。我确信这本小册子将会发挥很大的作用。但你必须抛弃尖酸刻薄那一套。你要是打算说一件事,它实质上就是要读者吞下的一颗大药丸,你大可不必一开始就让药丸的样子把他们吓坏了。"

牛虻叹了口气,无可奈何地耸一耸肩膀:"我投降了,夫人,但是有一个条件。如果这一次你剥夺了我讥笑的权利,下一次我是非要讥笑不可的。等那位无可非议的红衣主教大人驾临佛罗伦萨的时候,无论是你或是你那个委员会,都不许反对我尽情地尖酸刻薄一下。那是我的权利啊!"

他用他那最轻浮、最冷漠的态度说着,把花瓶里的那束菊花拔起,擎在手中,透过半透明的花瓣去看太阳光。"他的手抖得多厉害呀,"琼玛看见那些花猛烈地抖动,不禁感到诧异,"他该没有喝酒吧!"

"你最好跟委员会的其他人讨论一下这个问题。"她说着站起身来,"至于他们如何看待这事,我不好发表意见。"

"那么,你本人的意见呢?"他也站了起来,正斜倚桌子,把那些花贴到脸上。

琼玛犹豫了片刻。这个问题使她感到不安,勾起她对痛苦往事的回忆。"我——我不知说什么才好,"她终于说道,"很多年前我对蒙泰尼里的情况倒是了解一点。那时候他不过是个神甫,在我小时候住的那个地区当神学院长。我从——从一个跟他很亲近的人那里听到很多关于他的事,从来没听说他做过什么坏事。我相信,至少在那时候,他的确是个最了不起的人。但那是很久以前的事了,可能现在他已经变了。滥施的权力曾腐蚀过多少人啊。"

牛虻从花束中抬起头来,带着坚毅的神色望着她。

"无论如何,"他说,"即便蒙泰尼里本人不是恶棍,他也是掌握在恶棍手里的一件工具。恶棍也罢,恶棍的工具也罢,对我来说都是一回事——对我边界那边的朋友们也都是一回事。挡在路上的一块石头也许居心很好,但也必须一脚把它从路上踢开。请让我来,夫人!"他摁了一下门铃,一瘸一拐地走到门口,打开门让她出去。

"感谢你光临,夫人。要不要我给你叫辆马车?不要?那么,午安!毕安卡,请把前厅的门打开。"

琼玛走到街上,边走边苦苦思索:"'我的边界那边的朋友'——他们是谁?怎样把那块石头从路上踢开?如果这仅是一句讽刺的话,为什么他说这话时眼露凶光呢?"

第四章

十月份的第一个礼拜,蒙泰尼里主教大人抵达佛罗伦萨,一时间全城上下为之轰动。他是一位声名卓著的传教士,又是革新后罗马教廷的代表,人们热切地盼望他来阐释"新教义",传布博爱、和解等救治意大利苦难的福音。吉齐红衣主教已被提名担任罗马圣院的书记长,以代替万众戟指的兰姆布拉斯契尼。这一措施早已将公众的热情推向高潮。而蒙泰尼里,正是可以轻而易举使这一热情持续下去的人。他私生活的严谨是无可非议的,这在众多罗马天主教会达官显贵中实属罕见,单是这一点,就足以引起万众瞩目,因为人们看惯了高级教士敲诈、贪污和不名誉的通奸行为,把这一切看作教士这一职业恒定不变的附属品。再者,作为一个传教士,他的确是个伟大的天才。他可以在任何时候、任何地方,凭他优美的声音和像磁石般有吸引力的人品名闻于众。

格拉西尼,像往常一样,处心积虑地想把这位新来的名流请到他家里做客。但蒙泰尼里可不那么容易上钩。对所有的邀请,他都以礼貌而坚定的言辞断然谢绝,说他健康状况欠佳,日程全部排满,既无精力也无余暇从事社交活动。

"格拉西尼夫妇真是欲壑难填!"一个晴朗而寒冷的礼拜天上午,玛梯尼与琼玛一起穿过西格奥雷广场的时候,他以轻蔑的口吻对琼玛说道,"你注意到红衣主教的马车驶过时,格拉西尼鞠躬哈腰的样子吗?对他们来说,只要是某人成为众人谈论的对象,无论是何等人,他们都会当作了不起的人物。我生平还没见过如此巴结社会名流的人呢。八月份捧的是牛虻,现在是蒙泰尼里。我希望主教大人受到如此瞩目会感到受宠若惊,竟然有那么多宝贝货色趋炎附势。"

他们刚才在大教堂听蒙泰尼里布道。那个巨大建筑物里挤满了热心的听众,玛梯尼唯恐琼玛那恼人的头疼病复发,不等做完弥撒就劝她出来了。连续一周的大雨过后,天初放晴,阳光格外灿烂,这为他提供了一个借口,建议到圣尼科罗山附近的花园山坡上散步。

"不,"她回答说,"你要是有时间,我倒愿意散散步,但是不要到山上去。我们就沿着阿诺河的堤岸走走吧。蒙泰尼里从教堂出来一定路过这里,我也跟格拉西尼一样——想看一看这位名人。"

"你刚才不是看见了吗?"

"离得太远了。大教堂里人挤得水泄不通。马车过去的时候他碰巧又转身背朝我们。我们要是待在桥边,肯定能清楚地看到他——你知道,他下榻的地方就在阿诺河河岸一带。"

"可是你怎么会突发奇想,非要看一看蒙泰尼里不可呢?你从前对有名望的传教士并不特别留意啊。"

"我要看的并不是什么有名望的传教士,而是蒙泰尼里其人。我要看一看自从上次见面后他变成了什么样子。"

"上次见他是什么时候?"

"亚瑟淹死两天以后。"

玛梯尼不安地瞥了她一眼。这时他们已经走上阿诺河的堤岸,她茫然凝视河水,脸上的那副神情是他最不愿意看到的。

"琼玛,亲爱的,"过了一会儿,他说道,"你难道让那桩悲惨的往事纠缠你一辈子不成吗?我们大家在十七岁的时候都犯过错误呀。"

"并不是所有的人在十七岁的时候都杀死过自己最亲爱的朋友。"她愀然说道。她把胳膊支在小桥石栏杆上,俯视河水。玛梯尼默然无语。每逢她处于这种心境,他几乎不敢同她讲话。

"每当我俯视河水的时候,就不由得想起这段往事,"她说着,慢慢抬起头看着他的眼睛,随之,打了个寒噤,"我们再往前走一段路吧,西萨尔。站着不动有点冷。"

他们默默地过了桥,沿着河岸往前走。几分钟后,她又开口了:

"那人的嗓音多美!他的嗓音别具特色,是我在别人嗓音中没听到过的。我相信,他所以有那样大的感染力,其秘密一半在于他的嗓音。"

"的确是一副好嗓子,"玛梯尼表示同意,他想抓住这个话题,把她的思想从那条河唤起的可怕回忆中引开,"而且,除了嗓子好之外,他还是我所知的最优秀的传教士。但我相信他之所以有如此大的魅力,还有更深的秘密。那就是他的生活方式几乎与所有的高级教士迥然不同。在整个意大利教会里——教皇本人除外——我不知道你能不能找得出另外一个显赫人物享有他那样清白无瑕的声誉。去年我在罗玛亚的时候曾路过他的教区,亲眼见到剽悍的山民冒着大雨在路边恭候他,仅仅为了看他一眼,或摸一摸他的衣角。那边的人简直把他当作圣人来顶礼膜拜了,这种情况发生在罗玛亚人中间,是很耐人寻味的,因为他们一向憎恨穿黑色法衣的人。我曾对一个老农说——他是我一生中所见过的那种典型的走私贩子——看来当地人对他们的主教非常崇敬,而他说,'俺们不是喜欢什么主教,那伙人都是些骗子,俺们喜欢的是蒙泰尼里主教大人这个人。谁也没听见他打过诳语,也没见他办过一件不公道的事。'"

"我心里琢磨,"琼玛半似对同伴、半似对自己说道,"不晓得他自己是否知道民众对他的这些看法。"

"他怎么会不知道呢?莫非你认为这名不副实?"

"我知道这名不副实。"

"你怎么知道的?"

"因为他亲口对我这样讲过。"

"他亲口对你讲过?蒙泰尼里?琼玛,你这话是什么意思?"

她将前额的头发向后拢一拢,转身面对着他。他们仍站在那里,他斜倚着桥栏杆,她则拿着雨伞,用伞的尖端慢悠悠地在地面上画着一道道的线。

"西萨尔,我跟你有多年的交情了,可我从没把亚瑟的真实情况告诉你。"

"不必说了,亲爱的,"他连忙打断她的话,"我全都知道了。"

"乔万尼对你说的?"

"是的,他临终前的一天晚上,我守在他病榻旁,他把一切告诉了我。他说——亲爱的琼玛,既然你提起这事,我最好给你讲实话——他说你总是沉湎于这件痛苦的往事,他求我对你真诚相待,并设法让你不再想起这件事。我已经尽力了,亲爱的,也许没有成功——的确,我是尽力了。"

"我知道你是尽力了,"她温语答道,并把眼睛抬起来一会儿,"没有你的友谊,我的生活境遇简直不堪设想。不过——乔万尼并没把蒙泰尼里的事告诉你,是吗?"

"没有,我不知道蒙泰尼里与这件事有什么关系。他说的——与那个密探有关——"

"还有我怎样打了亚瑟一记耳光,他怎样投水自溺身亡。好吧,我就给你讲一讲蒙泰尼里的事吧。"

他们掉转头,朝红衣主教的马车必定要经过的那座桥走去。琼玛说话的时候,目不转睛地盯着河对面。

"那时候,蒙泰尼里是牧师会会员,在比萨神学院当院长。亚瑟进萨宾查大学以后,他经常给亚瑟讲授哲学课程,并跟他一起读书。他们之间情深意笃,相互爱慕的程度远甚于师生关系,简直像一对恋人。亚瑟几乎连他的脚踏过的地板也要崇拜。我记得有一次亚瑟对我说,如果他失去他的'神甫'——他总是这样称呼蒙泰尼里——他就要去投水自尽。喔,后来就发生了密探告密的事,这你已经知道了。第二天,我父亲和伯登兄弟——他们是亚瑟的异母兄长,最可恶的人——花了一整天时间在达森纳港湾打捞他的尸体,我独自一人坐在我的房间里,回想我所做的蠢事——"

她略停了一会儿,然后继续说:

"傍晚时分我父亲走进我的房间,对我说:'琼玛,我的孩子,到楼下来一下,那里有个人我想要你见一见。'我们下了楼,只见有个与亚瑟同属一个组织的学生坐在我父亲的诊室里,脸色煞白,浑身打哆嗦。他告诉我乔万尼从监狱里送出来第二封信,信上说他们从狱卒那里听到卡尔狄的情况,知道亚瑟是在忏悔的时候落入他的圈套。我记得那个学生对我说:'我们知道亚瑟是无辜的,这至少是一种安慰。'我的父亲握住我的两只手,竭力安慰我,那时候他还不知道我打过耳光的事。后来我回到自己的房间,独自一人坐在那里彻夜未眠。第二天早晨,父亲又出去和伯登兄弟照料在港湾里打捞尸体的事。他们对在那儿找到尸体扔抱一线希望。"

"结果还是没有找到,是吗?"

"没有。一定是冲进海里去了,但他们认为还有一线希望。我独自待在房间里,女仆上楼来通报说,有一位'非常可尊敬的神甫'登门拜访。她告诉他我父亲在码头上,于是那人就走了。我知道那人一定是蒙泰尼里,于是从后门跑出去,在花园门口追上他。当我说'蒙泰尼里神甫,我想跟你说句话'的时候,他只是停住脚步,一声不响地等着我开口。哦,西萨尔,他脸上的表情你简直想象不出是什么样子——此后有好几个月,它常常浮现在我眼前。我说:'我是沃伦医生的女儿,我要告诉你,是我杀死了亚瑟。'我把一切情况都对他讲了,而他像一尊石雕像似的站在那儿听我述说。直到我讲完,他才说:'让你的心安静下来吧,我的孩子,杀人的凶手是我,而不是你。我欺骗了他,被他发觉了。'他说着这话便转身走出园门,再没说别的话。"

"后来呢?"

"我不知道后来他怎么样了。只听说当天晚上他昏倒在街上,被人抬到码头附近一户人家。我只知道这些。我的父亲为我做了他所能做的一切。我把事情原委讲给他听了以后,他便关闭了诊所,立刻带我去了英国,这样我再也听不到任何可能勾起我回忆的事。他生怕我也会投水自尽。我相信,有一次我的确差一点儿走上这条绝路。你知道,后来我得知父亲身患癌症的时候,我就不得不理智些了——因为除了我,再没有人服侍他。父亲去世后,抚养照料几个小兄弟的责任落在我身上。直到我的哥哥成了家,有能力为他们提供安身之处的时候为止。后来乔万尼来了。你也许不知道吧,初到英国的时候我们几乎害怕见面,因为我们都记得那件可怕的事。他为自己所做的事情追悔莫及——他不该从监狱里写出那封倒霉的信来。不过我相信,正是我们共同的痛苦把我们结合到一起的。"

玛梯尼微微一笑,摇一摇头。

"你也许可以这样说,"他说,"不过乔万尼从跟你初次见面的时候起,就打定了主意。我记得他第一次从里窝那回到米兰,就在我面前喋喋不休地谈论你,直弄得我一听到英国姑娘琼玛的名字就腻味。我当时觉得,我真应该恨你。啊!马车过来了!"

马车从桥上驶过,在阿诺河边一座大房子前停住。蒙泰尼里背靠椅垫,仿佛已疲劳不堪,没有精神顾及聚集在门口等待一睹他的风采的狂热人群。他在大教堂里布道时脸上的奕奕神采已荡然无存,阳光映照出焦虑和劳顿的皱纹。他下了车,迈着无精打采的、疲劳的步子,颤巍巍地走进房子里。琼玛转过身,慢慢地向桥头走去。霎时间,她的脸上好像反映出蒙泰尼里那种枯槁、绝望的脸色。玛梯尼默默地在她身边伴随。

"我时常觉得纳闷,"过了一会儿,她又说道,"他所说的欺骗是什么意思。有时我想——"

"想什么?"

"呃,说起来非常奇怪,那两个人的相貌惊人地相似。"

"哪两个人?"

"亚瑟和蒙泰尼里呀。不仅是我一个人注意到了这一点呢。而且那一家人之间的关系也有点儿神秘莫测。伯登太太,也就是亚瑟的母亲,是我见过的最温柔的女人之一。她那高雅脱俗的仪表跟亚瑟一模一样,而且我相信,他们母子的性格也相像。可是她好像总是心怀疑惧,就像个被通缉的罪犯。而伯登先生前妻所生儿子的老婆,对待她这个当继母的态度之恶劣连对待狗都不如。还有,亚瑟和伯登家那些粗俗的人真有天壤之别。当然啦,一个人小时候会认为一切都顺理成章。但是后来回头一想,我就纳闷,亚瑟究竟是不是伯登家的孩子。"

"也许他发现了他母亲的什么秘密——这很有可能是他自杀的原因,跟卡尔狄的事毫不相干。"玛梯尼插嘴道。此时此刻他只能用这句话安慰她。琼玛摇了摇头。

"要是在我打过他那一记耳光以后你看见了他的脸,西萨尔,你就不会这样想了。关于蒙泰尼里的事也许都是真的——很可能是真的——但是我所做的事我已做了。"

他们沉默不语,走了一段路。

"我亲爱的,"玛梯尼终于说道,"如果世界上有什么办法能够把从前做过的事一笔勾销,我们还值得对往日的错误苦思苦想。但事已至此,人死不能复生。这是一件可怕的事。不过至少那个可怜的年轻人已经得到解脱,比之于一些仍然活着的人——那些仍在流放或坐牢的人——还要幸运些。你和我都得为那些人着想,我们没有权利为死者过度悲伤。要记住你们的雪莱说过的话:'过去属于死神,未来属于你自己。'趁未来还属于你的时候,抓住时机。你要关注的不是使你伤心痛悔的往事,而是目前你所能做的有益于别人的事。"

他在情急之下抓住了她的手。忽听背后响起一个柔和、冷漠而又慢吞吞的声音,他连忙松开那只手,并向后退缩。

"蒙泰尼、尼、尼里主教大人,"那个懒洋洋的声音喃喃地说,"毫无疑问与你所说的完全一样,我亲爱的医生。事实上他似乎好得连这个世界都没有他立足之地,应该恭而敬之地护送他到另一个世界去了。我相信,他在那儿也会像在这儿一样引起轰动。那儿很可能有很多老牌的魔鬼还从没见过'诚实的主教'这样一种东西呢。没有什么比这新鲜玩意儿更能讨魔鬼们喜欢了。"

"你是怎么知道的?"列卡陀医生的声音问道。那语调中带着一种几乎压抑不住的恼怒。

"是从《圣经》上知道的呀,我亲爱的先生。假如福音书还可信的话,即使最体面的魔鬼也喜欢奇奇怪怪的大杂烩。你瞧,诚实加主、主、主教——在我看来就有点儿像奇奇怪怪的大杂烩,而且是令人很不舒服的一种,就像明虾和甘草的大拼盘。啊,玛梯尼先生,波拉夫人!雨后的天气好极啦,不是吗?你们也去听当代的萨伏纳罗拉布道啦?"

玛梯尼蓦地转过身来。牛虻嘴里叼着一支雪茄,纽孔上插一朵刚买的鲜花,此时正向他伸出一只瘦削的、手套裹得严严实实的手。他那双光亮的靴子反射的阳光,又从水面映照到他那笑盈盈的脸上,因之在玛梯尼看来,他不仅不及往常瘸得厉害,反而显得比往常更神气。他们握手,一个是殷殷献勤,一个是悻悻含怒。就在这时候,忽听得列卡陀急促地喊叫:

"波拉太太怕是不大舒服!"

她脸色苍白,帽檐阴影遮住的部分几乎是铅灰色的,束于颈间的帽子飘带在抖动,分明是心脏剧烈跳动所致。

"我要回家。"她以微弱的声音说。

叫来了一辆马车,玛梯尼跟她一起上车护送她回去。牛虻弯下腰为她整理被车轮挂住的斗篷时,突然抬起头看一看她的脸。这时玛梯尼发觉她脸上带着一种惊恐的神色匆匆畏避。

"琼玛,你怎么啦?"马车开动以后,玛梯尼用英语问道,"那个流氓对你说了什么?"

"没说什么,西萨尔,这不怪他。是我——我——吃了一惊——"

"吃了一惊?"

"是的;我好像看到——"她一只手蒙住自己的眼睛,他默默等待她恢复自控能力。她的脸渐渐有了血色。

"你说得很对,"她终于转向他,用她平素的声音说道,"追忆不堪回首的往事,不仅无用,而且有害。它刺激一个人的神经,让他产生出各种各样子虚乌有的幻想。我们再也不要谈论这个话题了,西萨尔。否则我就会觉

得我见到的每人都像亚瑟。这是一种幻觉,好像青天白日做的噩梦。就在刚才,那个讨厌的家伙走过来的时候,我把他认作亚瑟了。"

第五章

牛虻显然知道如何给自己树敌。他八月份来到佛罗伦萨,至十月底,委员会里已经有四分之三的人转而赞同玛梯尼的观点。他对蒙泰尼里的猛烈抨击甚至惹得原先崇拜他的人也很恼火。盖利起初对这位睿智讽刺作家的言行推崇备至,如今也带着忧虑的神情承认应该放过蒙泰尼里。"正直的主教并不多,偶尔出现一个,就该以礼相待。"

面对这场漫画和讽刺诗文的暴风雨,似乎只有一人处之泰然,那就是蒙泰尼里本人。就像玛梯尼所说的那样,看来不值得劳神费力嘲笑一个如此豁达大度的人。城里有一种传言,说是有一天蒙泰尼里与佛罗伦萨大主教一道进餐,偶尔在房间里发现了一篇牛虻对他恣意进行人身攻击的杂文。他从头至尾看了一遍,然后递给大主教说道:"笔法倒也巧妙,不是吗?"

有一天,城里又出现了一份传单,标题是:《圣母领报节之圣迹》①。尽管作者略去了众人熟知的签名,没有画那只展翅的牛虻,那辛辣犀利的文风也会使大多数读者正确无误地猜出作者是谁。那份传单是用对话形式写成的。塔斯加尼人充当圣母马利亚;蒙泰尼里充当天使,他手持一枝表示纯洁的百合花,头戴象征和平的橄榄枝花冠,正宣告耶稣会派降生。整篇文章,含沙射影,充满无礼的个人攻击和极其猥亵的暗示。所有佛罗伦萨人都认为,这样的讽刺既不光明正大,也不公道。尽管如此,整个佛罗伦萨城都为之发笑。牛虻那些貌似严肃的荒诞无稽之谈里,包含着一些不可抗拒的东西,以致连那些最不赞成、最不喜欢他的人,谈到他的文章,也跟他的热情支持者一样拊掌大笑。虽然传单的口气招人厌恶,但它毕竟在全城公众的感情上划下一道印痕。蒙泰尼里德高望重,任何讽刺文章,不论如何妙笔生花,都不能严重地伤害他的声望。但是在一段时期内,却有一股反对他的潮流悄然涌起了。牛虻知道该刺痛什么地方。主教大人的门前依然聚集着热情的人群看他上车下车,但在欢呼声和祝福声中也常常夹杂着"耶稣会派的走狗!"与"圣信会派的奸细!"之类不祥的口号。

然而,蒙泰尼里并不乏支持者。牛虻的传单发出两天以后,当地一家主要教会报纸《信徒报》上刊登出一篇妙文,题目是:《答"圣母领报节之圣迹"》,署名"一教徒"。该文极力为蒙泰尼里辩护,激烈地反对牛虻的诋毁。这位匿名作者雄辩而热情地阐述了世间和平及善意待人的宗教教义,指出新教皇即是福音传布者。文章结尾要求牛虻对其每一论点都要提供

---

① 圣母领报节,在三月二十五日,《圣经》称:天使加百列在这一天奉告圣母马利亚,她将得子耶稣。

论据，并郑重呼吁公众不要相信可鄙的诽谤者。作为抗辩文字，这篇文章论点剀切，很有说服力，作为文学作品，其价值远远超出一般水平。所以文章一发表便在城里引起了很多人注意，特别是因为连报纸的编辑也不知道作者的身份。不久这篇文章又印成小册子流传，佛罗伦萨每一间咖啡馆都在议论这位"匿名的辩护人"。

牛虻做出了反应，他猛烈抨击新教皇和他的支持者，尤其是蒙泰尼里。他谨慎地暗示蒙泰尼里很可能同意对他本人的颂扬。对于这一点，那位匿名辩护人又在《信徒报》上撰文，愤怒地予以否认。蒙泰尼里在佛罗伦萨逗留的剩余日子里，两位作家之间展开的激烈论战成为公众关注的焦点，人们反倒把那位著名的传教士冷落了。

自由派里有一部分人曾力图劝说牛虻放弃对待蒙泰尼里的那种不必要的刻毒态度，但是他们并没从他那里得到令人满意的答复。他只是莞尔一笑，无精打采，期期艾艾地说道："说真、真格的，先生们，你们太不公平了。我向波拉夫人做出让步的时候，曾有约在先，这一回得允许我开一次小、小、小的玩笑了。契约上就是这样规定的呀！①"

十月底，蒙泰尼里回到罗玛亚教区。离开佛罗伦萨之前，他作了一次告别布道，其中他提到那场争论。他温和地表示不太赞成两位作者的激烈态度，并请求为他辩护的那位匿名作者树立一个宽容的榜样，结束这一场既无用处又不体面的笔墨官司。第二天《信徒报》上登出一则启事，宣称"一教徒"愿意遵从蒙泰尼里主教公开表示的意愿，退出这场论战。

最后还是牛虻出来作了结论。他散发了一张小小的传单，宣称蒙泰尼里的基督教谦恭精神解除了他的武装，他已经改恶向善，准备一见到圣信会派的人就搂住他的脖子，洒下和解的眼泪了。"我甚至愿意，"他在结尾部分说，"拥抱向我挑战的那位匿名作者。如果我的读者也像我和主教大人那样，知道了这意味着什么，知道了他何以隐姓埋名，他们就会相信我这番话的诚意了。"

十一月下旬，牛虻通知文学委员会，说他要到海滨休假半个月。看来他是到里窝那去了，列卡陀医生随后赶到那里想跟他谈一谈，但是找遍了全城也不见他的踪影。十二月五日，沿亚平宁山一带教会辖区各省爆发了非常激烈的政治示威，人们这才开始猜疑牛虻突然心血来潮要在隆冬季节

---

① 此句引自莎士比亚《威尼斯商人》第四幕第一场中夏洛克的话。

去海滨度假的原因。骚乱平定以后,他回到佛罗伦萨,在街上偶遇列卡陀医生,和颜悦色地对他说:

"听说你在里窝那到处打听我,那时我正在比萨。那真是个古老而又美丽的城市啊!大有世外桃源的风情呢!"

圣诞节那个星期的一个下午,他参加了文学委员会召开的会议。开会地点是在克罗斯门附近列卡陀医生家里。那天出席的人该到的都到了,牛虻来迟一步,进门的时候微笑着躬身致歉。当时好像已经没有空座了。列卡陀医生起身迎客,要到隔壁房间搬椅子,但牛虻把他拦住。"别麻烦了,"他说,"我坐在这儿就很舒服。"说着便走到琼玛放椅子的窗前,坐到窗台上,脑袋向后一仰,懒洋洋地靠在百叶窗上。

他半闭着眼睛,微微含笑,俯视琼玛。脸上那种微妙的、有如人首狮身像一般深不可测的神气,使他看上去颇似列奥那多·达·芬奇笔下一幅肖像画中的人物。它曾在琼玛心中激起的那种本能的不信任感,现在加深了,变成一种莫可名状的恐惧感。

讨论的议题是:面对威胁塔斯加尼的大饥荒,委员会应该发布一本小册子,阐明自己的观点,并提出应该采取的应急措施。在这件事上很难形成决议,因为像平常一样,委员会成员意见分歧很大。比较激进的一派,包括琼玛、玛梯尼和列卡陀在内,主张强烈呼吁政府和社会各界立即采取有效措施,解救农民的困苦。而温和的一派——其中自然包括格拉西尼——唯恐激烈的措辞非但说服不了当局,反而把它激怒。

"先生们,要人民立刻得到帮助,这当然很好,"格拉西尼带着心平气和而又悲天悯人的神气,环顾一下周围那几个面红耳赤的激进派,说道,"我们大多数人都想得到很多我们不大可能得到的东西,但是,如果我们一上来就采用你们提议的那种语气,政府很可能直到真正发生了饥荒,才开始采取救济措施。假如我们只是劝说政府内阁调查收成情况,那倒是一个准备步骤。"

盖利坐在火炉旁边的一角,闻听此言,一跃而起,反驳他的对头。

"一个准备步骤——是的,我亲爱的先生;可是,如果真发生饥荒,那可等不及我们四平八稳地走那一步。恐怕没等我们拿出切实的救济办法,人民早已饥饿难挨了。"

"我很想知道——"萨康尼开始说道;但好几个人的声音把他的话打断。

"说得响一点,我们听不清楚!"

"街上吵吵嚷嚷,像炸了地狱一样,怎能听得清楚,"盖利气呼呼地说,"那扇窗户关住没有,列卡陀?人们连自己说话都听不见了!"

琼玛四下望一望。"关住了,"她说,"窗户关得严严实实。好像有个杂耍班子或者别的什么闹红火的打楼下经过。"

街上传来阵阵喊叫声、欢笑声、叮叮当当的铃声和嚓嚓的脚步声,其中还夹杂着一个蹩脚铜管乐队嘟嘟的喇叭声和一面大鼓无情的咚咚声。

"这几天可真叫没办法,"列卡陀说,"圣诞节间间,总免不了这样的吵闹。你刚才说什么来着,萨康尼?"

"我说我很想听一听比萨和里窝那那边的人对这个问题有什么看法。也许列瓦雷士先生能告诉我们点什么,因为他刚从那儿回来。"

牛虻没有回答。他正注视窗外,人们刚才说的话他好像一句也没听见。

"列瓦雷士先生!"琼玛说。她是唯一靠近牛虻坐着的人,因为他依然沉默不语,便欠身向前,碰一下他的胳膊。他慢慢把脸转向她,她看到那张脸上可怕的木然表情,不禁吓了一跳。片刻之间,他那张脸像一个死人的脸。过了一会儿,那两片嘴唇才微微翕动,怪怪的,毫无生气。

"是的,"他自言自语道,"是一帮玩杂耍的。"

琼玛的第一直觉就是要遮蔽他,让他躲开众人投来的好奇目光。尽管说不清他怎会是那样子,但她察觉某种可怕的幻觉或幻象使他着了魔,而且这时他的肉体和灵魂全然受它支配。她立即起身,站到他和众人之间,好像要看窗外似的把窗户打开。除了她自己,谁也没看见他的脸。

一个巡回马戏班正打街上走过,卖艺人骑着毛驴,马戏丑角穿着五颜六色的衣服。节日期间戴着假面具游行的人群,谑浪哗笑,推推搡搡,一面跟马戏丑角打诨调笑,一面向他扔一串串纸带,又把装着陈皮梅的纸袋掷给坐在车上的马戏女郎。那个女人用金银纸铂和羽毛把自己打扮得艳丽妖冶,前额上垂着几绺假发,涂抹了口红的嘴唇上挂着不自然的微笑。车后跟的是杂色人等——有街上的流浪汉、乞丐、一路翻跟头的小丑和沿街叫卖的小贩。他们正在挤撞一个人,向他投掷东西,并为他鼓掌叫好。起初,由于人群的拥挤和晃动,琼玛没有看清那是何许人物,但不一会儿她就看清楚了。原来是个驼子,又矮又丑,穿着稀奇古怪的衣服,头上戴着纸帽子,身上挂着铃铛。他显然属于那个游串四方的马戏班子。他做出可憎的鬼脸,弯腰曲背,引得人群阵阵哄笑。

"那里出了什么事?"列卡陀走到窗前问道,"你们好像看得津津有味呢。"

列卡陀感到惊奇,他们竟不顾委员会成员在那儿等候,却在专心看一帮走江湖的卖艺人。琼玛转过身来。

"没什么好看的,"她说,"不过是一帮玩杂耍的。他们吵吵闹闹,我还当是别的什么呢。"

她一只手扶着窗台站着,突然感到牛虻伸出冰凉的手指,把她的手充满激情地捏了一下。"谢谢你。"他以柔和的语气轻轻说道;然后,关上窗子,又坐回窗台上。

"先生们,"他淡淡地说道,"对不起,我打断了诸位的发言。我刚才在、在看杂耍。真、真、真热闹。"

"萨康尼向你提了个问题。"玛梯尼粗声粗气地说。在他看来,牛虻的这种举止是荒诞不经的装腔作势,更可恼的是琼玛也竟然稀里糊涂学起他的样子。这不像她的一贯作风。

牛虻表示他对比萨那边人们的情绪一无所知,并解释说他只不过是到那里"去度假的"。接着他便兴致勃勃地高谈阔论起来。先是大谈农业收成的前景,然后又大谈小册子问题。虽然说话结结巴巴,却如开闸泄洪,滔滔不绝,直讲得别人都露出倦意。他好像借自己的声音表达了一种狂喜。

会议结束,委员会成员站起来准备退场的时候,列卡陀走到玛梯尼面前。

"你留下来同我一道吃晚饭好吗?法布列齐和萨康尼已经答应留下来啦。"

"谢谢;不过我要送波拉夫人回家。"

"你真害怕我一个人回不了家吗?"她问道,说着站起身,披上围巾,"当然他应该留下来陪你,列卡陀医生。换换环境对他有好处。他出门的时候太少了。"

"要是你允许的话,我愿意送你回家,"牛虻插进来说,"我也是朝那个方向走。"

"如果真是顺路的话——"

"我想,晚上你大概没时间到这儿来啦,是吗,列瓦雷士先生?"列卡陀一边开门送客,一边问道。

牛虻回头笑出声："你说我吗,我亲爱的伙伴?我可要去观看杂耍表演!"

"真是个古怪的人,对杂耍艺人的那份感情是那样奇怪。"列卡陀回到客人中间的时候说道。

"依我看,这是种同行间的感情。"玛梯尼说道,"我要是见过卖艺的人,这家伙就是一个。"

"但愿我只把他看作是卖艺的人,"法布列齐一副严肃面孔,在一旁插嘴说道,"如果他真是个卖艺的人,那也是很危险的一个。"

"从哪方面来说危险呢?"

"我不喜欢他热衷的那些神秘兮兮的短期旅行。你知道,这已经是第三次了。我根本不相信他是去了比萨。"

"他每次都是进山里去,我看这几乎是个公开的秘密了,"萨康尼说,"他甚至并不否认跟当年在萨维尼奥起义事件里结识的走私贩子还有联系,因此他利用他们的友情把传单偷运出教皇领地的边界,也就是很自然的事了。"

"在我这方面,"列卡陀说,"我想要跟你们谈的也正是这个问题。我忽然想到,请列瓦雷士先生负责我们自己的偷运工作,是再好不过了。我认为皮斯托亚的那个印刷所工作效率太低,偷运过境的传单总是卷在雪茄烟里,方法一成不变,实在太原始。"

"到目前为止,已经干得不错了。"玛梯尼很不服气地说。听到列卡陀和盖利动不动就把牛虻推出来作为别人效法的榜样,他觉得厌恶极了。他认为在这个"懒洋洋的海盗"没来教训大家之前,天下本来太平无事。

"到目前为止,干得倒是不错,不过那是因为我们没有更好的办法,也只好将就了,但话说回来,被捕的人和被抄没的东西也不少啊。现在我相信,如果列瓦雷士为我们负责这件工作,这类事件就会减少。"

"你为什么这样想?"

"第一,那些走私贩子把我们看作做买卖的生客,或者把我们当作挨宰的对象,而列瓦雷士是他们的私交,很可能是他们的领袖,他们尊重他,信任他。第二,我们当中几乎没有一个人能像列瓦雷士那样熟悉山里的情况。你们也许清楚,亚平宁山区的每一个走私贩子可以为参加过萨维尼奥起义的人赴汤蹈火,但不会为我们这样做。不要忘记,他曾经在他们中间避过难,对走私贩子走的路径了如指掌。任何一个走私贩子即便想骗他,也不敢骗他；即便敢骗他，也骗不了他。"

"那么，你的建议是请他把边界那边的印刷品工作——散发、投寄以及存放的秘密地点统统在内——全部接管呢，还是只由他代我们把东西运到边界那边呢？"

"噢，至于投寄地址和秘密存放的地方嘛，我们知道的他大概都知道，恐怕比我们知道的还要多得多。我看这方面我们未必能教给他什么新鲜东西。说到散发，那当然要见机行事了。在我想来，重要的问题还在于如何偷运过境。那些书籍一旦安全送到博洛尼亚，散发的事就比较简单了。"

"在我这方面，"玛梯尼说，"我反对这个计划。首先，关于他办事精明干练的种种谈论，只不过是猜测而已，我们并没确实见过他干走私过境的工作，不知道他在危急时刻能否保持镇定。"

"噢，在这一点上你不必有任何怀疑！"列卡陀插嘴说，"萨维尼奥起义的历史就证明了他能临危镇定自若。"

"第二，"玛梯尼接着说，"据我对列瓦雷士这个人不多的了解，我觉得把党的全部秘密都托付给他似乎不太妥当。在我看来，他这个人轻狂，矫揉造作。把党的私运工作的全权交到一个人手里，是一件严肃的事。法布列齐，你以为如何？"

"如果我的反对意见仅仅是你所说的那几点，玛梯尼，"教授回答道，"我一定会把反对意见打消，因为列瓦雷士正是一个具有列卡陀说的那些优点的人。我对他的勇气、他的诚实和随机应变的能力一点也不怀疑。但是我有另外一种疑虑。我觉得，他到山里去，不一定只是为了偷运小册子。我开始怀疑他是否别有目的。这话，当然啦，只限于我们之间说说罢了。这仅是一种怀疑。在我看来，他可能跟那些'秘密小团体'中的某一个有联系，也许是其中最危险的一个。"

"你的意思是说那一个——'红带会'吗？"

"不，是'短刀会'。"

"'短刀会'！可是那是一群无法无天的乌合之众啊——大多数是农民，既没有教养，又没有政治经验。"

"萨维尼奥的起义者不也是这样吗；可是他们当中有几个受过教育的人做他们的领袖。这个小团体恐怕也是如此。不要忘记，罗玛亚省那几个激进团体的成员大部分是萨维尼奥起义的余党。他们觉得自己力量太弱，不能以公开暴动方式同教会斗争,于是转为暗杀。他们的手不够有力,使不了枪,就采用短刀。"

"可是,你怎么会认为列瓦雷士跟他们有联系呢?"

"不是认为,仅仅是怀疑。不管怎样,我觉得我们最好先调查清楚,然后再把偷运的事托付给他。如果他是脚踏两只船,就会给我们党造成严重损害。他只会毁了党的声誉,而什么忙也帮不上。尽管如此,这件事还是下次再谈吧。我要告诉你们一个从罗马传来的消息。据说那里行将指定一个委员会,来起草一部地方自治宪法了。"

第六章

琼玛和牛虻沿着阿诺河岸默默地往前走。他那股激昂慷慨的劲头儿似乎消耗殆尽了。自从出了列卡陀的家门,他几乎一句话也没说。琼玛见他默默无语,打心眼里感到高兴。每逢跟他在一起,她总觉得难堪,今天比往日尤甚。因为他会上的举止使她感到十分困惑。

行至乌菲齐宫附近,他突然停步,转身向着她。

"你累了吗?"

"不累。为什么要这样问?"

"今天晚上也不特别忙吧?"

"不忙。"

"我想求你一件事。你陪我散会儿步好吗?"

"去哪里?"

"没有准地方,随你去哪里都成。"

"这是为什么呢?"

他踌躇片刻。

"我——不能告诉你——至少现在,很难说出口。不过,如果方便的话,就请跟我来。"

他原先盯着地面的眼睛突然抬起来,她看见他的眼神是那样奇怪。

"你一定有什么心事。"她温和地说。他从插在纽孔里的那朵花上捋下一片叶子,开始把它撕成碎片。她觉得他很像一个人——谁呢?那人的手指也有这种习惯动作,这般匆遽和神经质。

"我心里觉得烦闷,"他低头望着双手,声音低得几乎难以让人听见,

"我——我今晚不愿意一个人待着。你来吗?"

"当然。你还是去我的寓所吧。"

"不,请跟我到一家餐馆吃晚饭吧。西格诺里亚广场有一家餐馆。请不要拒绝,噢,你答应了。"

他们走进一家饭馆,他点了菜,但他自己那一份几乎碰也没碰。他执意闷声不响,把一片面包放在桌布上揉得粉碎,同时揉搓着餐巾的边缘。琼玛觉得很不自在,开始后悔不该跟他前来。沉默变得越来越令人尴尬,但是面对这样一个好像忘记她的存在的人,她又不好胡乱扯些闲话。他终于抬起头,唐突地说道:

"你愿意去看杂耍表演吗?"

她大为惊异,目不转睛地望着他。他脑袋里怎么会转出看杂耍表演的念头呢?

"你以前看过吗?"未等她来得及张口,他又问道。

"没看过,我想,我是没看过。我觉得那没什么意思。"

"很有意思呢。我倒认为,一个人不看杂耍表演,是不能研究人民生活的。咱们回到克罗斯城门去吧。"

他们到达那儿的时候,江湖艺人们已经在城门边搭起帐篷,尖利刺耳的琴声和锣鼓声宣告表演已经开场。

那场表演实在俗之又俗。几个滑稽丑角、数名玩杂技的、一位骑马钻大铁圈的,再加上那个浓妆艳抹的马戏女郎和那个做出各种各样无聊而又愚蠢滑稽动作的驼子,就代表着那个杂耍班子的全部班底。总体说来,那些插科打诨并不见得粗俗,也不致令人生厌,但多为平淡无奇的老一套,整个演出给人以乏味而压抑的感觉。观众出于塔斯加尼人礼貌的天性,报之以笑声和掌声,看来他们真正看得津津有味的是那个驼子的表演,但琼玛却从中看不出有什么诙谐和巧妙之处。那只不过是一连串古怪而又可憎的身体扭曲,看客们都模仿他的怪样,并且把他们的孩子举到肩上,让小家伙们看那个"丑八怪"。

"列瓦雷士先生,你真觉得这迷人吗?"琼玛扭脸对牛虻说道,这时他胳膊搂着帐篷的柱子,站在她身旁,"在我看来——"

她突然打住话头,默默地望着他。除了在里窝那的花园门口跟蒙泰尼里相遇的那一次,她从没见过一个人的脸上表现出这样的深沉而绝望的痛苦。她望着他,不由得想到但丁笔下的地狱。

不一会儿,那个驼子被一个小丑踢了一脚,随即一个斤斗滚到圈外,缩成了怪模怪样的一团。两个小丑开始对话,这时牛虻才好像大梦初醒。

"我们走吧?"他问道,"你还想再看一会儿吗?"

"我想还是走吧。"

他们离开帐篷,穿过阴暗的草地走向河边。有一阵子谁也没有说话。

"你觉得表演怎么样?"过了一会儿,牛虻问道。

"我觉得整个演出沉闷得让人透不过气来,其中有一段让人看了很不愉快。"

"哪一段?"

"唔,就是挤眉弄眼、扭腰曲背的那一段。简直丑恶极了,没有一点高明的地方。"

"你是说那个驼子的表演吗?"

琼玛没有忘记他对涉及自身生理缺陷的话题特别敏感,所以刚才避免提到演出中的这个节目,现在既然他自己提起,她便回答说:

"是的,我一点也不喜欢那一部分。"

"这可是人们最欣赏的部分。"

"没错,这正是最糟糕的地方。"

"是因为没有艺术性吗?"

"不——不是,所有的节目都没有艺术性。我是说——因为那是残酷的。"

他笑了一笑。

"残酷?你是说对那个驼子是残酷的吗?"

"我是说——当然啦,那个人自己好像无所谓,毫无疑问,那是他谋生糊口的一种方式,就像马戏骑手和马戏女郎干的那一行是他们谋生糊口的方式一样。但这总叫人觉得不愉快。这是耻辱,这是一个人的堕落。"

"他也许不见得比干这一行以前更堕落吧。我们大多数人都是堕落的,只不过各自堕落的形式不同罢了。"

"这话不错;但是这——我敢说你会认为这是一种荒谬的偏见,不过,在我看来,一个人的躯体是神圣的,我不愿看它受到亵渎,使它变得丑陋不堪。"

"那么,一个人的灵魂呢?"

他突然停住,一手扶着河堤的石栏杆站着,直面望着她。

"一个人的灵魂?"她一面重复着这句话,一面也停住脚步,惊异地看着他。

他突然伸出双手,激动不已。

"难道你没有想到那个可怜的小丑也可能有个灵魂——一个鲜活的、挣扎着的人的灵魂,被束缚于一个扭曲的躯壳里,不得不受其驱使和奴役?你,对一切都是一副慈悲心肠——你,怜悯那个穿着丑角彩衣、挂着铃铛的躯体——然而你可曾想过,那个可怜的灵魂赤条条、精光光,竟没有一丝一缕遮羞?想一想吧,它在观众面前冻得瑟瑟发抖,羞耻和痛苦几乎使它窒息——只觉得他们的嘲弄像鞭子一样抽打它——他们的哄笑像烧红的烙铁一样烫烙着它那裸露的皮肉!想一想吧,它环顾四周——在那些观众面前它无可奈何——求助于高山,高山不来遮挡它——求助于岩石,岩石无心掩蔽它——于是它妒忌老鼠,因为老鼠尚可钻进地下洞穴里藏身。不要忘记,灵魂是哑巴——它欲痛哭而无声——它必须忍耐,忍耐,再忍耐。哦!我是在胡说八道!你怎么不笑呢?你这个人没有幽默感!"

琼玛慢慢转过身,在死一般的寂静里沿着河岸向前走去。整个晚上,她从未想到过他的烦恼——不管它是什么——与杂耍有联系;而现在,突然迸发的慨叹,使他把内心生活的一幅画面隐隐约约展现在她面前,尽管她可怜他,却不知说什么才好。他在她身旁走着,掉头他向,远远望着河水。

"我请你理解,"他突然转过脸来,以一种咄咄逼人的神气说道,"我刚才对你说的每一句话都纯粹是无稽之谈。我这个人颇喜欢幻想,不喜欢别人真拿它当回事。"

她没有回答,他们仍默默地往前走。经过乌菲齐宫门口的时候,他忽然踱到路对面,在靠栅栏的一件包裹状的乌黑东西前面俯下身来。

"怎么啦,小家伙?"他问道,那声音之温和,琼玛以前从未听到过。

"干吗不回家呀?"

那个包裹动弹了一下,呻吟似的喃喃了一句什么。琼玛走了过去,只见一个六七岁孩子,衣衫褴褛,脏兮兮,像一只受惊的野兽蜷缩在人行道上。牛虻正弯下腰,用手抚摸着那个头发蓬乱的脑袋。

"怎么回事?"他说,同时腰弯得更低,以便听见那含混不清的回答,"你该回家睡觉了。深更半夜小孩子是不能待在外头的,你会冻僵的呀!把手伸给我,像个真正的男子汉那样跳起来!你家住在哪里?"

他抓住孩子的一条胳膊,要把他拉起来。其结果是一声尖叫和迅速退缩。

"咦,怎么啦?"牛虻说着,跪到地上,"啊!夫人,你来看呀!"

孩子的肩膀和外衣上血糊糊的。

"告诉我出了什么事?"牛虻以爱抚的口吻继续说,"是跌坏了,对吗?不是?有人打你啦?我想准是这么回事!是谁打你来着?"

"我叔叔。"

"啊,明白啦!这是什么时候的事?"

"今儿早晨。他喝醉了,我——我——"

"你跟他找麻烦了——是这样吗?大人喝醉了的时候,你是不好麻烦他的呀,小家伙,他们是不喜欢别人跟他找麻烦的。我们拿这个小东西怎么办呢,夫人?到亮光下来,孩子,让我看看你的胳膊。来,搂住我的脖子,我不会弄疼你的。这就对啦!"

他双手抱起孩子,走到街对面,放在宽宽的石栏杆上。然后掏出一把小刀,熟练地划开那只撕破的袖管。那孩子把头伏在他的胸脯上,琼玛则扶住那只受伤的胳膊。只见孩子肩膀上青一块紫一块,而且擦破了皮,手臂上还有一道很深的伤痕。

"把这样小的孩子伤成这样子,真不像话,"他一面说,一面用手帕包在伤口周围,防止外套蹭疼伤口,"他用什么打的?"

"铁锹。我跟他讨一个索尔多,想到拐角铺子里买点米粥喝,他就拿起铁锹打我。"

牛虻打了个寒战。"啊!"他轻声说,"那可疼得很哪,是吗,小家伙?"

"他拿铁锹打我——我就跑出来——我跑出来——是因为他拿铁锹打我。"

"后来你就在街上游荡,晚饭也没吃?"

孩子没有说话,开始痛哭起来。牛虻忙把他从栏杆上抱下来。

"别哭!别哭!马上就没事了。我不知道从哪里能叫一辆马车。恐怕所有的马车都等在剧场门口了,今晚那儿有一场盛大演出。真对不起,夫人,我拖累了你,不过——"

"我愿意跟你在一起。你也许需要有个人帮忙。你觉得你能抱他走那么远吗?他不是很重吗?"

"喔,我能行,谢谢。"

他们来到剧场门口,发现候在那里的马车寥寥无几,而且都有了主儿。演出已经散场,观众业已离去。墙上贴的海报醒目地印着绮达的名字,她在这场芭蕾舞中担任主角。牛虻请琼玛稍等片刻,自己转到演员入口处,同一个侍者搭上话。

"莱尼小姐走了没有?"

"还没走呢,先生,"那个人见眼前一位衣冠楚楚的绅士,怀里竟抱着一个衣衫褴褛的小叫花子,不禁看傻了眼,"我想,莱尼小姐说话就出来了。她的马车在那儿候着呢。瞧,她来啦。"

绮达挽着一位年轻骑兵军官的臂膀走下楼来。只见她晚礼服上罩了一袭火红色天鹅绒披风,一把鸵鸟羽毛大扇子垂于腰际,显得非常漂亮。走到门口,她突然停住,将手从军官臂弯里抽出来,惊异地走近牛虻。

"费利斯!"她低声惊叫道,"你怀里抱的是什么?"

"我在街上捡到这个孩子。他受了伤,还饿着肚子,我想要尽快把他送回家去。哪里也找不到一辆马车,所以我想借用你的车子。"

"费利斯!你打算把这样一个可怕的讨吃要饭的孩子带进你的屋子!去叫一个警察来,把他带到收容所或者别的什么适合他去的地方。你总不能把全城所有的叫花子都——"

"他受伤了,"牛虻重复说,"就是要送收容所,也得等到明天。现在我得照料他,给他弄点儿东西吃。"

绮达颦眉蹙目,微露厌恶之意:"你竟然让他的脑袋靠在你的衬衫上!你怎么能这样?那多肮脏!"

牛虻抬起头,一股怒气突然形之于色。

"他饿了,"他恶狠狠地说,"你不知道挨饿是什么滋味,是吗?"

"列瓦雷士先生,"琼玛走上前,插嘴道,"我的寓所离这儿不远。我们就把孩子带到那里去吧。你要是再找不到车,我会想法安排他过夜的。"

他迅速转过身来:"你不嫌麻烦?"

"当然不。晚安,莱尼小姐!"

那个吉卜赛女郎生硬地鞠了一躬,愤然耸一耸肩膀,重又挽起军官的胳臂,敛起她的裙裾,风风火火从他们身旁经过,走向那辆为之争执的马车。

"要是你乐意的话,我就打发车回来接你和那个孩子。"绮达在马车踏脚上停了一会儿,说道。

"很好;我给你留个地址。"他走到人行道上,把地址告诉了马车夫,然后抱着孩子又回到琼玛身边。

凯蒂正等候女主人回家。她得知出了什么事之后,立刻跑出去取来热水和别的必需物品。牛虻将孩子放在一把椅子上,自己则跪在他身旁,灵巧地替他脱掉那件褴褛的衣服,两手温存而又熟练地给孩子洗了澡,并把伤口包扎好。他刚给孩子洗完,用一块暖和的毛毯包裹他的时候,琼玛双手端着一只托盘走进来。

"你的病人可以用晚餐了吗?"她一面发问,一面冲那个陌生的小家伙笑一笑,"我亲自给他做的。"

牛虻站起来,把那些肮脏的破布片卷作一团。"你的房间恐怕给我们弄得乱七八糟了,"他说,"这些东西嘛,最好扔进火炉里去,明天我给他买几件新衣服。你屋里有白兰地吗,夫人?我想,我应该给他喝一点儿。请原谅,我得去洗一洗手。"

孩子吃罢饭,乱蓬蓬的脑袋立刻靠到牛虻的白衬衫上,在他的怀抱中睡熟了。琼玛帮助凯蒂把房间收拾整齐以后,这才在桌旁坐下来。

"列瓦雷士先生,你回家前必须吃点东西——你晚饭几乎一口也没吃,何况这会儿天也很晚了。"

"要是方便的话,我倒愿意来杯英国式的茶。让你折腾到这么晚,实在抱歉。"

"噢!没关系。把孩子放到沙发上吧,这样抱着会很累人的。等一等,我在座垫上铺一条毯子。明天你打算拿他怎么办呢?"

"明天?除了那个喝醉的畜生,看看他还有没有别的亲人。如果没有,只好照莱尼小姐的主意,把他送到收容所去了。最仁慈的办法也许是在他脖子上挂一块石头,扔进河里去,不过那样做的话,我可就得承担不愉快的后果了。睡得好香啊!不走运的小东西,你甚至不能像只走失的小猫那样保护自己呢!"

凯蒂端着茶盘走进来的时候,那孩子睁开眼睛,茫然地坐了起来。他一眼认出牛虻(那孩子已经把他看作当然的保护人),就挣扎着下了沙发,拖着毛毯走过来依偎在牛虻身边。他这时已经大体恢复过来,话也就多了,他指着牛虻拿着饼的那只伤残的左手,问道:"那是什么?"

"那个!饼啊,你想要一点?我看你吃的已经不少啦。等明天再吃吧,小伙子。"

"不是——是那个!"他伸出一只手摸一摸牛虻几根断指的残根和手腕上的大疤痕。牛虻放下手中的饼。

"喔,你说的是这个!这跟你肩膀上的那东西一样,是从前一个比我力气大的人打的。"

"当时疼得厉害吗?"

"哦,我不知道——不见得比别的事情更叫人感到疼痛。好啦,好啦,回去睡觉吧。天这么晚了,不要再提问题啦。"

马车来到的时候孩子又睡着了,牛虻没把他叫醒,轻轻把他抱起来,走上门外的台阶。

"今天你好像是我的服务天使了,"牛虻在门口停了一会儿,对琼玛说,"我想这不会妨碍我们将来还要吵个痛快。"

"我没有跟任何人争吵的愿望。"

"啊!可是我有。没有争吵,生活就难以忍受。一场激烈的争吵是生活中不可或缺的东西,比杂耍表演更有意思!"

说完,他抱着那个熟睡的孩子,吃吃地笑着走下台阶。

第七章

正月第一个星期的一天,玛梯尼发出一份请柬,邀请大家来参加文学委员会每月的例会。他随即收到牛虻寄来的一张简短便条,上面用铅笔潦潦草草写着几个字:"非常抱歉,不能前往"。玛梯尼看罢颇有点恼火,因为请柬上注明"有要事相商"的字样。在他看来,牛虻这种狂傲态度简直是无礼至极。加之,他那天接连收到三封信,带来的全是坏消息。况且那天又刮的是东风,他觉得很不舒服,一肚子火气。在小组会议开会的时候,列卡陀医生问道:"列瓦雷士先生来了吗?"他便绷着脸回答:"没来,他好像正忙着干什么更有兴趣的事呢。不能来,或者不想来。"

"说真的,玛梯尼,"盖利不耐烦地说,"你可算得上佛罗伦萨成见最深的人了。一旦你跟哪个人不对劲儿,他做的事就一无是处。列瓦雷士正在生病,他怎么来得了呢?"

"你听谁说他在生病?"

"你不知道?他已经在床上躺了四天了。"

"他怎么啦?"

"不清楚。上星期四他因病不得不推迟了跟我的一次约会,昨天晚上,我顺路去看他,听说他病得厉害,不能见客。我还以为列卡陀在照看他呢。"

"我一点也不知道这回事。今晚我就过去,看看他需要些什么。"

次日早晨,列卡陀脸色苍白,满面倦容,走进琼玛的小书房。她正坐在桌旁向玛梯尼口述一串串单调的数字,而玛梯尼一手持放大镜,一手拿着削得尖尖的铅笔正在一本书的书页上做记号。她打了个手势,示意保持安静。列卡陀知道一个人在写密码的时候不能受干扰,于是坐在琼玛身后的沙发上,像个永远睡不够的人那样连连打着哈欠。

"2,4;3,7;6,1;3,5;4,1。"琼玛的声音像机器一样平缓地读着,"8,4;7,2;5,1;这个句子结束,西萨尔。"

她在那页纸上用针刺了一下,标出准确位置,然后转过身来。

"早晨好,医生。你看上去可是一脸倦容!你身体还好吗?"

"哦,还好——只是累得要命。我跟列瓦雷士熬了一夜。"

"跟列瓦雷士?"

"是呀,我陪了他一个通宵,现在我必须回医院去照料我那里的病人了。我来这儿看看你们能不能找个人照料他几天。他病得很不轻呢。我当然要尽力而为,可是我确实腾不出时间。我说要派护士照料他,他又死活不肯。"

"他得了什么病?"

"唔,病情很复杂。首先——"

"首先,你吃过早饭没有?"

"吃过啦,谢谢你。关于列瓦雷士——毫无疑问,他因为神经受到过度刺激,病情变得复杂了。但主要病因还是旧创复发,好像当初治疗得太草率了。总而言之,他的身体是垮了,情况十分可怕。我猜想,这是南美的那场战争造成的——他受伤的那会儿肯定没有得到适当的治疗,可能就地胡乱处理了一下。他能活到现在已经算万幸了。可是留下了一个慢性发炎的病根儿,任何一点小小刺激都会引起旧病复发——"

"有危险吗?"

"不,不。这种病例的主要危险是病人痛得发狂,并且吞服砒霜。"

"那一定痛得很厉害啦?"

"简直可怕极了。我不知道他是怎样忍受的。昨天晚上我不得不给他服了一剂鸦片,麻醉他的神经——我是从来不肯给神经质病人下这种药的;可是我总得想办法啊。"

"我想,他有点神经质吧。"

"神经质得厉害呢,但是他很坚强。昨晚只要他不是痛得头晕目眩,他就显得那样镇静自若,实在让人惊奇。但是到后来我也不得不下狠心了。你知道这种情况持续多久了吗?整整五个晚上了。除了那个愚蠢的房东女人,没有一个叫得应的,她要是睡死了,房子塌了也不会醒。就算她醒过来,也没什么用。"

"那位跳芭蕾的姑娘呢?"

"是啊,你说怪不怪?他竟不许她到他跟前去。他极其厌恶她。总而言之,在我见过的人当中,他最让人无法理解——是各种矛盾的大杂烩。"他掏出怀表,心事重重地看着它,"来不及去医院了,实在没办法。这一回我的助手只好独自开诊了。我能早点知道这事就好了——不该那样撑了一夜又一夜。"

"但是他为什么不打发人过来说他病了呢?"玛梯尼插言道,"他总该知道我们绝不会看他那样受苦而不闻不问吧。"

"我希望,列卡陀医生,"琼玛说,"昨天晚上你叫上我们中的一个人,那就不会把你累成这个样子了。"

"我亲爱的女士,我想到去叫盖利,可是列瓦雷士一听这个建议就暴跳如雷,所以我不敢派人去叫了。当我问他想把谁叫来的时候,他瞪着眼看了我一会儿,好像被我的话惊呆了。然后举起双手捂住眼睛说:'不要叫他们,他们要笑我的!'他好像摆脱不掉一种幻觉,觉得人们会因为某种原因笑话他。我搞不清是什么原因。他老是讲西班牙语。不过病人讲些胡话也是常有的事。"

"现在谁在陪侍他?"琼玛问道。

"除了房东太太和她的女仆,没有别人。"

"我马上到他那里去。"玛梯尼说。

"谢谢你。晚上我再过去看看。你在大窗子旁边那张桌子的抽屉里可以找到一份医嘱。鸦片搁在隔壁房间的书架上。如果疼痛又发作起来,你可以给他服用一剂——只能服一剂,不可过量。无论你做什么事,千万不要把药瓶放在他摸得着的地方。他也许忍受不住,服用过量的药。"

玛梯尼走进那个遮住光亮的房间时,牛虻立刻转过脸来,伸出一只滚烫的手，拙劣地模仿着素日那种傲慢无礼的神气，开始说道：

"啊，玛梯尼！你是来催我交出那些清样的吧。昨天晚上我没有出席委员会的例会，你骂也没用，事实上我身体不太好，而且——"

"不要管委员会啦。我刚见过列卡陀医生，我过来看看能为你做点什么。"

牛虻把脸绷得就像一块燧石。

"哦，真的！你太好啦。但是不值得这样麻烦。我只是有点不大舒服。"

"我从列卡陀医生那里听说了。我相信，昨晚他陪了你一个通宵。"

牛虻狠狠地咬着嘴唇。

"我挺好的，谢谢你。我什么也不要。"

"那好，我就坐在隔壁那个房间，也许你愿意一个人待着。我把房门虚掩着，有事你可以叫我。"

"请不必费心，我真的什么也不要。我会白白浪费你的时间的。"

"伙计，你就不要胡说八道了！"玛梯尼粗暴地打断他的话，"这样骗我有什么用？你认为我没长眼睛吗？要是睡得着，就安安静静睡一会儿吧。"

他走进隔壁房间，让房门虚掩着，拿了一本书坐下来。不一会儿他就听见牛虻烦躁不安地动了两三次。他放下书，侧耳倾听。静了一会儿之后，又是一阵在床上翻腾的声音。接着便听到一个人咬紧牙关，竭力不呻吟的那种急促、沉重的喘息声，他赶紧回到那个房间。

"我能帮你一点忙吗，列瓦雷士？"

没有回答，他便穿过房间，走到床前。牛虻脸色发青，像死人一样，看了他一会儿，默默地摇摇头。

"要不要我给你服一剂鸦片？列卡陀说过，如果痛得厉害，你可以再服一剂。"

"不用，谢谢。我还能再挺一阵儿。过一会儿可能会痛得更厉害。"

玛梯尼耸一耸肩，在床旁边坐下。他默默地观察他，过了仿佛永无尽头的一个小时，他起身去拿鸦片。

"列瓦雷士，我再也看不下去了。就算你还挺得住，我可挺不住了。你得把这东西吃下去。"

牛虻一声不吭地把药吞下去，然后转过脸，闭上眼睛。玛梯尼又坐下来,渐渐地听得牛虻的呼吸声越来越深沉,越来越均匀了。

牛虻已经精疲力竭,一旦睡熟就不容易醒来。一小时又一小时过去了,他躺着一动不动。从白天到晚上,玛梯尼到过他床前好几次,去看他那一动不动的身体,但是除了轻微的鼻息声,别无一丝生气。那张惨白的脸上毫无血色,玛梯尼看着看着突然害怕起来:如果给他服用的鸦片过量怎么办?他见那受过伤的左臂放在被子上,于是抓起那条手臂,想把牛虻摇醒。摇着摇着,没扣袖口的那条袖管褪下去,露出一块又一块深深的疤痕,从手腕到臂肘全都是这样可怕的疤痕。

"刚落下这些伤痕的时候,这条胳膊一定很好看呢。"他背后响起列卡陀的声音。

"啊,你总算来了!快来看看吧,列卡陀,难道这个人就此一睡不醒了吗?十个小时以前我给他吃过药,从那以后他一动也没动过。"

列卡陀弯下腰听了片刻。

"不会的,他呼吸很正常。没别的,他只是太累了——苦熬了一夜,必然会是这样。大概天亮以前还要发作一次。我希望有个人来守着他。"

"盖利会来的,他捎来话说,他十点钟到这儿。"

"眼看就到十点啦。啊,他醒过来了!快去叫女佣人把肉汤热上。轻点儿,轻点儿,列瓦雷士!行啦,行啦,别打了,伙计。我不是大主教啊!"

牛虻突然惊醒,面带畏惧、惊恐之色。"轮到我上场了吗?"他操着西班牙语匆忙说道,"让人们多乐上一会儿吧,我——啊!列卡陀,我没看见是你在这儿。"

他环顾房间,仿佛感到困惑似的用一只手遮住前额:"玛梯尼!怎么,我以为你早走了呢。我一定是睡熟了。"

"你睡了十个钟头,就像童话里那个睡美人一样。现在你得喝点肉汤,然后接着再睡。"

"十个钟头?玛梯尼,你肯定不是一直都待在这儿吧?"

"我是一直待在这儿。我开始怀疑是不是给你服用的鸦片过量了。"

牛虻向他投过一束狡黠的目光。

"哪有那么好的运气呀!那样的话,委员会开起会来不就安静多啦?列卡陀,你又来干什么?你发发慈悲让我安静一会儿不行吗?我最恨医生在跟前转来转去唠叨不休。"

"那,好吧,把肉汤喝下去,我就让你安静一会儿。我过一两天还要来,准备给你做个彻底检查。我想,你现在已经渡过了最危险的关头。你看起来已经不像骷髅头了。"

"噢,我很快就要好啦,谢谢。那是谁——盖利?看来今天晚上我这儿贵客盈门了。"

"我是来陪你过夜的。"

"胡说八道!谁我也不要。回家去,你们都回家去。即便再发作起来,你们谁也帮不了我。我不会不停地服鸦片的,虽说那东西偶尔吃一次很管用。"

"恐怕你说得对,"列卡陀说,"但是坚持到底可不大容易。"

牛虻抬起头来,笑一笑:"别担心!如果我会吃那东西上瘾,我早就上瘾了。"

"不管怎么说,绝不能让你一个人待在这儿。"列卡陀冷冷地回答,"盖利,请到隔壁房间来一下,我跟你说句话。晚安,列瓦雷士,我明天再来。"

玛梯尼跟随他们走出房间的时候,忽听得牛虻轻声呼唤他的名字。牛虻向他伸出一只手。

"谢谢你!"

"喔,别废话!睡吧!"

列卡陀走后,玛梯尼和盖利在外间屋里交谈了几分钟。当他打开那座房子的前门的时候,听见一辆马车在花园门外停住,并看见一个女人的身影下了车,沿着小径走过来。那是绮达,显然是参加过什么娱乐活动以后夜晚归来。玛梯尼举起帽子站到一旁让她过去,然后出了大门,走进通向帝国山的那条黑咕隆咚的小巷。不一会儿,花园门吱嘎一声又开了,急促的脚步迈向小巷这一边。

"请等一等!"绮达说。

他转过身迎上前去时,她突然止步,然后沿着树篱慢慢朝他走来,并将一只手背在后面。拐角上有一盏孤零零的街灯,借着灯光他看见她低垂着头,仿佛有点困窘或者害羞。

"他怎么样?"她头也不抬,问道。

"比今天早晨好多了。他睡了大半天,看起来多少有了点精神。我想他已经脱离危险了。"

她的眼睛仍紧盯着地面。

"这一次发作很厉害吗?"

"我看是够厉害的。"

"我猜准这样。只要他不准我进他的屋子,那就一定病得很厉害。"

"他发病的时候总是这个样子吗?"

"那得看情况——没什么规律。去年夏天在瑞士他就很好,但是前一个冬天,我们在维也纳的时候,情况就很糟。好几天他不让我接近他。他生病时总讨厌我在他身边。"

她抬眼瞥了一下,随即又垂下眼皮,继续说:

"他觉得病要发作时,总要找这样或那样的借口把我支开,或打发我去舞会、音乐会,或干别的什么事,然后把自己锁在屋里。我常常溜回来,坐在门外守候———一旦他知道了,就会大发雷霆。如果他的狗叫起来,他宁可放狗进去,也不许我进门。我想,他对狗更关爱呢。"

她说这话的时候,带着一种奇特的、愤愤不平的神态。

"呃,但愿病情不再恶化了。"玛梯尼和颜悦色地说,"列卡陀医生对他的病认真负责,他也许能想出彻底治愈的办法。不管怎样,这次治疗已使病情暂时缓解。但是下一次他再发病的时候,你最好给我们送个信儿。如果我们早点知道,他就不会受那么大罪了。晚安!"

他向她伸出手,但她急忙退缩,做了个拒绝握手的姿势。

"我不明白你为什么要跟他的情妇握手。"

"握不握手,自然随你的便。"玛梯尼不无尴尬地说。

她把脚一跺。"我恨你们!"她冲他喊道,眼睛像烧红的炭火,"我恨你们所有的人!你们到这儿来跟他谈政治,他就让你们通宵陪伴他,还允许你们给他吃止痛药。可是我呢,连从门缝里看他一眼都不敢!他是你们的什么人!你们有什么权力把他从我身边偷走?我恨你们!恨你们!恨你们!"

她正说着,突然抽泣起来,随即转身冲进花园,当着他的面砰的一声关上园门。

"天哪!"玛梯尼朝小巷那头走去时,自言自语道,"这姑娘竟然真爱他!真是怪事——"

第八章

牛虻恢复得很快。第二个星期的一天下午,列卡陀来访时,见他穿一件土耳其睡衣躺在床上,正与玛梯尼和盖利聊天。他甚至谈到想要下楼走动走动,列卡陀听了,只是一笑置之,并问他是否先要穿越山谷到菲索尔远足一趟。

"你倒不如去拜访格拉西尼一家,换换口味呢,"列卡陀以挖苦的口吻补充说,"我敢说格拉西尼太太见到你一定很高兴,特别是现在,你这张煞白的脸多么有趣。"

牛虻把两手握在一起,做了个无可奈何的姿势。

"哎呀呀!我怎么就没想到这个碴儿!她一定会把我当成意大利的烈士,跟我大谈爱国主义呢。我必须把这个角色演得惟妙惟肖,并且告诉她我在一个地牢里被人家大卸八块,后来又乱七八糟地拼凑到了一起。她一定要追问,在肢解的整个过程中我有什么感觉。你认为她不相信吗,列卡陀?我拿我的印度匕首赌你书房里装在瓶子里的绦虫,不管我编造多么离奇古怪的谎话,她都会信以为真的。这笔赌注可是划得来呀,快快跟我击掌打赌吧。"

"谢谢,我并不像你那样喜欢杀人工具。"

"唔,绦虫是跟匕首一样要杀人的呀,随时都在杀人,而且远不如匕首好看。"

"我亲爱的朋友,我碰巧偏不要匕首,就要绦虫。玛梯尼,我得赶快回去了。这个任性的病人是由你照管吗?"

"我只在这儿待到三点钟。盖利和我要到圣米尼埃托去,我回来以前由波拉夫人来照料他。"

"波拉夫人!"牛虻沮丧地重复一遍,"唔,玛梯尼,这可不行!怎么能让我和我的病打扰一位女士呢。再说,让她往哪儿坐呀?她是不会愿意进这个房间的。"

"你什么时候开始这样讲规矩的?"列卡陀笑着说,"伙计,对我们大家来说,波拉夫人就是护士长。她从小就看护病人,而且看得比天主教护理会的任何一位护士小姐都好。不愿意进你的房间!啊,你大概说的是格拉西尼家那个女人吧!如果波拉夫人要来,玛梯尼,我就不必留医嘱了。哎呀,两点半了,我得赶快走。"

"喏,列瓦雷士,你要在她来以前把药吃下去。"盖利手拿药杯走近沙发说。

"让药见鬼去吧!"牛虻已经到了恢复期的烦躁阶段,不由得就要给他忠实的看护们找找别扭,"现在已经不疼了,你们为什么非得要我吞、吞下这些可怕的东西?"

"就是为了让你不再疼。待一会儿波拉夫人来的时候,如果你挺不住,她就得给你服用鸦片,那多没意思。"

"我的好、好先生,我的病一旦发作起来,就没法不让它发作,这不是害牙疼,你那些没用的药水是不能把它吓跑的。吃这些药,简直就好比拿着玩具水枪去救火一样。当然啦,我知道你是非要按照你的意思办不可的。"

他伸出左手将药杯接了过去,盖利一见他手臂上可怕的疤痕,便不由得想起刚才谈论的话题。

"随便问一问,"盖利说,"你怎么被打成这个样子?是在那次战争中受的伤,对吗?"

"喏,我刚才不是说过了,那是发生在秘密地牢里的事呀——"

"不错,你是说过。编造这一套子虚乌有的谎话,说给格拉西尼太太听正合适。说实话,我认为那是跟巴西人打仗的时候落下的,对吗?"

"是的,我在那儿受过几处伤,后来在蛮荒之地打猎的时候也受过伤,这儿一下,那儿一下。"

"噢,对了。你参加科学探险的时候也受过伤。我已经把该干的干完啦,你可以把衬衫扣住了。看来你在那儿有过一段惊心动魄的经历呢。"

"唔,当然啦,生活在那种蛮荒之地,少不得要冒几次险,"牛虻轻描淡写地说,"你总不能指望每次冒险都轻松愉快呀。"

"我还是不明白,你怎么会弄得满身是伤,除非是遭遇了一群野兽——就说你左臂上那一串疤痕吧。"

"啊,那是在一次捕猎美洲狮的时候落下的。你知道,当时我已经开了枪——"

有人敲了一下门。

"房间里干净吗,玛梯尼?干净?那就请把门打开吧。真的非常感谢你,夫人,我起不了床,请你原谅。"

"你当然不该起来,我又不是来做客的。我早来了一会儿,西萨尔。我怕你也许急着要走。"

"我还可以再待一刻钟。让我把你的斗篷拿到那个房间去吧。也把篮子一起拿走好吗?"

"当心,这是新鲜鸡蛋。凯蒂今天早晨刚从奥列佛多山那边弄回来。这儿有几朵圣诞玫瑰,列瓦雷士先生,我知道你喜欢花。"

她坐到桌旁,开始修剪花梗,将花插进一只花瓶。

"喔,列瓦雷士,"盖利说,"接着给我们讲那个捕猎美洲狮的故事吧;你才刚刚开了个头呢。"

"噢,对了!盖利刚才问起我在南美的生活,夫人,我正给他讲我左臂受伤的经过。那一次是在秘鲁。我们趟水过河追踪一只美洲狮,我朝那个畜生开了枪,可是枪没打响,火药过河的时候弄湿了。那只狮子自然不会等我把枪收拾好,结果就落下这满手臂的伤。"

"那一定是一番很有趣的经历吧?"

"嗯,倒是不坏!当然了,要想享乐就得吃苦嘛。但是总的说来,那种生活是极惬意的。就拿捕蛇来说——"

他侃侃而谈,一件趣事接一件趣事讲个没完没了,一会儿是阿根廷战争,一会儿是巴西探险,一会儿又是狩猎功绩和遭遇到土人或野兽的故事。盖利怀着小孩子听童话故事的那种喜悦,不时地打断他,问这问那。他具有那不勒斯人那种易受感染的性格,喜欢一切耸人听闻的故事。琼玛从篮子里拿起编织活计,眼睛低垂,一面飞针走线,一面静静地听着。玛梯尼皱起眉头,烦躁不安。他觉得牛虻讲起故事来那种眉飞色舞的神气未免过分夸张和矫情。尽管在过去一个星期他目睹牛虻以惊人的毅力忍受住肉体疼痛,不由得对他肃然起敬,但他心里并不喜欢牛虻,也不喜欢他的行为和作风。

"那可真算得上一段辉煌的生活啊!"盖利以天真的钦羡口吻感叹道,"我就纳闷你怎么能下定决心离开巴西呢?有了巴西经历,别的国家就显得平淡无奇了。"

"我觉得在秘鲁和厄瓜多尔的时候最快活,"牛虻说,"那真是奇妙无比的地方。当然喽,那里很热,尤其是厄瓜多尔沿海一带,酷热难挨。不过那里风光之秀丽,出人意料。"

"我相信,"盖利说,"在蛮荒之地所享有的绝对自由,比之于秀丽风光,对我的诱惑力更大。你一定能感觉到作为一个人的尊严,而在人口密集的城市是永远感觉不到的。"

"是的,"牛虻回答,"那就是说——"

琼玛抬起头来,看了牛虻一眼。他突然涨红了脸,连忙住口。接着是一阵沉默。

"你不会是又疼起来了吧?"盖利急切地问道。

"喔,没什么。这真得感谢我刚才还在亵渎的那些镇痛药。你现在就走吗,玛梯尼?"

"是的。咱们走吧,盖利,不然要迟到了。"

琼玛跟随他二人走出房间,不一会儿端着一碗牛奶冲鸡蛋回来。

"请把这个喝下去。"她用温和但不容置辩的语气说,然后坐下来继续做活儿。牛虻驯顺地照办了。

足有半小时工夫,两人都不说话。然后牛虻低声说道:

"波拉夫人!"

她抬起头来。他正在撕扯沙发垫毯的流苏,依然眼睛低垂。

"你不相信我刚才讲的是真话吧。"他开始说。

"我一点都不怀疑你讲的是谎话。"她平静地回答。

"你说得很对。我一直都在讲谎话。"

"你的意思是,关于那次战争的事是瞎说?"

"全都是瞎说。我根本没参加过那次战争,至于那次科学探险,当然,我冒过几次险,大部分故事也确有其事,但我的满身伤痕并不是那时落下的。你已经发觉我的一个谎言,我想不妨承认统统是谎言。"

"你不觉得编造那么多的谎话浪费精力吗?"她问道,"我倒觉得是多此一举。"

"可是,又有什么办法呢?你知道你们英国人有句俗话:'不提问题,就听不到谎话。'我并不喜欢拿谎话愚弄别人,但是他们问起我怎么残废的,我总得回答呀,既然如此,倒不如编得好听些。你看盖利听了有多高兴呀。"

"你宁愿讨盖利喜欢,也不肯讲实话吗?"

"讲实话!"他手里拿着扯下来的流苏,抬起头来,"你要我跟那班人讲实话?我宁可先把我的舌头割掉!"接着他困窘而又羞怯地突然说:"我从来没给任何人讲过实话,不过,如果你愿意听的话,我就给你讲一讲。"

她默默地将手中的编织活计放下。在她看来,这个粗鲁、神秘、并不可爱的男人,却突然主动地向一个他尚不熟悉而且显然并不喜欢的女人吐露心底的秘密,其中定有惨怛于心的隐情。

接着又是长时间的沉默,她举目看他一眼。只见他左臂支在身边的桌

子上,用那只伤残的手遮住眼睛,她注意到他的手指神经质地抽搐,手腕上的伤疤在颤动。她走到他跟前,轻轻呼唤他的名字。他猛然一震,抬起头来。

"我忘、忘记了,"他道歉似的喃喃说道,"我要给你讲、讲什么来着?"

"讲使你致残、瘸腿的那次意外事件或别的什么原因。不过,如果提起往事叫你伤心的话——"

"那次意外事件?噢,那次被痛打一顿!不错,只不过那不是什么意外事件,而是———根拨火棍。"

她愕然望着他。他用那瑟瑟颤抖的手将头发向后一掠,微笑着抬起头来望她。

"你干吗不坐下来呢?请把椅子挪近点儿。真抱歉,我不能亲自给你挪了。说真、真的,现在想来,当时如果是列卡陀医生给我治疗,他一定会把我的病例当成一个宝贵的发现。他具有真正的外科医生对碎骨头的爱好。我相信那时候我身上所有能折断的部分都折断了——除了脖子。"

"你还有勇气呀,"她轻声插言道,"你大概是把勇气也算作那些折不断砸不扁的东西里面的吧。"

他摇一摇头。"不,"他说,"我的勇气也跟我身上其余部分一样,是后来勉强修补起来的,当时也打烂了,就像一只砸碎的茶杯;那是砸得最惨的一部分。啊,一点不错;喔,我刚才说的是拨火棍。"

"那是——让我想想看——那是大约十三年前在利马发生的事。我对你说过,秘鲁是个适于居住的国家,但是对于像我这样的落魄之人就不那么美妙了。我到过阿根廷,又辗转到了智利,大部分时间都是饿着肚子到处流浪,后来我在瓦尔帕莱索一艘运牲口的船上当临时工,随船到了秘鲁。我在利马找不到工作,就到码头上——你知道,那些码头是在卡亚俄——碰碰运气。当然,在那些港埠里都有一些下流地方,航海的人在那里寻欢作乐。时过不久我被那里的一家赌窟雇作仆人。我得烧饭,在弹子球台上记分,给水手和他们的婊子端茶送水,等等诸如此类的工作。这不是令人愉快的工作,但我仍然为谋到这一份工作而高兴,至少我在这里能混口饭吃,看得到人的面孔,听得到人的声音——尽管是丑恶的面孔和污秽的语言。你也许会认为这没有什么好处,可是我当时刚刚患过黄热病,曾孤零零一个人躺在一座废弃的破房子的外屋里,那种情形实在叫我怕极了。一天晚上主人命我把一个喝得醉醺醺的拉斯加水手赶出去,他上岸的时候把钱输光了,回来后便没好气大吵大闹。当然,如果我不想丢掉饭碗,就得照主人的吩咐办。但是那个人的力气比我大一倍,因为那时候我才二十一岁,而且病后虚弱得像一只猫。这且不说,他手里还提着一根拨火棍。"

他略停顿一会儿,偷觑她一眼,然后继续说道:

"显然他打算结果我的性命,可是不知怎的他把那件活干得太马虎了——没把我砸碎,给我留下了够我苟延残喘的一口气。"

"唔,旁边那些人呢,他们眼睁睁看着不管?难道这么些人还怕一个拉斯加水手?"

他抬起头,突然哈哈大笑。

"旁边那些人?你说的是赌客和赌窟老板?怎么,你还不明白!我是他们的仆人——是他们的财产呀。当然,他们站在周围看热闹。在那种地方,这样的事是被当作有趣的红火热闹的。也的确有趣,只要不是你碰巧成为玩弄的对象。"

她不由得浑身战栗。

"那么后来呢?"

"那我就说不清楚了:一个人碰到了这种事,照例是有几天什么事也记不得。但是附近船上有位外科医生,人们见我还有口气,就去把他找来。他草草地把我缝补起来——列卡陀好像认为他的缝补术干得太差劲儿,不过同行是冤家,那可能是他的偏见吧。总而言之,等我恢复知觉以后,当地的一个老太婆出于基督教的慈悲收留了我——这听起来很奇怪,是吗?她整天蜷缩在小屋的墙角里,抽一根黑烟袋,往地板上吐痰,对着自己哼哼唧唧。但是她心地不坏,她对我说,我可以安安静静死去,没有人来打扰我。然而当时我一心要跟命运抗争,于是选择了活下去的路。可是爬回活命的路上那是很不容易的,有时候我觉得,仅仅为了活命而费那么大的劲儿,实在不值得。但不管怎么说,那个老太婆的耐性是惊人的;她留我躺在她的小屋里——躺了多久?——将近四个月。有时候我像疯子那样说胡话,有时候又像一只肿了耳朵的熊,火气大得可怕。疼痛实在难忍,你知道,我的脾气又是从小惯坏了的。"

"后来呢?"

"哦,后来——我勉强爬起来,爬走了。不,不要以为我是不好意思接受一个孤苦老太婆的施舍——我已不在乎这种事了,我之所以离开,是因为那个地方我再也受不了了。你刚才说到我的勇气,你要是见过我当时那副样子,你就明白了!每天晚上,黄昏时分,是疼痛发作最剧烈的时候,一到下午我就独自躺在那儿,看着太阳一点一点下沉——噢,你不会明白!直到现在,我一看到日落就要难受!"

一阵长久的沉默。

"噢,后来我去了内地,看能不能在什么地方找到一份工作——继续在利马待下去,我就要发疯了。我一直流浪到库斯科,在那里——喔,我为什么要讲这些陈年旧事打扰你呢,这些事甚至不值博得一笑。"

她抬起头,以深沉而又恳切的目光望着他。"请别这样说。"她说。

他咬着嘴唇,又撕下一束床毯的流苏。

"我接着往下说吗?"过了一会儿他问道。

"如果——如果你愿意的话。我怕回忆往事对你来说太痛苦了。"

"你以为不说出来我就会忘记?那样就更糟。不要以为事情本身使我难以忘怀。使我难以忘怀的是我曾经失去过自制力。"

"我——我不太明白你的意思。"

"我是说,我的勇气到了终点,我发现自己竟然变成一个懦夫。"

"人所能忍受的当然有一定极限。"

"对。但是一旦达到极限,就不知道何时才能再次达到这个极限了。"

"你能不能跟我谈一谈,"她迟迟疑疑地问道,"你怎么才二十岁就孤身一人流浪到那种地方呢?"

"非常简单:我在故国有个家,有个很好的开端,但我离家出走了。"

"为什么?"

他又发出他那急促、刺耳的笑声。

"为什么?我想,大概因为我是一头自命不凡的小野兽。我生长在豪门富家,从小养尊处优,以为这个世界是粉红色的棉絮和糖衣杏仁组成的。后来在一个晴朗的日子里,我发现我曾经信赖的某一个人欺骗了我。怎么,你为何这样吃惊!怎么回事?"

"没什么。请说下去。"

"我发觉我受了骗,相信了一个谎言。当然,这种事说来也很平常。可是正如我刚才对你说的那样,我当时年轻气盛,认为说谎的人都该下地狱。于是我离家出走,逃到南美,是死是活由我自己去混。口袋里空无分文,嘴巴不会说一句西班牙语,除了白嫩的双手和挥霍的习惯,没有任何挣饭吃的本领。其必然的结果就是,为了救治我对假地狱的想象,我跳进了真正的地狱里。而且陷得很深——一陷就是五年,直到杜普雷探险队从那个地方路过,才把我拉出来。"

"五年。哦,多可怕呀!难道你没有朋友吗?"

"朋友?我——"他突然以一副凶狠的面孔转向她——"我从没交过一个朋友!"

随之,仿佛为自己的激烈态度感到难为情似的,匆匆接着说:

"你千万别把我讲的这些事看得太认真,也许我把情况说得太坏了。

其实最初的一年半并不算太坏,那时我年轻力壮,那个拉斯加水手在我身上留下他的记号以前,我的日子混得挺不错。但从那以后我就找不到工作了。想来真有趣,如果运用得当,一根拨火棍也能成为一件有效工具,一旦打成瘸子,就没有人愿意雇用你了。"

"你都干过些什么活儿?"

"找到什么就干什么。有一段时间以打零工为生,给甘蔗种植园里的黑奴搬搬东西,跑跑腿,以及诸如此类的事情。但那也干不长:那些监工常常要把我赶走。因为我腿瘸,跑不快,也搬不动重东西。后来我的伤口常常发炎,要不就得些稀奇古怪的病。

"过了些时候,我流浪到采银矿上,想在那里找活干,结果一无所得。老板们认为雇用我这样一个人简直是笑话。那班矿工呢,他们拼命打我。"

"那是为什么?"

"哦,也许是人的天性吧,他们看出我只有一只手可以还击。因此我不得不离开那儿,继续流浪,漫无目的地流浪,指望能有什么奇迹发生。"

"流浪?拖着那条残腿流浪?"

他抬起头来,突然显出一副可怜的喘不过气来的样子。

"我——我饿啊。"他说。

她侧转头,一只手托住下巴。沉默了片刻,他又开始说话,但说的时候声音越来越低:

"我走呀走呀,直走得我快要发狂了,仍然找不到工作。我走到厄瓜多尔,那里的情形更糟。有时候我给人家补补锅——我是个很不错的补锅匠呢——或者给人家跑跑腿,或者打扫打扫猪圈,有时候我还干——噢,我几乎不知道还干了些什么。直到后来,有一天——"

那只瘦骨嶙峋的棕黄色的手突然在桌子上攥起拳头,琼玛抬起头来,焦急地望了他一眼。他脸的侧面正对着她,她看见他的太阳穴上有一根血管在搏动,像一柄锤子急速而不均匀地捶打着。她向前探身,把一只温柔的手放在他的臂膀上。

"不要讲下去了,那些事谈起来让人害怕。"

他以怀疑的目光注视着那只手,摇摇头,然后沉稳地继续说道:

"后来有一天,我碰上了一个走江湖的杂耍班子。你还记得那天晚上的那一个吧,跟那个差不多,只是更粗俗,更下流。当然里边也有斗牛。那个杂耍班子在路边搭起帐篷准备过夜;我到他们的帐篷那儿乞讨。唔,那天很热,我已经饿得半死,所以——我昏倒在帐篷门口。那时候我常常突然昏倒,就像寄宿学校的女学生因为束胸束得太紧突然昏过去一样。他们把我抬进帐篷,给我白兰地、吃食,等等;后来——第二天早晨——他们要我——"

又是一阵沉默。

"他们需要一个驼背,或是某个怪物,好让孩子们扔橘子皮和香蕉皮——总之是个惹得看客发笑的东西——那天晚上你看见了那个小丑——那一行我干了两年。

"呃,我学会了整套把戏。我的样子还不够难看,但是他们有办法,给我装了一个假驼背,并且充分利用了我这残手和跛脚——那里的看客并不过分挑剔;只要他们能抓住一个活物戏耍,倒是很容易就满足了——还有那套花花绿绿的傻子衣服也叫我改观不小。

"唯一的麻烦是我经常犯病,不能出场。有时候,如果班主发起脾气来,即使我的病发作起来,也要逼我上场。我相信看客们最喜欢看这种时候的演出。我记得,有一次演出中间我疼昏过去——当我醒过来的时候,看客们已经围在我周围——呼啸着,叫嚷着,往身上扔——"

"别说了!我再也听不下去了!别说了,看在上帝的面上!"

她两手捂住耳朵站了起来。他停住不再往下说,抬起头来,只见她的眼睛里挂着晶莹的泪珠。

"真该死,我真是个白痴!"他喃喃说道。

她走到窗前,站在那儿向外张望了一会儿。待她转过身时,只见牛虻又一手遮住眼睛伏在桌子上。他显然忘记了她在屋里,她便一声不响地在他身边坐下来。沉默了很长时间之后,她缓缓说道:

"我想向你提一个问题。"

"嗯?"他依然一动不动。

"为什么你没抹脖子自杀呢?"

他抬起头,惊诧莫名。"想不到你问我这样一个问题,"他说,"我的工作怎么办?谁来替我做?"

"你的工作——噢,明白了!你刚才谈到沦为一个懦夫;唔,如果你经历了那万般苦难而仍矢志不渝,你就是我生平所见过的最勇敢的人了。"

他又捂住眼睛,同时紧紧握住琼玛的手。他们仿佛沉浸在无尽无休的

沉默之中。

突然,从楼下花园里传来一阵清越而娇嫩的女高音歌声,唱的是一首粗鄙的法国小曲:

啊,帕洛特!跳吧,帕洛特!
跳起舞来,我亲爱的帕洛特!
我们跳呀,永远快乐地生活,
度过我们美妙的青春年华!

> 如果我哭泣,或者我叹息,
> 或者脸上带着忧伤的神气,
> 别相信,先生,千万别当真,
> 哈!哈!哈!哈!
> 别相信,先生,千万别当真!①

一听到那首歌曲,牛虻猛然把他的手从琼玛手中抽回,身体向后退缩,同时呻吟一声。琼玛两只手抓住他的臂膀,紧紧按住不放,就好像按住一个进行外科手术的人的臂膀那样。歌声方断,花园里又响起哗笑和掌声的交响曲。牛虻抬起头来,目光中的神情好似一头受尽折磨的野兽。

"是的,是绮达,"他慢吞吞地说,"跟她那伙军官朋友们在一起。那天晚上在列卡陀到来之前,她想进屋里来。她要是碰我一下,我可就要发疯了!"

"可是她并不知道啊,"琼玛温和地抗议道,"她怎能猜到她会使你难受呢。"

花园里又爆发了一阵笑声。琼玛站起身,将窗户打开。绮达正站在花园小径上。她头上围着一条金色绣花围巾,显得妖冶风骚;手中捧着一束紫罗兰,三个年轻骑兵军官好像争着要把那束花抢到手。

"莱尼小姐!"琼玛喊道。

绮达的脸顿时如雷云遮日,变得阴沉了。"夫人有什么事?"她转身抬起头,眼中带着挑战的神气说道。

"请你的朋友们讲话声音小一点好吗?列瓦雷士先生身体很不好。"

那个吉卜赛姑娘把手中的紫罗兰往地下一掷。"滚开!"她蓦然转身面对那几位吃惊的军官用法语说道,"先生们,我讨厌你们!"

她缓步走出花园门,上了大路。琼玛关上窗户。

"他们走了。"她转向牛虻说道。

"谢谢你,给你找了麻烦,我——我很抱歉。"

"算不得什么麻烦。"牛虻立刻发现她讲话口气略带迟疑。

"但是——"他说,"你那句话还没有说完,夫人,你心里还有个'但是'没有出口呢。"

---

① 原文为法语。

"既然你能看透别人心思,别人心里的话,就不该生气。当然,说来这事和我无关,但是我不明白——"

"你是说我对莱尼小姐的厌恶?只有当——"

"不对,我是说,你对她厌恶,却跟她同居。在我看来,这是对她的一种侮辱,对女人的一种侮辱,也是对——"

"女人!"他猝然发出一阵狂笑,"那就是你所谓的女人吗?夫人,这真是笑话!"

"这不公平!"她说,"你没有权利对任何人以这种口气谈论她——特别是当着另外一个女人的面!"

他掉转头,睁大眼睛躺在那儿,注视着窗外的落日。她放下窗帘,闭住百叶窗,以免他看见红日西沉。然后坐在另一扇窗前的桌旁,拿起她的编织活计。

"你想要点灯吗?"过了一会儿她问道。

他摇摇头。

当暮色降临,看不清楚时,琼玛卷起她的编织活计,放进篮子。有一大阵工夫,她两臂交叠坐在那儿,默默观察牛虻那一动不动的身影。晦暝的暮色落在他的脸上,仿佛使他那粗鲁、嘲弄、桀骜不驯的神情变柔和了些,但同时却加深了他嘴角上那悲剧性的纹络。一种奇特的联想,将琼玛的记忆分明带回到一座大理石十字架旁,那是她父亲为纪念亚瑟而立的石碑,上面镌刻着铭文:

　　　汝之波涛与巨浪皆没吾顶而逝。

一个小时的时光在寂静中逝去。最后琼玛站起来,轻轻地走出房间。回来的时候拿来一盏灯,在门口停了一下,以为牛虻睡熟了。而当灯光照到他脸上的时候,他转过身来。

"我给你煮了一杯咖啡。"她说着便把灯放下。

"先把咖啡放在那儿吧。请你过来一下好吗?"

他握住了她的双手。

"我一直在想,"他说,"你的话很对;我的确使我的生活卷入了丑恶的纠葛之中。不过,你要记住,一个男人不是每天都能碰上他能——爱的女人,何况我——我处境艰难哪。我害怕——"

"害怕?"

"害怕黑暗。有时候我不敢夜晚独处。我必须有一件活的东西——某种实实在在的东西在我身边。我怕的是外在的黑暗,那里会——不,不!不是外在的黑暗,那并不值得恐惧——而是内在的黑暗。那里没有哭泣,也没有咬牙切齿;只有死寂——死寂——"

他的目光茫然。她静静地站着,屏息敛气,直到他又开始说话的时候。

"这一切对你都是不可思议的,对吗?你难以理解——幸亏你不理解。我的意思是说,如果我尝试一个人生活,我就很可能发疯——如果你办得到,请不要把我想得太坏,我毕竟不是你可能想象的那种残暴的野兽啊。"

"我无法为你做出判断,"她回答说,"我没受过你那么多的苦。但是,我也曾一度陷入绝境,只不过形式不同罢了;因此我认为——我敢断言——如果你在恐惧的驱使下做出真正残酷的或不公正的和鄙怯的事来,你事后会为之悔恨的。至于别的——如果你在这一件事上失败了,我知道换了我也会失败——就该诅咒上帝,然后死掉。"

他仍然握着她的手不放。

"请告诉我!"他用很柔和的声音说,"你在一生中是否做过一桩真正残酷的事?"

她没有回答,但是她垂下头,两颗巨大的泪珠滴在他手上。

"请告诉我!"他激动地低语道,同时把她的手握得更紧,"请告诉我!我已经把我的苦恼全都告诉你了。"

"是的——有一次——那是很久以前。我对这个世界上我最爱的那个人做出那种事。"

抓着她手的那两只手在猛烈地颤抖,但那两只手并没有松开。

"他是一个同志,"她继续说道,"我听信了一个诽谤他的谣言——警察当局编造出来的一个无耻谎言。我把他当作叛徒,打了他一个耳光,他便离家出走,投水自尽了。两天以后,我发现他是无辜的。也许这要比你的任何记忆都更可怕。如果能把已经做错了的事纠正过来,我宁愿把我的右手砍掉。"

他的眼睛里闪烁着一种迅速的、危险的光芒,这是她以前从未见过的。他以突然的、未及觉察的动作俯下头,吻了她的手。

她面带惊恐之色向后退缩。"别这样!"她戚然喊道,"请你再也不要这样做！你会使我伤心的！"

"你认为你没让你杀死的那个人伤心吗？"

"我——杀死的那个人——啊，西萨尔终于来了！我——我得走了！"

玛梯尼走进房间的时候，发现牛虻独自躺在床上，身边放着一杯没动过的咖啡。他在用一种懒洋洋的、无精打采的声调轻轻咒骂自己，好像即使这样他也不能解恨。

第九章

几天以后，牛虻走进公共图书馆的阅览室，请求借阅蒙泰尼里主教的布道文集。他的脸色依然苍白，脚也比平常更瘸。正在附近一张桌上看书的列卡陀，听到牛虻的声音，连忙抬起头看了一眼。他非常喜欢牛虻，但是不能容忍他那种怪脾气——奇特的私人怨恨。

"你又在准备轰击那位不幸的主教吧？"他不无恼怒地说。

"我亲爱的朋友，你怎么老、老、老认为人家动、动、动机不良呢？这可很、很、很不符合基督教精神呀。其实我是在准备给新、新、新报纸撰写一篇关于当代神学的文章呢。"

"哪家报纸？"列卡陀蹙起眉头。新出版法即将出台，反对派正在筹备一份将要震惊全城的激进报纸，这也许是个公开的秘密。但是尽管如此，至少在形式上来说这还是一个秘密。

"当然是《骗子报》呀，或者什么《教会新闻》之类的呀。"

"嘘！列瓦雷士，咱们不要打扰别人看书。"

"那，好吧，你就钻研你的外科学吧，如果那是你的学科的话，把神、神、神学留、留给我——那是我钻研的学科。我不、不、不干涉你研究碎骨头，虽然在这方面我懂得比你多、多、多得多。"

他坐下来开始全神贯注地看他那部布道文集。一个图书馆管理员来到他跟前。

"列瓦雷士先生！我想您曾随杜普雷探险队考察过亚马逊河的支流，不是吗？也许您肯帮助我们解决一个难题。一位太太要查阅探险队的档案，碰巧我们送出去装订了。"

"她想要了解哪方面的情况？"

"只想了解一下探险队是哪一年出发,什么时候穿越厄瓜多尔的。"

"探险队是一八三七年秋天从巴黎出发的,穿越基多的时间是一八三八年四月。我们在巴西停留三年,然后南下里约热内卢,一八四一年夏返回巴黎。那位太太还需要知道每一次发现的日期吗?"

"不需要啦,谢谢您,只需要这些。我已经笔录下来。比坡,请把这张字条送给波拉夫人。谢谢您,列瓦雷士先生。打搅您了,很抱歉。"

牛虻困惑不解地紧蹙眉头,向后一仰靠在椅背上。她要这些日期做什么?探险队何时穿越厄瓜多尔——

琼玛手中拿着那张字条回到家。一八三八年四月——亚瑟死于一八三三年五月。五年。

她开始在房间里踱来踱去。过去几个晚上,她睡得很不安宁,眼睛下面出现了阴影。

五年——还有"生长在豪门富家?"——"他所信赖的一个人欺骗了他"——欺骗了他——而且被他发现了。

她突然站住,两手抱住头。哦,这完全是发疯——这不可能——这真荒唐……

可是,他们是怎么在港口打捞的?

五年——他遭拉斯加人毒打时"还不到二十一岁"——那么,他离家出走的时候一定是十九岁了。他不是说过:"开头的那一年半"吗?他从哪里得到那双蓝眼睛?他那手指为何也是神经质地颤动呢?而且他又为什么如此痛恨蒙泰尼里呢?五年——五年……

如果她确知他是淹死了,如果她能见到尸体,总有一天,她的旧伤就会不再作痛,回首往事的恐怖也自会消失。也许再过二十年,她就可以无所畏惧地追忆过去了。

念念不忘她做过的错事,毁掉了她的青春年华。日复一日,年复一年,她坚定地同悔恨的恶魔进行斗争。她时刻不敢忘记她的工作是在未来,她不得不对那个常常作祟的过去的幽灵闭目塞听。日复一日,年复一年,那具被潮水卷入大海的尸体的影子始终没离开过她,她无法遏制的那凄厉的呼声不时在她心中升起:"我杀死了亚瑟!亚瑟死了!"有时候她觉得她心头的负担太沉重,重得她无法承受。

而如今,她却宁愿舍弃自己的半条生命,也要再次承受这沉重的负担。

假如是她杀死了他,那不过是熟悉的悲哀而已,她已经忍受了很久,现在不至于被这悲哀所压倒。但是假如她不是把他赶到了水里,而是赶到了——她坐下来,双手捂住眼睛。就是为了他的缘故,她的生活已变得暗无天日,因为他死了!但愿她没有给他招致比死亡更坏的后果……

她坚定地、毫不自怜地一步一步走进他过去生活的炼狱。那些情景犹如她亲临其境、亲历其事一般真切地展现在她的眼前。那赤裸的灵魂无可奈何地战栗,那比死亡更加苦涩的嘲笑,那孤独的恐惧,那缓慢、难熬、无情的痛楚。那些情景是那样真切,仿佛她在印第安人肮脏的茅草房里跟他坐在一起,仿佛她跟他一起在采银矿上、咖啡种植园里和可怕的杂耍班子里受尽折磨……

杂耍班子——不,她至少不该让那个形象进入脑海。坐在那儿一想到它就足以令人发疯。

她拉开写字台的一个小抽屉。那里面保存着几件私人的纪念品,都是她不忍心毁掉的。她并非嗜好收藏那些令人伤感的小物件,保存这些纪念物乃是她对性格上脆弱一面的一种让步。尽管如此,她竭力克制自己,难得允许自己看它们一眼。

现在她将它们一件件取出来:乔万尼给她的第一封信,他临终时握在手里的那一束花;她那夭折的婴儿的一绺头发,以及从她父亲坟墓上捡来的一片干枯树叶。在抽屉最里边还有亚瑟十岁时的一张小照——那是现存的唯一一张他的照片了。

她手持照片坐下来,凝视着那张英俊而带稚气的脸庞,直至真正的亚瑟的面容在她眼前重新浮现。脸上每一细部都是那么清晰!嘴角上那敏感的线条,那对诚挚的大眼睛,那副天使般纯洁的表情——这一切都深深刻在她的记忆中,仿佛他是昨天才死去似的。渐渐地,她泪如泉涌,模糊了眼睛,遮住了照片。

噢,她怎能想到这种事呢!即使在梦中将那个远逝的、光辉的灵魂与那种污秽、凄惨的生活联系到一起,也得算是亵渎。看来诸神对他情有独钟,让他英年早逝了!宁可让他进入冥冥之中,也比活在世上做牛虻好一千倍——那个牛虻,还有他那整洁得无可挑剔的领带、含沙射影的俏皮话、刻毒的舌头和芭蕾女郎!不,不!这全是可怕的胡思乱想,她是在拿这些愚蠢的想象折磨自己的心。亚瑟死了。

"我可以进来吗?"一个柔和的声音在门外说道。

她猛然一惊,手中的照片落到地上。牛虻一瘸一拐走了进来,从地上捡起那帧小照,递到她手里。

"你吓了我一跳!"她说。

"对、对不起。也许我打扰了你吧?"

"没关系。我正在翻检一些旧东西。"

她犹豫了一下,然后把那张照片递给他。

"你看这个人的相貌怎么样?"

他看照片的时候,她密切注视着他的脸,好像她整个的生命要由他的面部表情来决定了,然而他只是冷眼审视着。

"你给我出了一个难题,"他说,"这张照片已经褪了色,而且孩子的脸一向是难以判断的。不过,依我看,这个孩子长大了一定是个不幸的人,最聪明的办法就是不要长大成人。"

"为什么?"

"你来看他嘴角下面的这条纹络。这、这、这显示了他的性格,感到痛苦就是痛苦,冤屈就是冤屈。这个世界容、容、容不下这种人,它需要除了工作之外,没有感情的人。"

"他像你知道的什么人吗?"

他更仔细地将照片端详一番。

"是的。可真奇怪! 是像一个人,而且非常像!"

"像谁?"

"蒙泰尼里大、大、大主教。我倒开始怀疑那位操守高洁的主教大人也许有个侄子吧? 可以问一下他是谁吗?"

"这就是那天我向你提起的那个朋友小时候的照片。"

"就是你杀死的那个人?"

她不由得向后倒退一步。他把那个字眼儿说得那么轻松,那么残忍!

"是的,就是我杀死的那个人——假如他真的死了。"

"假如?"

她凝视他的脸。

"我有时怀疑,"她说,"他的尸体一直没有找到。他也许从家里逃走了,像你一样,逃到南美。"

"但愿不是那么回事。那样的话,你就要噩梦缠身了。我这一生参、参、参与过不少激烈的搏斗,让我送去见阎王的人恐怕不止一个;但是,如果我因为曾把一个活生生的人送到南美而感到内疚的话，我会连觉都睡不好的——"

"那么，你是不是认为，"她打断他的话，握紧双手向他走近几步，"如果他并没有淹死——如果他也像你那样历经磨难——他永远不会回来，把往事一笔勾销吗？你认为他永远不会忘记吗？记住，我也为此付出了代价。看！"

她将浓密的波浪似的头发从前额掠到脑后。只见在那乌黑的鬓发里露出很宽的一绺白发。

一阵长时间的沉默。

"我想，"牛虻慢吞吞地说，"死了的还是让他死了吧。忘掉一件事是很难的。假使我处在你那位死去的朋友的地位，死就死——死了。还魂的鬼是丑恶的幽灵。"

她将照片放回抽屉里，锁上写字台。

"这是冷酷的理论，"她说，"好啦，咱们谈点别的吧。"

"我来是跟你商量一件小事的，如果可以的话——一件私事，是我想到的一个计划。"

她拉过一把椅子，在桌子旁边坐下。

"你对那个草拟中的出版法有什么看法？"他开始说道，丝毫没有平时那种口吃。

"我有什么看法？我认为没有多大价值，但半块面包总比没有面包好。"

"当然啰。这里有好些人正筹备创办新的报纸，你打算为其中一份工作吗？"

"我是打算这样做。一份报纸创刊之初，总有许许多多实际工作要做，诸如出版、发行、策划等等——"

"你打算把你的聪明才智以这种方式浪费多久？"

"这怎么能说是'浪费'呢？"

"因为这的确是浪费。你很清楚，你的头脑比跟你一起工作的大多数男人强得多，而你却甘心受他们驱使，干些苦差使，当个打杂的。在学识上你远远胜过格拉西尼和盖利，在你面前他们好比是小学生；然而你却像印刷厂的小学徒工那样坐在那里替他们看校样。"

"首先，我并没有把我的所有时间都用来看校样；其次，在我看来，你把我的聪明才智夸张得太过分了。我的聪明才智绝没有你想的那样出类拔萃。"

"我一点都不认为你的聪明才智出类拔萃,"他平静地回答,"但我认为你的头脑是健全的、坚实的,这一点最重要。在那些无聊的委员会会议上,总是你明确指出每个人逻辑上的弱点。"

"你对别人不公平。譬如,玛梯尼就有一个逻辑性很强的头脑,而法布列齐和莱伽的才能也毋庸置疑。还有,格拉西尼对意大利经济统计知识之丰富,大概超过了国内任何一位官员。"

"唔,你这话并说明不了多少问题,让我们把这些以及他们的才能撂到一边吧。问题在于,你既然有这样的才能,完全可以做比目前更重要的工作,担当一个更重要的职位。"

"我对我目前的职位很满意。也许我现在做的工作并没有多大价值,但是我们大家都在做着我们力所能及的事呀。"

"波拉夫人,你我玩恭维和谦逊的把戏玩过了头啦。请你坦诚地告诉我,你是否意识到,你目前耗费脑力所做的工作,是能力不如你的人也一样干得了的?"

"既然你逼着我回答——我就得说,是的,在某种程度上是这样。"

"那么,你为什么还让这种情况继续下去?"

没有回答。

"你为什么让它继续下去?"

"因为——我不得不如此。"

"为什么?"

她带着责备的神气抬起头来:"这太不客气了——这样逼我很不公平。"

"不管逼不逼,你总得告诉我个所以然呀。"

"如果你非要知道不可,那——那是因为我的生活已经被砸得粉碎,我现在没有精力从事任何真正的事业了。我只适合于做拉革命这驾马车的一匹马,为党做点杂活。至少我是自觉地做这种事的,而这种事总得有人去做。"

"这种事当然必须有人去做,但并不总是应该由一个人来做。"

"我就只配做这种事了。"

他眯着眼睛,莫名其妙地望着她。接着她抬起头来。

"本来说的是谈一件正经事,可是现在咱们又回到那个老题目上来了。说老实话,你跟我说我有能力做这样或那样的工作,那全是白费力气。现在我绝不会去做了。不过,我倒可以帮助你考虑一下你的计划。那是个什么计划?"

"你一开始就告诉我提任何建议都是白费力气,这会儿又来问我有什么建议了。我的计划要求你以行动帮助,而不仅仅是帮助考虑。"

"我先听一听,然后咱们再商量。"

"请你先告诉我,你是否听说过要在威尼西亚举行起义的计划。"

"自从大赦以来,我耳朵里听到的不是起义的计划,就是圣信会徒的阴谋,恐怕我对双方来的消息都同样怀疑。"

"就大多数情况来说,我也是这样。不过,我现在要说的是一次全省范围的反奥地利人的大起义,这个消息是确实的,而且正在认真做着准备。教皇领地里的很多年轻人——尤其是那四个教区省份的年轻人——正秘密准备跨越边界,以志愿者身份参加起义。我还从罗玛亚的朋友那里听说……"

"告诉我,"她插言道,"你有把握你这些朋友靠得住吗?"

"很有把握。我跟他们有私交,而且和他们一起工作过。"

"那就是说,他们是你所属的那个'小团体'的成员了?请原谅我多疑,不过我总对从那些秘密社团传来的消息的准确性有点怀疑。看起来我这种习惯……"

"谁告诉你我属于一个'小团体'?"他尖锐地打断她的话。

"没人告诉我,是我自己瞎猜想。"

"啊!"他向后一仰身靠在椅子上,皱起眉头望着她。"你常常喜欢猜度别人的私事吗?"过了一会儿他问。

"常常猜度。我长于观察,有把事物联系到一起的习惯。我把这话告诉你,以便你有什么事想瞒着我的时候可要多加点小心。"

"只要不向外传播,我并不在乎你知道什么事情。这件事还没有……"

她蓦地抬起头来,似愕然,又似有恼意。"毫无必要提这样一个问题!"她说。

"我知道你当然不会向局外人提及这桩事,但我想,你也许会向你们党内的成员……"

"党的工作是以事实为依据的,而不是凭我个人的猜测和臆想。我从没有向任何人提起过这桩事,那是自不待言的。"

"谢谢你。你是否猜到我属于哪个秘密团体?"

"我希望——你可不要怪我说话太直率,因为,你知道,是你先提起这个话头来的——我确实希望你不属于'短刀会'。"

"为什么你要这样希望呢?"

"因为你适合于做更重大的事情。"

"我们大家都适合于做比我们所做过的事更重大的事情。这一来,你又回到你自己的回答上去了。其实,我并不属于'短刀会',而是属于'红带会'。那一伙人更为坚定,对待工作也更认真。"

"你的意思是说他们对待行刺和暗杀之类的事更认真吗?"

"那只不过是其中的一件罢了。行刺工作,就其本身而言,是大有用处的,但必须有组织得很好的宣传工作为后盾。这就是我不喜欢其他秘密团体的缘故。那班人认为一把短刀就可以解决普天下的困难,其实大谬不然。它可以解决很多问题,但解决不了所有的问题。"

"你当真认为它可以解决任何问题吗?"

他惊异地望着她。

"当然,"她继续说,"由于狡猾的暗探或可憎的官吏的存在所引起的实际困难,短刀是可以暂时消除的。但是,它是否在除掉一个困难之后又造成一个更棘手的困难取而代之,那就另当别论了。在我看来,这就像《圣经》上那个故事所说的,把鬼赶跑,打扫干净了房子,可是鬼又回来,还带来了七个恶魔。每一次暗杀充其量是使得警察更加凶恶,使民众更习惯于暴力和野蛮,以致最后的社会秩序也许会比原先更要糟糕。"

"你认为革命到来的时候会发生什么事情?你想那时候民众不应该习惯于暴力吗?战争毕竟是战争呀。"

"这话不错,然而公开的革命是另外一回事。那只是民众生活中短暂的一刻,而且那是为我们的进步不得不付出的代价。毫无疑问,会发生可怕的事;在任何一次革命中都一定会发生。但那都是一些孤立的事件——非常时期的非常现象。这种不分青红皂白的暗杀之可怕,在于它已成为一种习惯。民众渐渐对此习以为常,他们对人类生活的神圣感变迟钝了。我没有在罗玛亚久住过,但仅以我的所见而论,那里的民众给了我一个印象,即他们已经养成,或正在养成一种机械的暴力习惯。"

"即使是这样,也比机械地服从和屈服的习惯要好。"

"我并不这样看。一切机械的习惯都是坏的,奴性十足的,这一种也十分恶劣。当然啦,如果你把革命者的工作仅仅看作从政府当局那里获得某些让步,那么你就一定会认为秘密团体和短刀是最好的武器,因为没有别的东西使政府更害怕了。但假使你也跟我一样看问题,用暴力胁迫政府,本身并不是目的,只不过是达到目的的一种手段,我们真正需要改造的是人与人的关系,那时你就一定会以不同的方式工作了。使无知的民众习惯于流血的景象,并不是提高他们赋予人类生命的价值的办法。"

"那么,他们赋予宗教的价值又如何呢?"

"我不明白你的意思。"

他笑一笑。

"我想,我们的分歧就在于祸根在哪里。你认为是对生命的价值重视不够。"

"应该说是对人性的神圣重视不够。"

"你随便怎么说都可以。在我看来,我们一切纷乱和错误的最大根源是那种叫做宗教的神经病。"

"你是指某一特定的宗教吗?"

"哦,不是!那只不过是个表面症状问题。这种病症本身是所谓的宗教心理态度。那是一种病态的欲望,要建立一个偶像,崇拜它,对某种东西顶礼膜拜。至于那种东西是基督,或是菩萨,或是一棵圣树,都无关紧要!当然,你是不会赞同我的观点的。你可以是无神论者,也可以是不可知论者,或者别的什么,但我在五步之外就能感觉到你身上的宗教气质。然而,我们讨论这个问题是没有多大用处的。但你说我,至少是我,把行刺仅仅当作铲除可憎官吏的一种手段,那你就大错而特错了。它确实是一种手段,而且我认为,它是破坏教会威信,使民众习惯于把传教士看作害人虫的一种最好的手段。"

"当你达到这个目的时候,当你唤起沉睡在人们心里的野性,让它去攻击教会的时候,那时——"

"那时我就做完了无愧于我这一生的那件工作。"

"这就是那天你所说的工作吗?"

"正是。"

她打了个寒战,掉转了头。

"你对我失望了?"他笑着抬起头来,说道。

"不;并不尽然。我——我觉得——有点儿怕你。"

过了一会儿她又转向他,用平常那种一本正经的口气说:

"这样的讨论毫无益处。我们的立场观点大不相同。在我这方面,我相信宣传,宣传,宣传,等你把宣传做好了,公开起义也就开始了。"

"那就让我们回到我的计划这个问题上来吧。它跟宣传有关系,跟起义的关系更密切。"

"是吗?"

"我对你说过,罗玛亚有很多志愿者要去参加威尼西亚人的起义。我们现在还不知道起义什么时候爆发。也许得拖到今年秋天或冬天,但是亚平宁山区的志愿者们必须武装起来,做好准备,一声召唤,他们便可立即奔赴平原。我已经着手私运武器和弹药到教皇领地供他们使用——"

"等一等。你怎么会跟那一班人一起工作的? 伦巴第和威尼西亚的革命派都是拥护新教皇的啊。他们正与教会中的进步势力联手进行革新运动。像你这样一个不妥协的反教会派怎能跟他们合得来?"

他耸一耸肩膀。"只要他们做工作,如果他们喜欢玩一玩布娃娃,这与我何干? 他们当然要拉出教皇做傀儡领袖。只要起义的准备工作正常进行,我又何必管他们的事? 什么棍子都可以打狗,我想,只要能使民众起来打击奥地利人,用什么做号召都行。"

"你要我做什么?"

"主要是帮助我偷运军火过境。"

"可是那种事我怎么干得了呢?"

"你正是能够把这件事做得最好的人。我在考虑从英国购买武器,但运进境内有重重困难。通过教皇领地的任何一个港口都是不可能的。必须先经过塔斯加尼,然后辗转运进亚平宁山区。"

"那样一来就要穿越两道边界,而不是一道了。"

"是的;可是没有别的办法。你不能在没有贸易的港口偷运大宗货物,而且你知道,奇维塔韦基亚港的全部船舶只不过三只舢板和一条渔船。一旦把东西运过塔斯加尼,我就有办法运过教皇领地;我手下的人熟悉山里的每一条小路,而且我们有很多隐藏的地方。货物必须经海上运到里窝那,这是我的最大困难。我跟那儿的走私贩子没有来往,而我相信你有办法。"

"让我考虑五分钟。"

她俯身向前,臂肘支在膝上,以手托腮。沉思了几分钟后,她抬起头来。

"在这一部分工作上,我可能有点用处,"她说,"可是我们继续谈下去之前,我要向你提一个问题。你能否向我保证,这件事跟任何种类的行刺和暗杀都没有联系?"

"当然可以保证。我明知你不赞成的事,是决不会要你参加的,这话无须说。"

"你什么时候要我给你肯定答复?"

"时间紧迫;但我可以给你几天的时间做决定。"

"礼拜六晚上你有空吗?"

"让我想一想——今天礼拜四,有空。"

"那就到这里来吧,我要把这事考虑一番,然后给你最后的答复。"

随后的那个礼拜天,琼玛向玛志尼党佛罗伦萨委员会递交了一份声明,说她希望从事一项特殊的政治性工作,在数月之内便不能继续履行多年来担负的党内职务了。

这个声明使一些人感到惊异,但委员会并没有反对,几年来,党内的人都知道她的判断是可以相信的,委员会成员一致认为,如果波拉夫人采取一个出人意料的步骤,她必然有她的充分理由。

对玛梯尼,她则坦诚相告,说她决定帮助牛虻做些"边界工作"。她曾与牛虻有约在先,她有权将这话告诉她的老朋友,以免他们两人之间产生误会、怀疑或神秘的痛苦感情。在她看来,她必须这样做,以证明对他的信任。他听罢未置可否,但她看出,不知什么原因,这个消息深深刺伤了他。

他们坐在她的寓所的露台上,近处是红色的屋顶,远处可以看见菲索尔。默默相对了一阵之后,玛梯尼站起来,开始脚步沉重地来回踱步,手插在口袋里,嘴中吹着口哨——这是他心绪烦乱的明显迹象。她坐在那儿注视了他一会儿。

"西萨尔,你在为这件事担心,"她终于说道,"这样使你伤脑筋,我很抱歉。但我只能做出我认为是正确的决定。"

"我不是为这件事,"他绷着脸说,"对这件事我一无所知,既然你投身进去,那大概是不会错的。我所不放心的是他这个人。"

"我觉得你误解了他,当初我对他不甚了解的时候,也是这样看的。他远非完美无缺,但他身上的优点比你想的要多。"

"非常可能。"他默默地来回踱了一会儿,然后突然在她身旁停住。

"琼玛,把这件事抛开吧!趁现在还不算太晚!不要让那个人把你拖进你以后会为之懊悔的事情里去。"

"西萨尔,"她温和地说,"你没有想一想你在说些什么。没有人把我拖进任何事情里去。我是在独自认真思考以后,按照自己的意志作出这个决定的。我知道,你对列瓦雷士有个人憎恶,但是我们现在谈的是政治,而不是哪一个人。"

"夫人!放弃它吧!那个人是危险的,他鬼鬼祟祟、残酷无情、不择手段——而且他爱上你了!"

她向后倒退。

"西萨尔,你脑袋里怎么会产生这样的怪念头?"

"他爱上你了,"玛梯尼重复道,"远远地躲开他吧,夫人!"

"亲爱的西萨尔,我不能躲开他,我也无法向你解释其中的原因。我们被捆在一起——可并不是出于我们的愿望和行动。"

"既然你们捆在了一起,我就无话可说了。"玛梯尼疲倦地说。

他借口有事走开了,在泥泞的街道上来来回回走了几个小时。那天晚上在他看来世界漆黑一片。他最心爱的人——可是那个狡猾的家伙闯进来,把她抢走了。

第十章

将近二月中旬,牛虻去了一趟里窝那。琼玛把他引见给在那里当轮船公司经理的一位英国青年。那人一向持自由主义观点,是她和她丈夫在伦敦时结识的。他曾多次向佛罗伦萨的激进派提供过一些小的帮助,比如借钱给他们应付意外紧急情况,允许他们利用他的营业地址收寄党的信件,等等。但这些事都是通过琼玛从中联络,以她私人朋友的名义做的。因此,按照党内的惯例,允许她利用这层关系做她认为应当作的任何事情。至于这样做有没有用处,那就另当别论了。向一个友好的同情者借用他的住址接收西西里寄来的信件,或是在他账房保险柜的一角藏一份机密文件,那是一回事;而要他给起义军运送大批军火,则完全是另外一回事。他能否同意这样做呢,琼玛觉得希望渺茫。

"你只能碰碰运气,"她曾对牛虻说,"但我认为不会有任何结果。要是你带着我的介绍信找他借五百斯库陀,我敢说他马上就借给你——他这个人非常慷慨——在危机时刻也许他会把自己的护照借给你,或者把一个流亡者藏进他的地窖里;但是你一旦向他提到枪械之类的事,他就会瞪眼看着你,以为咱们两个都发疯了。"

"也许他可以给我一些暗示,或者给我介绍一两个肯帮忙的水手。"牛虻当时这样回答,"不管怎么说,都值得试一试。"

月底的某一天,牛虻走进琼玛的书房,衣着虽不像平常那样讲究,但她立即从他脸上看出他带来了好消息。

"啊,你终于回来了!我正担心你出了什么事呢!"

"我觉得写信不保险,而且我也不能早回来。"

"你刚到吗?"

"是的,我一下驿车就来这儿了;我来告诉你,事情都办妥了。"

"你是说贝利真的同意帮忙啦?"

"何止帮忙;他把全部工作都承担起来——装箱,运输——所有的一切。枪支藏在货包里,从英国直接运过来。他的合伙人威廉斯是他的好朋友,答应负责从南安普敦起运,贝利在里窝那设法偷运过关。就是因为这个缘故,我才耽搁了这么久。威廉斯刚刚动身到南安普敦去,我一直送他到热那亚。"

"途中讨论细节吗?"

"是呀,只要晕船不那么厉害,我就说个没完。"

"你晕船很厉害吗?"她急忙问,因为她想起当年父亲带她和亚瑟到海上游览的时候,亚瑟也因为晕船吃了不少苦头。

"尽管多次出海,还是晕得厉害。但是在热那亚装船的时候,我们深谈了一次。我想,你认识威廉斯吧?他可真是个好人,既可靠又有见识。贝利也是这样的人。他们两个都知道怎样才能不走漏风声。"

"话虽如此,但我觉得,贝利的确是冒着很大的风险。"

"我也是这样对他说的,可他只是绷着脸说:'这关你什么事?'真是快人快语。假使我在廷巴克图碰上贝利,一定会迎上去跟他打招呼:'你好啊,英国人?'"

"我想不出你是怎样得到他同意的。我更想不到威廉斯也答应了。"

"是啊,他起初强烈反对,但不是因为危险,而是因为那'不像一笔交易'。后来我想尽办法把他说动了心。好啦,咱们来谈一谈详细情况吧。"

牛虻回到寓所的时候,太阳已经落山,垂挂在花园墙壁上盛开的棠梨花,在暮色中看上去黯然失色。他采了几枝,带了进屋里。一打开书房门,只见绮达从屋角里一把椅子上跳起,朝他跑过来。

"啊,费利斯,我当是你永远不回来了!"

他的第一个冲动是要责问她到他书房里来干什么,但想到已有三个礼拜没同她会面,便伸出手,很冷淡地说:

"晚安,绮达;你好吗?"

她仰起脸来待他亲吻,但他好像对这一姿势视而不见,径直从她身边走过,拿起一只花瓶,将那束花插进去。随即房门大开,那只牧羊犬冲进房里,一面绕着他发狂似的又蹦又跳,一面高兴地汪汪叫个不住。他放下花,弯腰拍抚那只狗。

"哦,沙顿,你好吗,我的老伙计?是的,是我回来了。乖乖的,握握手吧!"

绮达脸上露出难堪、愠怒之色。

"我们去吃晚饭好吗?"她冷冷地问道,"你信上说今天晚上要回来,我已经在我那儿备下饭啦。"

他马上转过身来。

"我、很、很、很抱歉,你本不、不该等我!我整理一下,随后就到。也、也许你不介意把这些花放进水里吧。"

他进入绮达的餐室的时候,她正站在镜子前,将一束棠梨花别到裙子上。显然她拿定主意,要显出高高兴兴的样子。见他进来,便手持一束红艳艳的花蕾迎上前去。

"这一束是给你的;让我给你插到外衣上。"

晚饭期间,牛虻自始至终尽量保持和颜悦色,一直娓娓而谈,她也一直满面春风地应对。见她因自己回来欢喜之情溢于言表,他反倒觉得不好意思了。他一贯认为,没有他,她在与她意气相投的朋友和伙伴中间照样生活,从不曾想到过她会惦记他。她现在这样兴奋,分明是在他走后她觉得十分寂寞。

"咱们到露台上喝咖啡吧,"她说,"今天晚上暖和得很呢。"

"好极啦。要不要我带上你的吉他？也许你想歌唱一曲呢。"

她高兴得涨红了脸，他对音乐很挑剔，罕有要她唱歌的时候。

在露台上，沿着短墙有一条宽阔的木凳。牛虻挑了一个可以望得见山的角落坐下，绮达脚踏木凳，背靠露台的廊柱，坐在短墙上。她并无心观赏风景，她要看的是牛虻。

"给我一支香烟，"她说，"你相信吗？从你走后我一支香烟也没吸过。"

"妙极了！我也想吸、吸支烟，彻底痛快痛快。"

她俯身向前，热切地望着他。

"你真是那样快乐吗？"

牛虻灵活的眉毛扬起来。

"是的；为什么不呢？我美餐了一顿，我欣赏着欧洲最、最美丽的景色；现在我又要喝咖啡，听匈牙利民谣了。我的良心和胃口都没有什么毛病；人还能有什么更多的需求呢？"

"我知道你还需求一样东西。"

"什么？"

"这个！"她将一个纸盒子扔到他手里。

"炒杏仁！你为什么不在我吸、吸烟之前对我说呢？"他用责备的口气喊道。

"唉，你真是个孩子！吸过烟你也可以吃嘛。咖啡端来了。"

牛虻呷着咖啡，吃着炒杏仁，就像一只猫舔乳酪一样专注和津津有味。

"在里窝那喝过那蹩脚玩意儿，回到家里再喝这美、美味咖啡，有多好啊！"他喃喃地说。

"既然已经回来，那你就该待在家里了。"

"我待不长，明天又得走了。"

她脸上的笑容顿时消失。

"明天？有什么事？到哪里去？"

"哦，要去两三个地、地方，办公事。"

他已经与琼玛商定，他必须亲赴亚平宁山区，与边界上的走私贩子安排偷运军火事宜。穿越教皇领地，对他来说，那是一件极端危险的事；但是，偷运工作若要成功，非冒这个险不可。

"没完没了的公事！"绮达轻轻叹了口气，然后大声问道：

"你这一去会很久吗？"

"不会；只不过两三个礼拜，很可、可、可能。"

"我猜想，是'那一类'公事吧？"她突然问道。

"你说'那一类'公事是什么意思？"

"就是你一直想方设法送命的那一类公事呀——永远搞不完的政治。"

"倒是跟政治也有点关系。"

绮达将香烟扔掉。

"你在骗我，"她说，"你是去冒险。"

"我是在闯、闯地狱，"他懒洋洋地回答，"你是不是恰好在那边有什么朋友，要我把常春藤给他捎过去呀？你犯、犯、犯不着把它们都扯下来呢。"

她已经从廊柱上狠狠地捋了一把常春藤，这时便愤愤地扔到地上。

"你这是拿性命去冒险，"她重复说，"可是你连一句老实话都不愿意对我说！你以为我只配受人愚弄，受人嘲笑吗？总有一天你会被人家抓起来绞死，难道连一句道别的话也没有吗？开口闭口老是政治呀，政治呀——简直腻味透了！"

"我也觉得腻味，"牛虻懒洋洋地打着哈欠说，"好啦，咱们来谈点别的，要不你就唱歌吧。"

"好吧，那就把吉他递给我。唱什么呢？"

"唱那首'失马谣'吧，那很适合你的嗓子。"

绮达唱起那支古老的匈牙利民谣，歌中唱道，一个人先丢失了骏马，后丢失了家园，又丢失了爱人，只得拿"在莫哈奇战场上丢掉的更多"的回忆自我安慰。这是牛虻特别喜爱的一首歌，那激越而又凄婉的旋律，叠句中那种不以苦乐为意的斯多葛派精神，都对他有很大的感染力，没有任何一种缠绵悱恻的音乐产生过这样的效果。

绮达的歌喉优美动听，由她的双唇吐出的音符清越而铿锵有力，洋溢着对生活的炽烈愿望。她唱不好意大利或斯拉夫歌曲，日耳曼歌曲就唱得更糟，但她唱起马扎尔人的民歌来是很精彩的。

牛虻睁大眼睛，张着嘴，听得入神，他从没听到过她唱得这样美妙。唱到最后一句，她的声音忽然颤抖起来。

啊,没关系,没关系!在莫哈奇战场上丢掉的更多——

她呜呜咽咽,唱不下去,便将脸埋在常春藤叶子中间。

"绮达!"牛虻站起身,从她手中接过吉他,"你这是怎么啦?"

她只是双手掩着脸,泣不成声。他拍一拍她的肩膀。

"告诉我是怎么回事。"他抚慰她说。

"别管我!"她呜咽着闪开,"别管我!"

他立即回到他的座位上,等她的哭声渐渐停止。突然他觉得她的胳臂搂住他的脖子;她跪在他身边的地板上。

"费利斯——你不要去!不要离开我!"

"这件事咱们以后再谈,"他说,同时轻轻地从那两条拥抱他的手臂中解脱出来,"先告诉我,你为什么这样伤心。你受了什么惊吓吗?"

她默默无语,摇一摇头。

"是我做了什么事让你伤心吗?"

"不是。"她举起一只手来挡住他的咽喉。

"那,究竟是什么原因?"

"你会被杀死的,"她终于低声说道,"前几天来过一个熟人,我听他说你就要大祸临头了——而我问起你这件事来,你却笑我!"

"我亲爱的孩子,"牛虻颇感惊异,稍停顿了一会儿说道,"你的头脑里装进了某种过于夸张的想法。很可能有一天我会被人杀死——对于一个革命者来说,那样的结局是免不了的。但毫无理由认为,这一次我就会被人杀死。我所冒的险并不比别人大呀。"

"别人——别人跟我有什么相干?如果你爱我,你就不会这样丢下我,让我睡不着觉光猜想你是不是给人家抓住了,或者一闭眼睛就梦见你惨遭杀害。你全然不把我放在心上,对待我连那条狗都不如!"

牛虻站起身,慢慢走到露台的另一端。这一种局面完全出乎他意料之外,竟一时语塞,不知如何回答是好。是的,琼玛说得对,他的生活已经陷入难解难分的纠葛之中,要想解脱,谈何容易。

"坐下来,咱们平心静气地谈谈这件事,"过了一会儿,他走回原处,说道,"我觉得,咱们彼此之间产生了误解,当然,要是我知道你是一本正经地跟我谈问题,我就不会笑你了。坦率地告诉我,你为什么这样伤心,你我之间如果有什么误会,可以澄清嘛。"

"没有什么可澄清的。我看得出,你根本不把我放在心上。"

"我亲爱的孩子,我们彼此之间还是坦诚一点好。我一向竭力以诚恳的态度对待我们之间的关系,我想,在这一方面我从没有欺骗过你——"

"哦,别说啦!你太诚恳了,你甚至从来不假装把我看成别的什么人,而只看成一个婊子——看成从旧货店买来的一钱不值的花衣裳,在你之前已经有很多人穿过了——"

"不要说下去了,绮达!我从来不曾这样看待过任何有生命的东西。"

"你从来不曾爱过我。"她脸色阴沉,不顾阻止,继续说道。

"不错,我从来不曾爱过你。听我说,尽量不要以为我存心不良。"

"谁说我认为你存心不良来着?我——"

"等一等。这正是我想要说的:我不相信那套传统的伦理道德,对它们一点都不尊重。在我看来,男女之间的关系只是个人的好恶问题——"

"还有金钱问题。"她冷笑一声,打断他的话。他眨眨眼睛,犹豫了片刻。

"这一点,当然,是这件事的丑恶的一面。但是,请相信我,如果当初我知道你并不喜欢我,或者你厌恶干那事,我绝不会提出建议,或者利用你的处境来引诱你干那事的。我一生中从未跟任何女人发生过那种关系,也从未对任何女人说过谎,来掩饰我对她的真实感情。你可以相信我,我说的都是实话——"

他停顿了一会儿,但她没有回答。

"我原以为,"他继续说,"如果一个男人在世界上孤独无依,感到需要身边——身边有个女人,如果他找得到一个对他有吸引力、他并不憎恶的女人,他就有权利按照和睦友好的精神,接受那个女人所愿意向他提供的欢乐,而不必结成更密切的关系。我认为,只要双方均无不公平,或侮辱,或欺骗,做那种事也就无妨。至于说你在我之前曾跟别的人有过那种关系,我没有考虑过。我只考虑到,我们的关系对我们两个都是愉快的和无害的,一旦厌倦了,任何一方都可以自由中断。如果我以前想错了,如果你现在已经有了不同的看法——那么——"

他又停顿了。

"那么,怎么样?"她低声说,没有抬头。

"那么,我就是使你受委屈了,我非常抱歉。但我的本意并非如此。"

"你'本意并非如此',你'原以为'——费利斯,难道你是一副铁石心肠吗?难道你一生从来没有爱过一个女人,竟然看不出我爱你吗?"

牛虻忽然觉得毛骨悚然,有人对他说"我爱你"的话,那是很久很久以前的事了。绮达即刻跳将起来,张开两臂,把他紧紧搂抱住。

"费利斯,跟我一起离开这儿吧!离开这个国家,离开这些人和他们的政治!我们跟他们有什么关系呢?走吧,我们在一起会很快活的。咱们到南美洲去,那是你过去住过的地方。"

联想所引发的肉体恐惧使他惊醒,使他恢复了自制能力,他把她搂着脖子的手掰开,紧紧攥住。

"绮达!你要明白我对你说的话的意思。我不爱你,即便我曾爱过你,我也不会跟你一起走。我在意大利有我的工作,还有我的同志——"

"而且,还有一个你更爱的人?"她大喊大叫道,"哦,我恨不得杀死你!你所倾心的并不是你的同志,而是——我知道那是谁!"

"嘘!"他平静地说,"你太激动了,捕风捉影地胡思乱想起来了。"

"你以为我说的是波拉夫人吗?我绝不是那么容易上当的!你只跟她谈政治,你对她并不比对我更关心。我说的是那个主教!"

牛虻像被一弹射中那样,猛然吃了一惊。

"主教?"他机械地重复道。

"秋天来这儿布道的蒙泰尼里主教。你以为当他的马车从此地经过的时候,我没有看见你的脸色吗?当时你的脸就像我的手帕这样白!怎么,现在我一提到他的名字,你就抖得像一片树叶了!"

他站起来。

"你不知道你自己在说些什么,"他缓慢而又温和地说道,"我——我恨那个主教。他是我最最仇恨的敌人。"

"不管是不是敌人,你是爱他的,爱他胜过爱世界上任何别的人。你敢盯着我的眼睛说一声这不是真的!"

他掉过头去,望着花园。她暗自观察着他,对她自己刚才的举止感到有些吃惊,因为他的沉默里蕴含着一种十分可怕的东西。后来,她终于像一个受惊的孩子,偷偷走到他身边,怯生生地扯一扯他的衣袖。他转过身来。

"这是真的。"他说。

第十一章

"但是我不能、能在山里找个地方跟他会面吗?我到布列西盖拉去太危险了。"

"对你来说,罗玛亚的每一寸土地都很危险,但是目前布列西盖拉要比任何别的地方都安全些。"

"这是为什么?"

"等一会儿我再告诉你。当心,千万别叫那个穿蓝短衫的家伙看见你的脸,那是个危险人物。是呀,这场暴风雨可真可怕!很久没见过葡萄收成这么糟糕了。"

牛虻两臂交叠置于桌上,脸俯伏在上边,好像一个疲劳不堪或醺醺大醉的人;那个身穿蓝色短衫的生客,两眼飞快地将酒馆扫了一圈,只看见两个农民对着一壶酒在谈论收成,另外一个山民头趴在桌子上打瞌睡。在马拉迪这样的小地方,这样的情景是司空见惯的;那个穿蓝短衫的可疑家伙显然看出在这里探听不出什么,便一口气喝完他那杯酒,大摇大摆走到外间。在那里,他斜倚柜台,一面懒洋洋地跟店主人搭讪,一面不时地用眼角睖一睖门里坐在桌旁的那三个人。那两个农民还在一口一口地喝酒,谈论着收成和本地的天气,牛虻却像毫无心事似的鼾声大作。

最后,暗探似乎断定在这小酒馆再待下去是白费工夫,于是付清账后便踱出酒馆,摇摇摆摆走进那条狭窄街道。牛虻连声哈欠,伸着懒腰,直起身来,睡意很浓似的拿那件粗布褂子的袖口揉一揉眼睛。

"装得像模像样可真不容易,"他说着,从口袋里掏出一把折叠刀,将桌上的裸麦面包切下一大块,"这伙人最近老来这儿找麻烦吗,米歇尔?"

"比八月里的蚊子还邪乎,简直叫你一分钟都不得安生。无论走到哪里,屁股后头总有一个暗探盯梢。就连从前他们不敢大摇大摆去的深山老林,如今也三五成群地闯进去了——你说是不是呀,吉诺?就为这个缘故,我们才安排你和陀米尼钦诺在城里会面。"

"哦,可是为什么偏要在布列西盖拉城呢?边界上的镇子暗探多得很呀。"

"眼下布列西盖拉城是个再好也没有的地方。那里挤满了从四面八方涌来的香客。"

"可是,那儿并不是交通要道啊。"

"它离去罗马朝圣的那条大道并不算远,在复活节有很多香客都绕个弯儿到那儿去做弥撒。"

"我不、不、不知道布列西盖拉有啥特别的地方呀。"

"那位红衣主教在那儿呀。你不记得去年十二月他到佛罗伦萨布过道吗?就是那位蒙泰尼里红衣主教。人们说,他一到那儿就轰动了全城。"

"也可能吧;我从来不听布道。"

"嗨,他名气大得很哪,人们都把他当成圣人呢。"

"他是怎么出的名?"

"我不清楚。我想那是因为他把收入全都布施给了穷人,自己倒像个穷教区牧师,靠一年四五百个斯库陀过活吧。"

"嗨!"那个叫吉诺的人插嘴道,"还有别的缘故呢。他不仅布施钱财,他一生都尽力照顾穷苦人,设法给有病的人治病,从早到晚听人家喊冤诉苦。米歇尔,我是跟你一样不喜欢教士的,可是蒙泰尼里大人的确跟别的教士不一样。"

"噢,恐怕说他是个恶棍倒不如说他是个笨蛋!"米歇尔说,"不管怎么说吧,人们对他崇拜得发了狂,最近又出了个新花样,香客们都绕弯儿到他那里去,请求他祝福。陀米尼钦诺打算扮成小贩,携一篮子便宜的十字架和念珠去卖。人们喜欢买这些玩意儿去请主教摸一摸,挂在小孩子脖子上避邪。"

"等一等。我怎么去呢——也扮成香客吗?我倒觉得现在这副装扮对我就挺合适,可是,照从前在这儿的老样子在布列西盖拉露面是不、不、不行的。一旦被捕,那就会成为对你们不利的证据。"

"你不会被他们逮住的,我们为你乔装改扮准备好了一套绝妙的行头,另外还有一张护照,一应俱全。"

"扮一个什么人?"

"一个年老的西班牙香客——从那边山区来的一个悔罪的强盗。去年他病倒在安科纳,我们一个朋友出于慈悲心肠把他弄到一艘商船上,送他去了威尼斯——那儿有他的朋友——因此他就把他的一些证件送给我们,表示他的感激。现在这些证件刚好你用得上。"

"一个悔罪的强、强、强盗?可是警方怎、怎、怎么看呢?"

"喔,那没问题。他几年以前就服满了划桨苦役的刑期,从那以后到过耶路撒冷和很多别的地方,拯救他自己的灵魂。他把自己的儿子错当旁人给误杀了,一时悔恨交加,就投案自首了。"

"那个人很老了吗?"

"是的;不过只要有一缕白胡子和假发就成。至于其他方面,证件上对他相貌特征的描述对你完全合适。他是个老兵,瘸了一条腿,像你一样脸上有一条刀痕,而且他是个西班牙人——你瞧,要是你碰上西班牙香客,不就可以跟他们交谈不露破绽吗?"

"我在哪里跟陀米尼钦诺接头呢?"

"你在十字路口混进香客里——我们等一会儿拿地图指给你看——就说你在山里迷了路。然后,进了城,你跟随香客们一起进市场,就是红衣主教住的宫殿前面那个市场。"

"噢,这么说,当圣人的也住起宫殿来了?"

"他只住了一个厢房,其余部分改成医院了。嗯,你们都在那儿等他出来赐福,这时候陀米尼钦诺就会携着篮子走到你跟前说,'你也是一个香客吗,老爹?'你就回答他:'我是个不幸的罪人。'随后他就放下篮子用袖子擦一擦脸,你给他六个斯库陀买一串念珠。"

"随后,当然,他就安排我们可以谈话的地方了?"

"是的,趁人们都张大嘴巴注视蒙泰尼里的那会儿,他会有充分时间交给你会面地址的。这只是我们的计划,要是你不喜欢,我们可以通知陀米尼钦诺重做安排。"

"不必啦,这就行了,只是一定要把假胡子和假发弄得看起来很像才好。"

"你也是一个香客吗,老爹?"

牛虻坐在红衣主教下榻的宫殿门前台阶上,从蓬乱的白发下面抬起头来,用沙哑、颤抖的声音,带着浓重的外国口音,回答了接头暗语。陀米尼钦诺摘下肩头的皮带,把装着敬神的小玩意儿的篮子搁到台阶上。成群的农民和香客,或坐于台阶,或徘徊于市场,谁也不注意他们,但为谨慎起见,他们东拉西扯了一气,陀米尼钦诺满口当地土话,牛虻说的是结结巴巴的意大利语,中间还夹杂着西班牙语字眼儿。

"主教大人!主教大人出来了!"站在宫门前的人们高声喊道,"让开路！主教大人出来了！"

他们两个都站了起来。

"喏，老爹，"陀米尼钦诺说着，将用纸包着的一尊小圣像塞到牛虻手里，"把这个也拿上，等你到了罗马的时候，替我祈祷吧。"

牛虻将圣像揣进怀里，回头去看那个身穿大斋期穿的淡紫色法衣、头戴猩红帽子的人，只见他站立在台阶高处，正张开两臂向人群祝福。

蒙泰尼里缓步走下台阶，人们拥上去吻他的手。还有许多人跪下来，在他走过的时候，撩起他的法衣的袍角放到嘴唇上。

"祝福你们安泰，孩子们！"

听见那清越的、银铃般的声音，牛虻赶紧低下头来，让头上的白发遮住面孔，陀米尼钦诺一见那位香客手中拐杖瑟瑟抖动的样子，不禁不无钦敬地暗自想道："戏做得真像！"

站在他们身旁的一个女人弯腰从台阶上抱起她的孩子。"来呀，切柯，"她说，"主教大人将要给你祝福，就像我主基督给孩子们祝福一样。"

牛虻向前跨了一步，但立即停住。哦，这太难忍受了！所有这些非亲非故的外人——这些香客和山民——都可以走上前去同他讲话，他也会用手抚摸他们孩子的头顶。也许还会对那个农民家的孩子说一声"亲爱的"，就像他从前常说的那样……

牛虻又坐回到台阶上，背过脸去，不再看他。他恨不得钻进一个角落里，塞住耳朵，阻挡住那个声音！的确，这超出了任何人所能忍受的限度——离得那么近，近得一伸手即可触及那只亲切的手。

"你不想到里面歇一歇吗，我的朋友？"那个柔和的声音说道，"恐怕你是受凉了吧。"

牛虻的心脏停止了跳动。霎时间，他失去了知觉。只觉得一股血流涌上心头，压迫得他难以忍受，仿佛要将胸膛撕裂开，然后血液又冲了回去，在他的全身激荡，燃烧。他抬起头来。头顶上那对严肃而深沉的眼睛，一看见他的面孔，突然变得和蔼，充满神圣的同情了。

"朋友们，请往后退一点，"蒙泰尼里转向人群说道，"我要跟他说句话。"

人们互相低语着慢慢向后退去，牛虻咬紧牙关，眼睛盯着地面，坐在那儿一动不动，他觉出蒙泰尼里的手轻轻地放在了他的肩头。

"你一定有过很大的痛苦吧。我能帮助你做点什么事吗？"

牛虻一声不吭,只摇一摇头。

"你也是一个香客吗?"

"我是个不幸的罪人。"

蒙泰尼里的问话恰巧与接头暗语合拍,这一巧合犹如天上掉下一根救命稻草,牛虻趁势机械地做了回答。他感觉到轻轻抚摸着他肩头的那只手好像火一样烧灼着他,他开始簌簌颤抖起来。

红衣主教俯下身子,挨着他更近了。

"也许你愿意单独跟我说说话吧?如果我能对你有什么帮助的话——"

牛虻第一次扬起头,以坚定的目光正视蒙泰尼里的眼睛;这时他已经恢复了他的自制力。

"一点用也没有,"他说,"这件事已经没有救了。"

一个警官从人群里走出来。

"请恕我冒昧,主教大人。我看这个老头儿的脑袋瓜有点不正常。不过他倒也不是个坏人,他的证件齐备,没有问题,所以我们不打算干涉他。他因为犯了弥天大罪。服过苦役,现在正在悔罪。"

"犯了弥天大罪。"牛虻慢慢摇着头,重复着这句话。

"谢谢你,官长,请站开一点儿。我的朋友,只要一个人诚心诚意悔罪,没有任何事是没有救的。你愿意今天晚上到我这儿来吗?"

"难道主教大人愿意接见一个杀死亲生儿子的人吗?"

这句问话好像有一种咄咄逼人的语气,蒙泰尼里不由得向后倒退,仿佛受到一阵冷风袭击似的瑟瑟发抖。

"不管你做了什么错事,上帝都不许我谴责你!"他庄严地说,"在上帝的眼里,我们大家都是罪人,我们的正直就像肮脏的破布一样。如果你愿意到我这儿来,我就接见你,正像我祈祷上帝有一天会接见我那样。"

牛虻一时激动,以一个突如其来的动作伸出双手。

"听着!"他说,"所有的基督徒们,你们都听着!如果一个人杀死了他的独生子——杀死了爱他、信赖他,是他亲骨肉的儿子,如果他用谎言和欺骗把他的儿子引诱进死亡的陷阱里——那个人无论是在尘世或是在天国还有救吗?我曾在上帝和凡人面前忏悔过我的罪孽,我也忍受了凡人加在我身上的惩罚,他们已经把我放出来了,可是,什么时候上帝才会说,'这就足够了'呢?怎样的祝福才能够解除上帝对我灵魂的诅咒呢?怎样的宽恕才能够抵消我所犯下的罪孽呢?"

在随之而来的一片死一般的寂静里,人们一齐望着蒙泰尼里,但见他胸前的十字架起伏不定。

他终于抬起眼睛,用一只颤巍巍的手赐了福。

"上帝是仁慈的,"他说,"把你良心上的沉重负担置于主的宝座前吧;因为圣训有言:'汝切勿蔑视一颗破碎、痛悔的心。'"

说完,他转身向市场里走去,一路之上不时地停下来与人们交谈,并抱起他们的孩子。

晚上,牛虻按照圣像包皮纸上所画的路线图,找到了约好的会面地点。那是一位本地医生的住宅,医生是"红带会"里的一名积极分子。大多数密谋起义的人都已经到了,大家对牛虻的到来热情欢迎,这给了他一个新的证明——如果他还需要多一个证明的话——他是个很得人心的领袖。

"又见到你,我们非常高兴,"医生说,"但是看见你离开这儿,我们就会更高兴。这是一件可怕的、冒很大风险的工作,我本人是反对这个计划的。你确信今天上午在市场上没有警察局的耗子注意上你吗?"

"噢,他们哪能不注意上我呢,不过他们没、没、没认出我来。陀米尼钦诺安排得太棒啦。他在哪里?我怎么没见他?"

"他还没有到。这么说,你一路上都很顺当?那位红衣主教给你祝福了吗?"

"他的祝福吗?噢,那有什么了不起。"陀米尼钦诺一步走进门来,说道。

"列瓦雷士,你就像圣诞节的蛋糕叫我称奇不已。你还有多少本领可以施展出来让我们叹服呢?"

"你在说什么呀?"牛虻懒洋洋地回答道。他正背靠沙发,吸着一支雪茄,依然是香客打扮,不过白胡须和假发搁在一旁。

"我真没想到你这么会演戏。我这一辈子还从没见过哪出戏演得这么精彩。你几乎把主教大人感动得流泪啦。"

"那是怎么回事啊?说给我们听听,列瓦雷士。"

牛虻耸了耸肩胛。他此时的心境,不愿多言语,看看从他嘴里掏不出什么话来,众人转而请求陀米尼钦诺说明原委。听罢宫殿门前的那一个场面之后,一个没有跟着大家一齐哄笑的年轻工匠,突然说道:

"当然啦,这件事办得很巧妙,可是我看不出,演这样一出戏对我们大家有什么好处。"

"有一点可以肯定,"牛虻插进来说,"在这个地区,我想去哪儿就可以去哪儿,想做什么就可以做什么了。无论是大人还是孩子,男人还是女人,都不会认为我可疑。明天这个故事就会传遍全城,我碰上一个暗探的时候,他只会想:'这是那个疯子狄雅各,他在市场上忏悔了他的罪孽。'毫无疑问,这就是得到的好处。"

"是的,我懂了。即便是这样,我也希望当时没有愚弄红衣主教。像他这样的好人,用这种花招愚弄他是很不应该的。"

"我自己也曾想到,他看起来的确像个好人。"牛虻懒洋洋地表示同意。

"胡扯,桑德罗!我们这儿不需要什么红衣主教!"陀米尼钦诺说,"蒙泰尼里本来有机会去罗马任职,如果当时他接受了那个职务,列瓦雷士也就不可能愚弄他了。"

"他是不会接受那个职务的,因为他舍不得丢下这儿的工作。"

"更可能是因为他不愿意让拉姆布拉契尼的手下人把他毒死吧。我可以保证,罗马那边的人一定反对他去。一位主教,特别是一位深孚众望的红衣主教,宁愿待在这样一个上帝抛弃的山旮旯里,其中道理可想而知了——你说是吗,列瓦雷士?"

牛虻正从嘴里喷吐出一个个烟圈儿。"说不定是'破—破碎、痛悔的心'那一类的事、事、事情呢,"他头向后一仰,看着飘飘然散去的烟雾,说道,"好啦,朋友们,咱们谈正经事吧。"

他们开始详细地讨论偷运和藏匿武器的各种计划。牛虻聚精会神地听着,不时地打断他们,纠正一些不确切的说法和不周密的建议。大家都说完了,他才提了几项切实可行的建议,这些建议大多没经过讨论便一致通过。于是会议结束了。会上还决定:至少在他安全返回塔斯加尼以前,应该避免会开得很晚,以免引起警方注意。所以十点刚过大家就散了,只有医生、牛虻和陀米尼钦诺三人留下来开小组会讨论几个特殊问题。很长一阵热烈的辩论之后,陀米尼钦诺抬起头看一看壁上的挂钟。

"十一点半了,我们不能再待下去了,不然巡夜人会发现我们。"

"他什么时候打这儿经过?"

"十二点左右,我得在他来以前赶回家。晚安,吉奥丹尼。列瓦雷士,咱们一起走好吗?"

"不，我想咱们分头走更安全。我还要跟你会面吗？"

"是的。下次在鲍罗尼斯堡会面。我还不知道化装成什么，不过接头暗号照旧。我想，你明天就要离开这儿？"

牛虻正对着镜子仔细地戴好假胡子和假发。

"明天早晨随香客们一起走。后天我假装生病落在后边，在牧羊人的小屋里过夜，然后抄近路翻过山去。我会在你之前赶到山那边的。晚安！"

牛虻站在那个巨大的谷仓门前向里张望的时候，教堂钟楼上的钟敲响了十二点。那个谷仓空了出来，临时充作招待香客的住处。仓房地板上横七竖八地躺满了人，大多数人鼾声如雷，空气憋闷、浑浊得令人难以忍受。他厌恶得有些发抖，连忙抽身后退。想要在这种地方睡觉是不可能的。他倒不如散散步，然后找一个窝棚或干草垛，至少那是会干净和安静些的。

那是个晴朗的夜晚，一轮皎洁的明月高悬于淡紫色的天空。他开始毫无目的地在街上游荡，痛苦地回想早晨那一幕，后悔自己没有拒绝陀米尼钦诺要在布列西盖拉开会的计划。如果一开始他就声明这个计划太危险，也就另选了别的地方。他和蒙泰尼里也就都可以避开这一场可怕而又可笑的闹剧了。

神甫变化多大啊！然而他的声音丝毫未变，依然像过去对他说"亲爱的"的时候一样。

巡夜人的风灯在街的另一头出现了，牛虻掉头拐进一条狭窄的、弯弯曲曲的小巷子。走了一段路，他发现自己来到教堂广场上，这里靠近主教下榻宫殿左边的厢房。月光如水，洒落在广场上，四下不见人影，但他注意到教堂的一个侧门虚掩着。一定是教堂司事忘记了关门。如此夤夜时分，肯定不会有什么圣事在进行。与其到那个透不过气来的谷仓里睡觉，倒不如进去找一条长凳躺一躺。第二天早晨在教堂司事到来之前，他就可以溜走。即便被人发现，很自然的推测会是：疯子狄雅各躲在一个角落里祈祷，被关在里边了。

他先在门外听一听动静，然后，尽管一瘸一拐，但仍步履轻捷、悄无声息地走了进去。月光从窗子上倾泻下来，在大理石地板上投下宽阔的光带。特别是祭坛上，月光之下，一切清晰可见。蒙泰尼里光着头，双手抱拳，一个人跪在祭坛台阶下面。

牛虻急忙退进阴影里。他是不是应该趁着蒙泰尼里还没有发现他，偷偷溜走呢?那无疑是最明智的——也许还是最仁慈的。然而,既然现在香客们都走了,今天早晨那场可笑的喜剧也没有必要继续演下去了,再靠近他一点儿——再看一看神甫的脸,对他有什么坏处呢?也许这是他最后一次机会了——神甫不必看见他,他要轻轻地溜过去看一眼——只看一眼,然后他就回去干自己的事。

他借着廊柱阴影的隐蔽,轻手轻脚溜到内殿栏杆跟前,在靠近祭坛的边门前停住。主教宝座投下很宽阔的阴影,足可以掩蔽他,他便屏住呼吸,在黑暗中蹲下来。

"我可怜的孩子!噢,上帝啊。我可怜的孩子!"

那断断续续的低语里充满了彻底的绝望,牛虻不禁战栗起来。接着便听到深沉的、惨痛的、无泪的抽咽;他看见蒙泰尼里像一个肉体极度疼痛的人那样绞着手指。

他怎么也想不到事情会糟到这种地步。他曾经常痛苦地宽慰自己:"何必为它烦恼呢;那个创伤早就愈合了。"而现在,过了这么多年之后,那创伤依然清清楚楚摆在他面前,他看见它仍在流血。如今机会终于来了,要想使它愈合是多么容易啊!他只消举起手,只消向前跨一步,说一声:"神甫,我在这儿。"还有琼玛和她头上的那一绺白发。哦,只要他能宽恕就好了!只要他能一刀砍断深深打在他记忆上的烙印——忘掉那个拉斯加水手,忘掉甘蔗种植园和那个杂耍班子!然而,还有什么比这更悲惨呢——肯于宽恕,渴望宽恕,但他却清楚地知道这是办不到的——他不能,也不敢宽恕。

蒙泰尼里终于站起来,在胸前画了个十字,转身离开祭坛。牛虻退缩到阴影深处,吓得簌簌颤抖,唯恐他被看见,唯恐心脏的跳动会将他暴露。过了一会儿,他才释然地长舒一口气。蒙泰尼里已经从他身边走过,近到紫色天鹅绒袍子拂到了他的面颊。他走过去了,而且没有看见他。

没有看见他——噢,他做的这是什么事哟?这是他最后的机会——这最宝贵的一瞬间——他竟然错过了。他猛然惊醒,一步跨进亮光里。

"神甫!"

他的声音在殿堂穹顶下震荡,并渐渐消失,使他心里充满令人疯狂的恐惧。他又退缩回阴影里。蒙泰尼里站在廊柱旁边,一动不动,瞪大眼睛,侧耳谛听,充满死亡的恐惧。牛虻不知道那一阵沉寂延续了多久,也许是短暂的一瞬,也许是永远。他心里突然一震,醒悟过来。蒙泰尼里的身子

开始摇晃起来,好像就要栽倒似的,只见他嘴唇翕动,但一开始并没有发声。

"亚瑟!"终于传来那一声低语,"是的,那水很深——"

牛虻走上前去。

"请饶恕我,主教大人!我还以为是一位神甫呢。"

"啊,原来是那个香客啊?"蒙泰尼里立即恢复了他的自制力,但牛虻看到他手上蓝宝石的亮光在跳动,知道他还在颤抖,"你有什么事吗,我的朋友?天已晚了,教堂夜间是要关门的。"

"如果我做错了事，主教大人，请你饶恕。我见门开着，就走进来祷告了，看见大人在那儿默祷，以为是一位神甫，就等着请他为我祝福。"

他举起从陀米尼钦诺手里买来的一个小锡十字架。蒙泰尼里接在手中，又走进圣堂，在祭坛上放了一会儿。

"拿去吧，我的孩子，"他说，"安心吧，因为上帝是大慈大悲的。到罗马去，哀求上帝的使臣——圣父——为你祝福吧。祝你平安！"

牛虻低下头接受赐福，然后慢慢转过身。

"站住！"蒙泰尼里说。

他一只手扶着圣堂的栏杆，站在那儿。

"你到了罗马，接受圣餐的时候，"他说，"请为一个痛苦极深的人祈祷——为一个感到上帝放在他灵魂上的手非常沉重的人祈祷。"

他的声音里几乎满含热泪，牛虻的决心动摇了。再有一瞬间，他就会将自己暴露了。忽然，杂耍班子的情景又呈现在他眼前，他想到，像约拿一样，他恨得对。

"我是什么样的人，上帝肯赐惠听我的祷告吗？一个麻风病人，一个被遗弃的人！假使我能像您，主教大人，把一个神圣的生命——一个清白无瑕、无愧无悔的灵魂，作为祭品奉献于上帝的宝座——"

蒙泰尼里猝然转过身去。

"我只有一样祭品奉献，"他说，"一颗破碎的心。"

几天之后，牛虻从皮斯托亚乘驿车回到佛罗伦萨。他一下车就直奔琼玛的寓所，不巧她出门去了。他留下一句话，说他明天再来，然后向他自己家里走去，满心希望不要再碰上绮达钻进他的书房里。如果今天晚上再听她絮聒、她那含有妒意的责备，就会像牙科大夫的锉刀一样，刺激他的神经。

"晚上好，毕安卡，"女仆人打开门的时候，他说道，"莱尼小姐今天来过吗？"

女仆茫然望着他。

"莱尼小姐？怎么，她已经回来了，先生？"

"你这话是什么意思？"他皱着眉头问道，并在门前的脚垫上停下来。

"在你走后，她突然出走了，所有的东西一样也没带。连一句话都没留下。"

"在我走后？什么，两、两个礼拜以前？"

"是的，先生，就在你走的同一天，她的东西还乱七八糟地堆在那儿。左邻右舍都在议论这件事呢。"

他二话没说，转身离开门前台阶，匆匆穿过那条小巷，向绮达住的那座房子走去。她房间里的东西一件也没动过，他赠送给她的那些礼物仍放在原处，哪里都找不到一封信或一张字条。

"对不起，先生，"毕安卡从门上探进头来说，"有一个老太婆——"

他怒冲冲地转过身来。

"你来这儿干什么——干吗老跟着我？"

"一个老太婆想要见你。"

"她有什么事？告诉她，我不见她，我忙着呢。"

"自从你走后，她差不多天天晚上都要来，先生，总是打听你什么时候回来。"

"问、问她有什、什么要紧的事。不，不用了，还是我亲自去吧。"

那个老太婆正在客厅门前等候他。她衣着十分寒酸，棕黄色的脸上布满褶皱，有如一枚枸杞子，头上缠着一方色彩鲜艳的头巾。见他走进，便站立起来用那对目光锐利的黑眼睛扫了他一眼。

"你就是那位瘸腿绅士吧，"她说着，从头到脚将他打量一番，"我给你带来绮达·莱尼的口信儿。"

他开了书房门，扶住门让她进去，然后紧随其后，将门关住，以防毕安卡听见他们的谈话。

"请坐吧。现、现在，告诉我你是谁。"

"我是谁，这跟你没关系。我来这儿只是想告诉你，绮达·莱尼跟着我的儿子跑了。"

"跟、跟、你、你、你的儿子跑了？"

"是的，先生。你弄到一个妞头，要是不知道该怎么样留住她，那就别怪别的男人把她拐跑吧。我儿子血管里流的是血，不是牛奶和水。他是罗马族人。"

"啊，你是个吉卜赛人！这么说，绮达回到她的族人那里了？"

她以惊奇而又鄙夷的目光望着他。显然，这些基督教徒连一点男子汉的骨气都没有，受到这样的侮辱，竟然不会发怒。

"你是什么胚子，她为什么要跟你在一起？我们的女人也许会把她们自己借给你,那是出于姑娘的好奇,或者你给很多钱,可是到头来罗马族的血还是要回到罗马族人身上去。"

牛虻脸上的表情依然是那样冷漠和镇静。

"她是跟着一队吉卜赛人一起走了呢,还是跟你的儿子单独住在一起?"

那个女人迸发出一阵嘎嘎的笑声。

"你要去追上她,想办法劝她回头吗?太晚了,先生,你早就该想到这一步!"

"不是这个意思。我只想知道实际情况,要是你愿意告诉我的话。"

她耸一耸肩胛,一个连碰到这种事都表现得如此没骨气的人,简直不值得她侮辱。

"实际的情况是,你离开她的那一天,她在路上碰见我的儿子,跟他用罗马族的语言搭上话,他见她虽然穿着漂亮衣服,却是我们同族的人,就爱上她那张漂亮脸蛋儿。我们的男人都是这个爱法。后来就把她带到我们的帐篷里来。她跟我们讲了她的苦恼,坐在那儿又哭又嚷,可怜的姑娘啊,直哭得我们为她伤心。我们尽量宽慰她,后来她就脱掉她的漂亮衣服,换上我们的姑娘常穿的衣服,把她自己给了我的儿子,成了他的女人,把他当成她的男人。他不会对她说:'我不爱你,'也不会说,'我有别的事要做。'一个女人年轻的时候,需要男人,一个漂亮姑娘搂住你的脖子的时候,你都不能亲一亲她,你算什么男人呢?"

"你刚才说,"他打断她的话,"你给我带来了她的口信儿。"

"是的,我们的大队人马继续往前走,我留在后边,就是专为了给你送个信儿。她叫我说,她对你那班人和他们的斤斤计较、冷漠无情,领教够了,她要回到她自己人身边,她要自由。'告诉他,'她说,'我是一个女人,我爱他,正因为这样,我不愿意再给他当婊子了。'姑娘走得对。一个女孩子靠漂亮的脸蛋儿挣几个钱,这算不了什么——要不长个漂亮脸蛋儿干什么,可是,一个罗马族的姑娘是犯不上去爱你们族里的男人的。"

牛虻站起来。

"你带的口信儿就只有这几句话吗?"他说,"那就请你告诉她,我认为她做得对,我希望她幸福。我没有别的话可说了。晚安!"

他木然站着,一动不动,直到老太婆出了花园,将门关闭;然后坐下来,双手蒙住脸。

这是捆到他脸上的又一记耳光!难道就没有一丝的骄矜、一毫的自尊留给他吗?诚然,他已经忍受了人所能忍受的一切;他那颗心曾被拖进泥淖里,任凭过往行人在脚下践踏;他的灵魂中没有一片空隙不被别人的轻蔑打上印记,没有别人嘲弄的烙铁烫过的痕迹。而现在,这个吉卜赛女人——这个他在路边捡来的吉卜赛女人——竟然手里也拿起鞭子。

沙顿在门外呜呜地叫,牛虻站起身,放它进来。那条牧羊狗扑向它的主人,像平常那样发了疯似的撒欢,但不一会儿就明白出了什么事,于是卧在他身边的地毯上,把一只冰冷的鼻子伸到他那无精打采的手里。

一小时后,琼玛来到门前。敲了半天门,却不见有人出来应门:毕安卡见牛虻没有要吃晚饭的意思,便溜出去找邻居家厨子聊天了。她临走没有关门,客厅里还点着一支蜡烛。琼玛等了一会儿,然后决定走进去,看看能否找到牛虻,因为她刚从贝利那儿得到重要消息,必须立刻告诉牛虻。她敲一敲书房门,听得牛虻的声音在里面回答:"你可以走开了,毕安卡。我不需要什么东西了。"

她轻轻地推开门。房间里相当昏暗,但过道里的风灯将一束很长的亮光投进屋里,她进门的时候,看见牛虻一个人坐在那儿,脑袋低垂,贴近胸脯,那条狗在他脚下熟睡。

"是我呀。"她说。

牛虻突然惊起:"琼玛——琼玛!哦,我多么巴望你来呀!"

她还未及说话,他已经跪在她脚下的地板上,将脸埋在她裙裾的皱褶里。他的整个身体像痉挛似的猛烈颤抖,看见他那副样子,比看见他哭泣更令人难过。

她站在那儿一动不动,想不出任何办法帮助他—— 一点办法都没有。这是最令人痛苦的事。她只能站在那儿,无可奈何地旁观——若能解脱他的痛苦,哪怕要她去死,也心甘情愿。此时此刻,只要她敢于俯身以手臂搂抱住他,将他紧紧贴在胸前,用她自己的身躯保护他不再受到侵害和冤屈,他肯定又会成为她的亚瑟,那时天就会放晴,阴影就会散去。

啊,不,不!他怎么能忘记呢?把他推进地狱的不正是她——用右手打了他一记耳光的不正是她吗?

她已经把那一瞬间错过了。他匆匆站起来,坐到桌子旁边,一手遮住自己的眼睛,使劲咬着嘴唇,好像要把嘴唇咬穿似的。

不一会儿,他抬起头,平静地说:

"让你受惊了吧。"

她向他伸出双手。"亲爱的,"她说,"我们现在的友情还不能使你信任我吗?是怎么一回事?"

"那只是我个人的苦恼。我看你不必为我担心。"

"你听我说,"她接着说道,并且双手握住他那只手,想止住他的颤抖,"我从不干预我不该干预的事。但是,既然你已经出于自愿给了我这么大的信任,何不再多给我一点信任——把我当作你的妹妹。你不妨继续戴着那副面具,如果它能给你安慰的话。但为了你自己的缘故,切莫在灵魂上也罩一副面具呀。"

他把头垂得更低了。"你必须对我有耐心,"他说,"我怕是一个不会令人满意的那种兄长呢,你要是知道——上一个礼拜我快要疯了。就像在南美洲那个样。反正魔鬼跟上了我,而且——"

"我不能为你分忧吗?"她终于嗫嚅道。

他的头直沉到她的臂弯里去:"上帝的手太沉重了。"

第三卷

第一章

　　此后的五个星期,琼玛和牛虻异常兴奋,十分忙碌,既没有时间也没有精力去考虑他们个人的事情。当武器平安地偷运进教皇领地之后,还剩下一个更困难、也更危险的任务。那就是把它们从山洞和山谷里的秘密隐藏地点悄悄地转运到当地各个中心,然后再运到各个村庄。整个地区到处都是暗探。受牛虻委托负责运送弹药的陀米尼钦诺,派了一个信使赶到佛罗伦萨,提出紧急请求:要么派个帮手来,要么多宽限些时日。牛虻曾坚决主张这项工作必须于六月底以前完成。可是山路崎岖,重载难行,而且须随时躲避警方侦缉,因此运期一再耽搁。陀米尼钦诺越来越沉不住气。"我是进退两难,"他信上写道,"我不敢干得太快,因为怕被发觉。要按期准备妥当,我又不应该拖延。要不马上派个得力的人来帮我,要不就让威尼斯人知道我们在七月第一个星期以前无法做好准备。"

　　牛虻带着那封信来见琼玛,在她看信的时候,他紧蹙眉头坐在地板上,倒捋着那只猫身上的毛。

　　"真糟糕,"她说,"我们总不能让威尼斯人再等三个星期呀。"

　　"当然不能,那简直是荒唐。陀米尼钦诺也应该明、明、明白这一点。我们必须照威尼斯人的安排办事,而不是让他们照我们的安排办。"

　　"我想,这也不能怪陀米尼钦诺。他显然尽了最大努力。不可能办到的事,他当然办不到。"

　　"错并不在陀米尼钦诺身上。错就错在他身兼二职。我们至少应该安排一个人看守货物,另外安排一个人负责运输。他说得对,他必须有一个得力的助手。"

"我们哪里有助手派给他呀？我们佛罗伦萨无人可派了。"

"那么，我必、必、必须亲自走一趟了。"

她向后一仰靠在椅背上，微微皱着眉头望着他。

"不，不成。那太冒险。"

"要是我们找、找、找不到别的办法摆脱困难，那就非这样办不可了。"

"不管怎么说，我们一定得另想办法。你刚从那里回来，现在又要到那里去，那是万万使不得的。"

牛虻的下唇角上浮现了一条倔强的纹路。

"我不、不、不明白这有什么使不得。"

"你只要平心静气想一想就会明白。你回来才五个星期，那边的警察正在追查那个可疑的香客的事，为了找到线索，已经把整个地区都搜遍了。不错，我知道你善于乔装打扮；可是不要忘记，那里的很多人都见过你，既见过扮作那个西班牙人的你，也见过扮作乡下人的你。而且你那条瘸腿和脸上的疤痕无论怎样化装都瞒不过人的。"

"世界上瘸腿的人多、多、多得很呢。"

"这话不错，但是在罗玛亚省里，像你这样有一条腿瘸，脸上带着刀痕，左胳膊又受过伤的人并不多呀。再说还有蓝眼睛和黑皮肤凑在一起。"

"眼睛不妨事，我可以用颠茄改变它们的颜色。"

"可是别的你改变不了呀。不行，这绝对不行。你现在带着这些表明身份的特征到那儿去，就等于睁着眼睛往陷阱里跳。你肯定会被抓住。"

"可是，总得有个、个、人去帮助陀米尼钦诺呀。"

"在这样的紧急关头，如果你被逮住，那就不会对他有任何帮助。而且，你一旦被捕，那将意味着工作全盘失败。"

但是牛虻这个人很难说服，他们讨论了半天也没有结果。琼玛开始意识到他虽不吵吵嚷嚷，却万分固执。若不是她觉得事关重大，为了息事宁人她也许让步了。然而，在这件事上，她的良心不允许她放弃己见。在她看来，他所建议的山区之行所能得到的实际好处并不十分重要，不值得他冒险。因而她就不能不怀疑，他之所以急于前往，与其说是坚信政治的迫切需要，倒不如说那是一种置身危险寻求刺激的病态欲望。他已习惯于拿生命冒险，在她看来，这种无谓的冒险行动是他任性的一种表现，必须冷静而坚决地制止。当她发觉自己的一切论点都不能动摇他那一意孤行的坚强决心时,她便使出了最后一着。

"无论如何,我们要坦诚地谈这件事,"她说,"是什么就说什么。你所以坚决要去,并不是为了解决陀米尼钦诺的困难,而是你个人的一种冲动——"

"不是那么回事!"他激烈地打断她,"他对我是无所谓的,即使今生今世永不见他,我也不在乎。"

他从她的脸上看出自己的心思已经泄露,便突然打住。二人的目光碰在一起,随即都垂下眼皮,谁也没说出彼此心照不宣的那个名字。

"我要救助的不、不、不是陀米尼钦诺,"他终于结结巴巴地说,半边脸埋到那只猫身上,"而是我、我、我认为,要是他得不到帮助,我们的工作就有失败的危险。"

她毫不理会他那无力的遁词,好像他并没有打断她的话似的,继续说下去。

"你要到那边去,是因为你有一种冒险的冲动。你有了烦恼,就要去冒险,就像你有了病就要吞服鸦片一样。"

"并不是我要吞服鸦片,"他挑战似的说,"是别人硬塞给我的。"

"恐怕你是以自己的禁欲主义自矜吧,要求解除肉体上的痛苦是会伤你的自尊心的。但是,一旦以生命冒险解除精神痛苦的时候,你的自尊心却受宠若惊了。不过,说到底,二者的区别只不过是习惯上的区别罢了。"

他把那只猫的脑袋向后拧,低头看着那对圆圆的绿眼睛。"是这样吗,帕什特?"他说,"你的女主人说我的这些坏话都是真的吗?那岂不是'我有罪,我犯下了大罪'吗?你这个聪明的畜生,你从来都不索要鸦片,是吗?你的祖先是埃及的神灵,没人踩它们的尾巴。你很镇定,从来不犯人间的恶行,但如果我抓住你的爪子放在蜡烛上烧,你的超脱的态度又将变得怎样呢?那样的话,你会不会向我索要鸦片呢?你会吗?或者,也许是——去寻死?不,猫咪,我们没有权利为图个人方便就去死。我们可以诅咒谩骂,如果这能给我们一点安慰的话,但是我们可绝不能把爪子扯下来。"

"嘘!"她将猫从他膝盖上抱下来,放到一只矮凳上,"我们回头再考虑这些东西。现在要考虑的是怎样才能把陀米尼钦诺从困境中解救出来。什么事,凯蒂,有客人吗?我正忙着呢。"

"夫人,赖特小姐派专人给你送来这封信。"

那个严密封缄的包裹里有一封信,收信人是赖特小姐,但没有拆开,信封上贴的是教皇领地的邮票。琼玛的老同学们都还住在佛罗伦萨,为安全起见,她的重要信件都使用他们的地址。

"这是米歇尔的暗号,"她很快瞥了一眼那封信,指着信角上的两个小黑点说。信上好像说的是亚平宁山区一所寄宿学校放暑假的事,"这是化学药水写的。试药在写字台第三个抽屉里。对啦,就是它。"

他将信摊在桌子上。拿一把小刷子刷了一遍。当报告真正消息的一行鲜亮的蓝字赫然呈现在纸上时,他往椅背上一靠,哈哈大笑起来。

"什么消息?"她急切地问道。他将信递给她。

陀米尼钦诺被捕。速来。

她坐下来,手里捏着那封信,绝望地凝视着牛虻。

"怎、怎、怎么样?"他终于用柔和的语调、讽刺的口吻拉着长声说道,"我说过我非去不可,现在你信服了吧?"

"是的,我想你非去不可了,"她叹了一口气,回答说,"我也非去不可了。"

他猛然一惊,抬起头来:"你也去?可是——"

"那当然了。我知道佛罗伦萨这边一个人都不留下,会很不方便。但目前只能考虑如何多派几个人手进山,其他的事只好暂且搁置一边。"

"在那边能找到足够的人手。"

"但那些人并不都是你可以完全信赖的。你自己刚才说过,必须有两个可靠的人负责;要是陀米尼钦诺应付不了局面,显然你也办不到。不要忘记,像你这样时刻面临危险的人,做起这种工作来是会受很大牵制,从而比别人更需要依赖助手。从前是你跟陀米尼钦诺搭档,现在应该是我跟你搭档了。"

他双眉紧锁,考虑了一会儿。

"是的,你说得很对,"他说,"我们去得越快越好。但咱们两个不能一起走。要是我今晚深夜动身的话,那你就搭乘明天下午的驿车好啦。"

"去哪里?"

"这我们得商量一下。我想,我最好直奔法恩扎。假使我今晚深夜动身,骑马到圣·罗伦梭的郊区,我就能在那儿化好装,继续赶路。"

"我看也只好如此了,"她因为焦虑,微蹙着眉头说道,"但这是非常危险的,一则你走得太仓促;二则你是靠圣·罗伦梭郊区那班走私贩子设法给你化装。在你偷越边界之前,至少应该有三个整天来回兜几个圈子,迷惑跟踪的人。"

"你不必害怕,"他微笑着回答,"我即使被捕,那也是以后的事,不会在边界上。只要一钻进山里,我就像在这儿一样安全了。亚平宁山区的走私贩子没有一个会出卖我。我不太放心的倒是你用什么办法越过边界。"

"喔,那太简单啦!我带上路易斯·赖特的护照,到那边去度假。在罗玛亚没有认识我的人,可是哪一个暗探不认识你呢。"

"幸运的是,每一个走私贩子也都认识我。"

她掏出怀表看了看。

"现在是两点半钟。要是你今夜出发,我们还剩下一个下午和一个晚上的时间。"

"我最好立刻回家去,把一切事都安排妥当,然后弄一匹好马。我骑马去圣·罗伦梭,那样会安全一些。"

"租马一点也不安全。马的主人会——"

"我不租马。我有一个熟人可以借我一匹马,那是万无一失的。他以前就曾替我办过几件事。两个星期以后,我打发一个牧羊人把马送回来。那么,我在五点或者五点半钟再来你这儿。我走后,希、希、希望你找到玛梯尼,把一切情况向他讲清楚。"

"玛梯尼!"她转过身来,惊奇地望着他。

"是的,我们必须信任他——除非你能找到另外一个人。"

"我不大明白你的意思。"

"我们在这儿必须有一个可以信赖的人,以防万一碰上什么特殊的麻烦,在这里的所有人当中,我认为玛梯尼是最可信赖的人。当然啦,列卡陀也会为我们做他所能做的一切,可是我认为玛梯尼的头脑比较冷静。尽管如此,你比我更了解他,由你看着办吧。"

"我毫不怀疑玛梯尼值得信赖,也不怀疑他办事干练,而且我觉得他很可能同意尽其所能给我们帮助。但是——"

牛虻立刻明白了她的意思。

"琼玛,如果一个身处困境的同志,唯恐伤害了你的感情或引起你的痛苦,没有向你请求你本来可以给予的帮助,当你发觉之后将作何感想呢?你会说那是真正出于善意吗?"

"很好,"她停了一会儿,说道,"我马上打发凯蒂请他来,我趁她不在的这一会儿,去找路易斯取护照;她曾答应过,只要我需要,随时可以借给我。钱怎么办?要不要我从银行里取一些出来?"

"不,不必在这上面浪费时间,我可以从我的存款里先支一笔,足够我们应付一阵子了。待我的存款用完,返回来用你的也不迟。那就五点半再见;那时你保准在家,是吗?"

"喔,没错儿!那时我早已回来了。"

超过约定时间半个多小时,牛虻回到琼玛家中,只见她和玛梯尼坐在露台上。他立刻看出,那两个人刚才的谈话很不愉快;他们的脸上都可见余怒未消的痕迹,玛梯尼异常沉默和忧郁。

"你一切都安排妥了吗?"她抬头问道。

"是的;我还带来一点钱,供路上使用。马已经备好了,午夜一点钟在罗索桥的栅栏外边等候。"

"一点钟不会太晚吗?你应该赶在人们清晨起床之前到达圣·罗伦梭。"

"快马加鞭,我能赶得到,我不想在别人有可能注意我的行踪的时候离开这儿。我不再回家了,门外有个暗探盯梢;他还当是我待在家里呢。"

"那你是怎么甩掉他跑出来的?"

"从厨房窗户爬出去,跳进后花园,然后翻过邻家果园的墙头;这样一来,可就耽搁了一些时间;可是我不能不避开他呀。我叫马的主人待在我的书房里,整个晚上掌着灯坐在那里。暗探只要看见窗子上的灯光和窗帷上的人影,就会心满意足了,这样就还以为我今晚是在家里写东西呢。"

"这么说来,你得在这儿一直待到去罗索桥的时候啦?"

"是的,今天晚上我不想再让街上的人看见我了。抽支雪茄吗,玛梯尼?我知道波拉夫人是不会嫌我们抽烟的。"

"我也没工夫嫌你们抽烟了,我得到楼下帮凯蒂准备晚饭啦。"

她一离开,玛梯尼便站起来,开始倒背着手踱来踱去。牛虻则坐在那儿,一边抽烟,一边默然望着窗外的濛濛细雨。

"列瓦雷士!"玛梯尼行至他跟前,突然站住,眼睛依然低垂,望着地面开口说道,"你想把她拖进什么事情里去?"

牛虻拿开嘴上叼着的雪茄,喷吐出一缕青烟。

"这是她自己的抉择,"他说,"没有任何人强迫她。"

"不错,这一点——我清楚。但是,你得告诉我——"

他停住不说了。

"凡是我能说的,我都告诉你。"

"那,好吧——山里那些事的详细情形我知之甚少——你是否要带她去参加一项非常危险的工作?"

"你要我讲实话吗?"

"是的。"

"那,好吧——是的。"

玛梯尼转过身,继续来回踱步。不一会儿,又站住了。

"我要向你提另外一个问题。你要是不愿意回答,自然不必回答;但如果回答,那就必须诚恳地回答。你是否爱上了她?"

牛虻故意弹了一下烟灰,继续默默地抽烟。

"这就是说——你不愿意回答啦?"

"非也;只是我认为我有权利知道你为什么提这个问题。"

"为什么?天哪,朋友,难道你还看不出来吗?"

"啊!"牛虻放下雪茄,眼睛一眨不眨,对着玛梯尼凝视良久。"一点不错,"他终于用温和的声音,慢言慢语说道,"我是爱上了她。可是,你不要以为我准备向她求爱,或者为此而焦虑。我只是准备去——"他的声音在一阵奇怪的、微弱的喃喃低语中消失了。

玛梯尼向他近前跨了一步。

"只是准备——去——"

"去送死。"

他那冰冷、凝滞的目光直视前方,仿佛他已经死了,及至他又重新说话的时候,他的声音听起来呆板而毫无生气。

"你千万不要事前就让她为这件事担忧,"他说,"我是一点希望也没有了。这样的工作,不管叫谁去做,都是很危险的。这一点她像我一样清楚。但是那些走私贩子会竭尽全力保护她,使她不至于被捕。虽说那些人生性有点粗鲁,但都是些好人。至于我呢,绞索早已套在脖子上,一跨过边界线,就把绳套拉紧了。"

"列瓦雷士,你这是什么意思?这种事的危险性自不待言,对你来说尤其如此。这一点我明白。可是,你是经常在边界上穿来穿去的,而且每一次都成功了呀。"

"是的。但是这一次我会失败。"

"那是为什么?你怎会知道?"

牛虻疲倦地微微一笑。

"你是否记得有那么一个德国传说,说是有个人碰见一个跟他长相一模一样的鬼魂之后就死了。不记得啦?那是在一个荒凉的地方,鬼魂半夜三更出现在他面前,绝望地绞着手指。唔,上一回进山我也碰上跟我一模一样的鬼魂。这次再度跨越边界,怕是有去无回了。"

玛梯尼走到他跟前,将一只手搭在他椅背上。

"听我说,列瓦雷士,你这一套玄之又玄的东西,我一句也听不懂。不过有一件事我是懂的:如果你有了这种预感,那就不适合去了。既然深信必然被捕,就一定会被捕。你一定是病了,或者哪里出了毛病,头脑里才会生出这样的怪念头。假使我代替你前往,怎么样?任何一种需要做的具体工作我都做得来,你不妨给你们的人送个信儿,给他们说明一下——"

"叫你替我去送死吗?这可真是个绝顶聪明的主意。"

"哦,我不见得一定是去送死呀!我跟你不一样,他们没一个人认识我。再说,即使我死了——"

他停住了。牛虻抬起头来,用探询的目光慢慢地打量他。玛梯尼的手垂在他身边。

"她很可能不像思念你那样深切地思念我,"他用平平淡淡的语气说道,"再者,列瓦雷士,这是公事,我们应当用功利主义的观点看问题——为最大多数人谋最大利益。你的'终极价值'——经济学家们不是这样说的吗?——比我的要大。虽然我不够聪明,但还能看清这一点,尽管我没有理由非要特别喜欢你不可。你是一个比我重要的人物,我不敢说你就一定比我好,但是你的确有更多的长处,你的死将比我的死带来的损失更大。"

从他讲话的神态看来,他好像是在股票交易所里讨论股市行情。牛虻抬起头来,好像被冻得浑身发抖。

"你愿让我等候我的坟墓自动打开把我吞进去吗?"

假如我必须死,我会把黑暗当作新娘——①

"你听着,玛梯尼,咱俩都在讲废话!"

"你讲的才是废话。"玛梯尼气呼呼地说。

"对,可你说的也是废话。看在上帝的分上,我们不要搞堂·卡洛斯和波莎侯爵②那一套罗曼蒂克的自我牺牲吧。现在是十九世纪了;如果死是我的本分,我就应该去尽这个本分。"

"那么,照你的意思说来,如果我的本分是苟活下去,那我就应当苟活下去啦。列瓦雷士,你可真是个幸运儿。"

"是的,"牛虻直截了当地承认,"我过去一直很幸运。"

他们默默地吸了几分钟烟,接着便开始谈起工作的详细情况。琼玛上楼来喊他们吃晚饭的时候,他们的脸色或举止都没有露出他们刚才进行了一次不同寻常的谈话。晚饭后,他们坐在一起详细研究了计划,并做了一些必要的安排。直到十一点钟,玛梯尼才站了起来,将帽子拿在手中。

"我回家取我那件骑马斗篷,列瓦雷士。我想,你穿上斗篷就不容易被人认出来,不像你这一身轻装。我还得去侦察一下,确定我们动身时附近没有暗探。"

"你打算送我到罗索桥头?"

"对,万一有人跟上你,四只眼睛总比两只眼睛保险。我十二点钟回来。千万等我回来再走。我最好带上钥匙,琼玛,免得门铃响起来把别人吵醒。"

在他伸手接过钥匙的时候,琼玛抬起头望着他的脸。她明白他找了一个借口,以便让她能和牛虻单独待一会儿。

"你我可以明天再谈,"她说,"早晨打点好行李之后,还有时间。"

"哦,当然!时间充裕得很。我还想问你两三个小问题,列瓦雷士。不过我们在去桥头的路上谈好啦。你最好打发凯蒂去睡觉,琼玛。你们两个也要轻声些。好啦,十二点再见。"

他笑吟吟的,略一点头,走了出去,随手砰的一声关住门,以便让邻居

---

① 引自莎士比亚的喜剧《一报还一报》第三幕第一场。
② 席勒悲剧《堂·卡洛斯》中的两个人物。堂·卡洛斯是西班牙王菲利浦二世的儿子,因有反政府倾向,被其父拘禁,死在狱中。波莎侯爵是堂·卡洛斯的好友,为了援救他出狱而牺牲了自己。

知道波拉夫人送客了。

琼玛到厨房向凯蒂道了晚安,回来时用托盘端来一杯不加奶的咖啡。

"你想要躺一会儿吗?"她说,"后半夜你可就睡不成了。"

"喔,亲爱的,用不着!到了罗伦梭,趁他们给我准备化装用品的时候,我还可以打个盹。"

"那就喝一杯咖啡吧。等一等,我去给你拿饼干。"

当她走到食品橱前面跪下时,他突然在她肩膀上面弯下腰来。

"你那里头都放了些什么呀?巧克力奶糖和英国太妃糖!怎么,这都是国王才配享用的奢侈品啊!"

听到他那热情的语调,她笑眯眯地抬起头来。

"你喜欢吃糖果吗?这些糖果我是给西萨尔准备着的。他呀,简直就像个小孩子,不论什么样的糖果都爱吃。"

"真、真、真的?唔,明天你得给他多买一些,这些就给我带走吧。不,我要把太妃糖装进口袋里,它会安慰我,让我想起失去的快乐生活。我真、真、真希望,上绞架的那一天,他们能给我一些太妃糖咂一咂。"

"噢,你得先让我找一个纸盒子装进去,才好往口袋里放呀。不然,黏糊糊的,粘你一身!要不要连巧克力也一齐装进去?"

"不,我现在就要吃巧克力,跟你一起吃。"

"可是我不喜欢吃巧克力呀。我要你过来,像个有理性的人那样坐下来。在你或我被杀之前,我们恐怕再也没有机会安安静静地谈一谈了,而且——"

"她不、不、不喜欢吃巧克力!"他喃喃低语道,"那我就独吞了。这多像绞刑吏在行刑前给吃的晚餐呀,是吗?看来今天晚上你是要满足一下我的怪念头了。首先,我请你坐在安乐椅上,你方才说我可以躺下,那我就躺在这儿,舒服一下了。"

他说着,在她脚边的地毯上躺下来,臂肘支在她的椅子上,抬头望着她的脸。

"你脸色多么苍白!"他说,"那是因为你把生活看得太悲惨的缘故,而且不喜欢吃巧克力——"

"你就严肃五分钟吧!这可是生死大事呀。"

"我连一分钟也严肃不起来,亲爱的。无论是生还是死,都不值得我严肃起来。"

他已经握住了她的手,正用指尖摩挲着。

"不要这样一脸的严肃相,智慧女神。你快要逼得我放声痛哭了,那样你是要难过的。我真希望你再笑一笑,你的笑靥常给人意想不到的愉快。对啦,不要骂我,亲爱的!我们一起吃饼干吧,就像两个乖孩子一样,不会为了吃多吃少而吵架——因为明天我们就要死了。"

他从盘子里拿起一块甜饼,仔细地掰作两半,并且将糖花也准确地从中间一分为二。

"这也是一种圣餐,跟那些假仁假义的人在教堂里吃的一样。'将去,食之;此乃吾之躯体。'还有,你知道,我们必须喝、喝同一只、只、只杯子里的酒——这就对啦。为了纪念——"

她放下杯子。

"别这样!"她说着,几乎抽泣起来。他仰起脸,又握住了她的手。

"别作声!让我们安安静静地待上一会儿。我们中有一个死了,另外那一个会永远记住此时此刻的情景。我们会忘记在耳畔呼号的那个喧嚣、纷扰的世界,我们会手挽手一同走去,走进死亡的神秘殿堂,躺在罂粟花丛中间。别作声!我们会非常安详。"

他将头枕在她的膝盖上,掩住了他的脸。在一片寂静中,她低头俯视着他,用手抚摩着他那一头黑发。时光就这样悄然逝去。他们没有动也没有说话。

"亲爱的,快到十二点了。"她终于说道。他仰起头。

"我们只剩下几分钟了,玛梯尼说话就要回来。也许我们将永远没有后会之期。难道你没有话要对我说吗?"

他慢慢站起,踱到房间另一端,沉默了一分钟。

"我有一件事要说,"他开始用几乎难以听得见的声音说,"有一件事——要对你说——"

他欲说又止,坐到窗前,双手掩住脸。

"时至今日,你才决定发慈悲哪!"她柔声说道。

"那是因为我一生中很少有人对我发慈悲。我以为——开始的时候——你不会在意——"

"你现在不那样想了,对吗?"

她等了一会儿,见他没有说话,便走过去,站在他身边。

"最后对我说出真情吧,"她悄声说道,"你想一想,如果你被杀死,而

我却活着——我就得回顾一生,但却永远也不知道——永远都不能肯定——"

他抓起她的手,紧紧地握着。

"如果我被杀死——你知道,在我去南美洲的时候——啊,玛梯尼来了!"

他猛然一惊,迅即甩开她,跑去打开房门。玛梯尼正在门外擦鞋垫上擦拭靴子。

"跟平常一样准时,分秒不差!你可真是个上足发条的时、时、时钟啊,玛梯尼。这就是那件斗篷?"

"是的。还有两三样别的东西。外面下着倾盆大雨,我好不容易才没让它们淋湿。我想,你骑马跑这一趟是很不舒服的。"

"哦,没关系。街上没有什么人了吧?"

"没了。看起来,暗探们都回家钻被窝了。在这样一个风雨交加的夜晚,一点都不奇怪。那是咖啡吗,琼玛?他得喝点热乎的东西才能出去淋雨,不然会受凉的。"

"那是没加奶的咖啡,很浓。我去煮点牛奶。"

她走进厨房,激动得咬紧牙关,攥紧拳头,以免失声痛哭起来。待她端着牛奶回来的时候,牛虻已经将斗篷穿在身上,正在扣上玛梯尼带来的那副皮绑腿的扣子。他站着喝了一杯咖啡,拿起那顶骑马戴的宽边帽。

"我想,我们该动身了,玛梯尼。我们必须先兜个圈子再去桥头,以防万一。我们暂时分手吧,夫人,谢谢你的礼物。如果没有意外变故,星期五我在福列等你。等一等,这、这是地址。"

他从袖珍记事簿上撕下一页,用铅笔写了几个字。

"我已经有地址了。"她以单调而平静的声音说。

"有、有了吗?唔,反正一样,这个也拿上。走吧,玛梯尼。嘘——嘘!别把门弄得吱吱响!"

他们蹑手蹑脚下了楼。待街门在他们身后关上以后,琼玛回到房里,机械地打开他塞进她手里的纸条。只见地址下面写着:

    到了那边,我会把一切都告诉你。

第二章

那天是布列西盖拉赶集的日子,乡民们从本区的大小山庄和茅舍来到这里,带着家禽和他们的乳制品,赶着一群群不太驯顺的牛。集市上人群川流不息,他们放声大笑,互相戏谑,为了买些干无花果、廉价的炊饼和葵花子而讨价还价。烈日下,棕红色皮肤的儿童赤脚趴在人行道上。他们的母亲守着一篮子一篮子的奶酪和鸡蛋坐在树下。

蒙泰尼里主教出来祝福大家"早安"了。一群闹哄哄的孩子立刻拥上去把他团团围住。他们举起大把的燕子花、猩红的罂粟花和散发着幽香的白色水仙花,希望他能接受从山坡上采来的鲜花。出于爱意,人们容忍主教大人对鲜花的喜爱,并把这看作与智者十分相称的一种小小的怪癖。如果有人不是像他那样为众人所爱戴,却在家里摆满了野花闲草,人们就会耻笑他。可是这位"有福气的主教"可以有点无伤大雅的怪癖。

"喔,玛鲁西亚,"他停下来,拍着一个小孩子的脑袋说,"自从上次见过你以后,你又长个了。你奶奶的风湿病好些吗?"

"她近来倒是好一些,主教大人,可是我妈妈病得不轻呢。"

"听你这么说,我很难过。告诉妈妈叫她改天到这儿来吧,看看吉奥丹尼医生有什么法子。我会给她找个地方住下的,换个地方兴许对她有好处。你的气色好多了,鲁吉。你的眼睛怎么样了?"

他一边往前走着,一边跟山民们聊家常。他永远记得那些孩子的姓名和年龄,记得他们以及他们父母的病痛和烦恼。他不时地停住脚步,怀着同情之心、兴趣盎然地询问圣诞节病倒的那头奶牛,或是上回赶集被车辙辘碾坏的那只布娃娃。

他回到宫殿以后,集市上的交易开始了。一个身穿蓝布衫的瘸子,乱蓬蓬的黑发直垂到眼皮上,左颊刻着一道很深的疤痕,溜达到一个小摊上。他操着蹩脚的意大利语,索要一杯柠檬汁。

"你不是本地人吧?"那个女人说,一面倒柠檬汁,一面抬头睃他一眼。

"不是。俺打科西嘉来。"

"是来找活干的?"

"对。收割干草的季节快到了,一位先生在拉文纳有个农场,那天他去了科西嘉,告诉我这里有很多活干。"

"但愿你能找到活干。可是,这一带可不太平呀。"

"科西嘉那边更糟呢,大妈。真不知道咱们穷苦人怎么活下去呀。"

"你是一个人过来的吧?"

"不,我还有个搭伴儿的;你瞧,那不是过来啦,就是那个穿红布衫的。喂,保罗!"

米歇尔听到有人叫他,便把手插进裤袋,晃晃悠悠地走过来。尽管他戴了一副红假发以防别人认出他,可他装扮得仍然很像一个科西嘉人。至于牛虻,那就是一个地道的科西嘉帮工了。

他们两人闲逛着穿过集市。米歇尔从齿缝里吹着口哨,牛虻肩上捎着一捆东西,拖着脚跟往前走着,好让别人不易察觉他的瘸腿。他们在等一个送信人,要通过那人传达一个重要命令。

"那就是麦康尼,拐角上那个骑马的。"米歇尔忽然说道。牛虻仍旧捎着那一捆东西,拖着脚跟朝骑马人走去。

"你想雇一个割草的吗,先生?"他一边说,一边摸一摸破帽子的帽檐,并用一根手指从上到下抚摩着马笼头。这是他们预先约定的暗号。骑马人看起来很像一个乡绅人家的管家,这时跳下马,将缰绳往马脖子上一搭。

"你都会干些什么活呀,汉子?"

牛虻摸弄着手中的帽子。

"我会割草,先生,还会修剪篱笆。"他开口道,并一口气接着说下去,"今晚一点钟,在那个圆洞的洞口。你必须准备好两匹快马和一辆马车。我在洞里等你——还会刨地,先生,还会——"

"得了,我只要一个割草的。你以前出来当过帮工吗?"

"当过一次,先生。注意,来的时候必须带枪,我们也许会碰上骑兵巡逻队。别走林子里那条路,另一条更安全。碰上暗探,别跟他啰唆,立刻开枪。——俺巴不得给你干活呢,先生。"

"就算是这样吧,可是我要的是有经验的割草人呢。不行,我今天没带零钱。"

一个穿得破破烂烂的叫花子,一路发出凄凉、单调的哀号,垂头弯腰蹭到他们跟前。

"看在圣母马利亚的分上,可怜可怜这个苦命的瞎子吧。——赶快离开这里;骑兵巡逻队来了。——天国最最神圣的女王,贞洁的圣母啊。——列瓦雷士,他们是来抓你的——两分钟内就要到了。——天上的圣人会补报你们的。——赶快冲出去。各路口都有暗探,想溜走是不可能了。"

麦康尼将缰绳塞进牛虻手里。

"快!跑到桥边就把马放掉,你可以藏进山洞。我们都带着武器,可以抵挡十分钟。"

"不行。我不能看着你们让人家抓住。大家集合起来,跟我一个接一个开枪。都向马匹那边移动。马就在那边,拴在宫外台阶旁边。把短刀都准备好。我们边打边退,一见我摔掉帽子,立即割断缰绳,每个人跳上最近的那匹马。这样我们就都能跑进树林了。"

他们讲话声音很低,即使离得最近的行人也想不到他们谈的不是割草,而是更危险的事情。麦康尼牵着他那匹母马的缰绳,走向拴马的地方。牛虻拖着脚跟走在他身边,那个叫花子伸出一只手,哀号叫着,尾随其后。米歇尔吹着口哨走上来,叫花子打他身边走过时对他发出警告,并把消息从容地传给坐在树下嚼大葱的三个乡下人。那三个人立刻站起来,跟在米歇尔身后。没等别人来得及注意,七个人已齐集于台阶下,每个人的手都握住藏在身上的手枪。那几匹马伸手可及。

"我不动手,你们千万不要暴露。"牛虻用温和、清晰的声音说,"他们也许认不出我们。我一开枪,你们就一个接一个射击。不要朝人开枪,要打瘸马腿——那样他们就没法追上我们。三个人射击,其余的人装子弹。要是有人挡在你和马匹中间,就杀死他。我骑那匹五花马。我一摔帽子,就各自上马。出什么事都别停下。"

"他们来了。"米歇尔说。牛虻转过身,满脸傻呵呵的诧异神气,这时集市上突然中断了交易。

十五个全副武装的士兵策马缓缓进入市场。他们很难通过那拥挤的人群,若不是广场四角布满暗探,那七个起义者完全可以趁人们注意士兵的时候,神不知鬼不觉地溜之大吉。米歇尔凑到牛虻跟前。

"不能现在溜走吗?"

"不行。我们已经被暗探包围了,其中的一个已经认出我。他刚才派人通报上尉我在什么地方。我们唯一的机会就是打断他们的马腿。"

"哪一个是暗探?"

"我先向谁开枪,谁就是。都准备好了吗?他们已经打开一条通道,要向我们冲过来了。"

"大家闪开!"上尉喊道,"我以陛下的名义命令!"

人们纷纷向后倒退,惊恐而又惶惑。士兵们立即向站在宫殿台阶下的那几个人冲去。牛虻从短外套里抽出手枪射击,但并非射向冲上来的马队,而是射向正在接近马匹的一个暗探。那人锁骨被打断,应声倒下。一枪响过,迅即六枪连发。同时起义者们沉着地靠拢拴着的马匹。

马队中的一匹马绊了一下,倒了下去。随后,另一匹马惨叫一声,也滚翻在地。惊恐万状的人们发出阵阵尖叫。这时那个指挥官已踩着马镫站立起来,在头顶上挥舞着指挥刀。他气势汹汹,高声断喝:

"跟我来,弟兄们!"

他在马鞍上摇晃了几下,向后栽去。原来牛虻已经一弹命中他。一道

小小的血流顺着上尉制服往下淌,但他紧紧抓住马鬃,奋力挣扎着坐稳了马鞍鞒,恶狠狠地喊叫着:

"活捉那个瘸腿魔鬼,不成就开枪打死他!他就是列瓦雷士!"

"再给我一支枪,快!"牛虻对他的同伴说,"你们快走!"

他一把摔掉帽子。这恰当其时,因为被激怒的士兵已将寒光闪闪的马刀逼到他面前。

"放下武器,统统放下!"

蒙泰尼里主教突然一步跨于交战双方之间,有个士兵惊叫起来:

"主教大人！我的天哪,你会被杀死的!"

蒙泰尼里却又向前跨了一步,面对牛虻的枪口。

这时起义者当中已经有五个跳上马,奔向那崎岖的街道去了。麦康尼也纵身跳上他那匹母马的马背。策马离开的当儿,他回过头来看一看他的领袖要不要帮助。那匹五花马近在牛虻身边,转瞬之间即可全部脱险。但是,就在那个穿着猩红色法衣的身影向前跨步的时候,牛虻突然犹豫了,握枪的那只手垂了下去。瞬息之间决定了一切。他立即被包围起来,并被猛然推倒在地。一个士兵挥起刀背将他手里的枪打落。麦康尼脚踩马镫猛踢马肚皮;骑兵队紧随其后,马蹄声如雷鸣,响彻山坡。此时若走不脱被他们抓住,不仅帮不上忙反而更糟。他策马飞驰的时候,回身朝赶在最前面的追兵射了最后一枪。这时他看见牛虻满脸血污,被踩在马匹、士兵和暗探脚下,并听见追捕者恶毒的咒骂,以及得意与愤怒的嗥叫。

蒙泰尼里并没注意到所发生的一切:他已然从台阶上走开,正在安抚那些恐惧万分的乡民。须臾,当他停下来俯身去看那个受伤的暗探时,人群中一阵惊恐的骚动使他抬起头来。士兵们正从广场上经过,将他们的俘虏用绳子捆住手脚在地上拖着。因为疼痛和精疲力竭,牛虻的脸色变得煞白。他气喘吁吁,样子实在可怕。但他扭过头来,苦笑着,用那煞白的嘴唇低声说:

"恭、恭、恭喜你啦,主教大人。"

五天以后,玛梯尼赶到福列。他已经从邮局收到琼玛寄来的一个印刷品包裹,这是事先约定有特别紧急情况要他去的暗号。想起露台上的谈话,他立刻猜到出了什么事。一路上他不断对自己说,没有理由设想牛虻会出岔子,如果过分重视一个神经紧张、充满怪念头的人孩子般的迷信,未免太荒谬了。然而,他越是想说服自己排除这个念头,这个念头就把他的思想抓得更紧。

"我已经猜到是怎么回事了,是列瓦雷士被捕了吧?"他一走进琼玛的房间便说道。

"他是上星期四在布列西盖拉被捕的。他曾经拼命自卫,并且打伤了骑兵巡逻队的上尉和一个暗探。"

"武力对抗。这下可糟了!"

"反正都一样。他早就是个重大嫌疑犯了,多开一枪对他的地位不会有多大影响。"

"你认为他们会怎样处置他?"

她的脸色变得比先前更为苍白。

"我认为,"她说,"我们绝不能坐等弄清他们的意图。"

"你以为我们能够营救吗?"

"我们必须营救。"

他转过身,倒背着手,吹起口哨;琼玛让他静静思考,不去干扰他。她头靠椅背,坐着一动不动,眼睛凝望窗外迷茫的远方,神色呆滞而凄恻。当她的脸上流露出这种神态时,很像杜勒尔铜版雕刻画《悲哀》中的人物。

"你跟他会过面吗?"玛梯尼本来在踱步,这时停了一会儿,问道。

"没有。他原打算第二天早晨跟我会面。"

"唔,我想起来了。现在他在哪里?"

"关在堡垒里。看守得很严,据说还戴上了镣铐。"

他做了个无所谓的手势。

"噢,那没关系。只要有一把好锉子,多少镣铐都可以锉开。只要他没有受伤——"

"他好像负了点轻伤,至于伤到什么程度我不知道。我想,你最好听米歇尔亲自讲一讲情况,被捕的时候他在场。"

"他怎么就没有被捕呢?难道他把牛虻一个人留在危险境地,自己逃跑了?"

"这不能怪他。他同其他人一样战斗到最后一分钟,然后不折不扣执行了列瓦雷士给他的命令。他们所有的人都是这样做的。在最后一刻好像忘记了命令,或者不知怎地出了差错的不是别人,而是列瓦雷士自己。有些事根本无法解释。等一等,我去叫米歇尔来。"

她走出房间,不一会儿带着米歇尔和另外一个宽肩膀的山民回来。

"这位是麦康尼,"她说,"你听说过他的名字。他也是个走私贩子。他刚到这儿,也许他能告诉我们更多一些情况。米歇尔,这位就是我对你谈起过的西萨尔·玛梯尼。请你把你亲眼目睹的情况对他讲一讲好吗?"

米歇尔简略地讲述了与骑兵巡逻队的那场遭遇战。

"我不明白那是这么搞的,"他结束时说道,"要是我们想到他会被捕,绝不会有一个人离开他。可是他的命令相当明确,谁也没想到在他摔掉帽子的时候会等着让他们围上来。那匹五花马就在他身边——我眼看着他割断了拴马索——我上马以前还递给他一只装好弹药的手枪呢。我唯一可想到的解释是,因为腿瘸,他在上马的时候失了足。可是,就算是那样,他也能开枪啊。"

"不,不是那么回事,"麦康尼插嘴说,"他没有打算上马。我是最后一个走的,因为我的母马听见枪声受了惊。我还回过头去看他是不是已经脱险来着。要不是因为那个主教,他是完全可以脱身的。"

"啊!"琼玛轻轻惊呼道;而玛梯尼同时惊异地重复说:"主教?"

"是的;他挺身上前挡住了枪口——该死的东西!我想,列瓦雷士一定大吃了一惊,因为我看见他那只拿枪的手立刻垂下,另一只手这样举起来,"麦康尼说着,将左手举起,用手背遮住眼睛,"当然,他们就朝他扑上去了。"

"我弄不明白,"米歇尔说,"在千钧一发的时刻昏了头,这不像是列瓦雷士干的事。"

"我想他之所以放低了枪口,很可能是怕误杀一个手无寸铁的人吧。"玛梯尼插进来说。米歇尔不以为然地耸一耸肩胛。

"手无寸铁的人就不该把鼻子伸进战斗中来。战争就是战争。要是列瓦雷士让一颗子弹穿透主教的胸膛,而不是让他自己像一只驯顺的兔子那样被人捉住,这样世上就会多了一个诚实的人,少了一个传教士。"

他背过脸去,狠狠咬着唇上的小胡子。他怒不可遏,眼看就要迸出眼泪来了。

"不管怎么说,"玛梯尼说道,"事已至此,用不着讨论事情发生的经过,白白浪费时间了。现在的问题是我们该怎样安排他越狱。我想你们都愿意完成这个危险的任务吧?"

米歇尔甚至不屑于回答这样一个多余的问题。那个走私贩子只是冷笑一声说:"要是我的亲兄弟不愿意干,我就杀死他。"

"那就太好啦——首先,你们有没有一张堡垒的平面图?"

琼玛打开一只抽屉,从中拿出几页图纸。

"我已经把几张平面图都画好了。这里是堡垒的底层;这里是塔楼的上下层;这里是堡垒周围防御墙的平面图。这些是通向山谷的道路,这里是山中的小路和藏身之地,以及地下通道。"

"你知道他被关在哪座塔楼上吗?"

"东边那一座,那个窗户上有铁窗棂的圆屋子。我已经在图上标出来了。"

"你是从哪里得来的情报?"

"从一个外号叫'蟋蟀'的卫兵那里。他是我们这边一个叫吉诺的人的表兄弟。"

"你出手好快呀。"

"没时间耽搁了。一出事,吉诺立刻去了布列西盖拉。另外几张图是我们原来就有的。藏身的地方是列瓦雷士列出来的,你可以看得出他的笔迹。"

"守堡垒的卫兵都是些什么人?"

"这我们还没搞清楚,蟋蟀刚到那儿不久,对其他人还不了解。"

"我们必须从吉诺那里搞清楚蟋蟀是个什么样的人。是否了解到当局的意图?列瓦雷士是可能在布列西盖拉受审呢,还是解到拉文纳?"

"这就难说了。自然,拉文纳是这个教省的首府,按照法律,凡重大案子只能在那儿由预审法庭听审。但是,在这四个教省里,法律是无足轻重的,这要取决于当权者的个人意图。"

"他们不会把他押解到拉文纳去。"米歇尔插进来说。

"你为什么这样想?"

"我可以断定。布列西盖拉城的统领菲拉里上校是列瓦雷士打伤的那个军官的亲叔叔;他是个报复心极重的野兽,决不会放过折磨仇人的机会。"

"你认为他会设法把列瓦雷士关在这里?"

"我认为他会设法把他绞死。"

玛梯尼迅速瞟了琼玛一眼。她脸色苍白,但并没有因为听了这句话而变色。显然,这种想法对她来说并不新鲜了。

"他不经过正式手续是很难做到这一点的。"琼玛平静地说,"不过他可以找个借口设立军事法庭,事后再以本城治安需要说明他做得有理。"

"可是主教会怎么样呢?难道他肯允许这种事发生?"

"他无权过问军事。"

"他是无权过问军事的,可是他有很大的势力呀。没有他的允许,统领绝不敢走这一步吧?"

"他绝对得不到允许,"麦康尼插嘴说,"蒙泰尼里一向反对军事审判这一类的办法。只要他们把他关在布列西盖拉,就不会有什么严重的事发生。主教大人一向站在犯人一边。我怕的倒是把他押解到拉文纳去。一到拉文纳,他可就完了。"

"我们决不能让他到那里去,"米歇尔说,"我们完全可以设法在路上营救他。但是从堡垒里救他出来,那可就是另外一回事了。"

"我想,"琼玛说道,"等待他被引渡拉文纳的机会,是毫无用处的。我们必须抢先在布列西盖拉动手,事不宜迟。西萨尔,你最好跟我一起把堡垒的平面图再看一遍,看看能不能想得出办法。我脑子里现在有了一个想法,但是有一个困难不能解决。"

"走吧,麦康尼,"米歇尔站起身说道,"让他们去考虑他们的计策吧。今天下午我得到福亚诺去,我想要你跟我一起去。文森卓还没有把弹药送来,他们昨天就该到了。"

那两人走后,玛梯尼走到琼玛面前,默默地伸出手。她将手放在他掌中,让他握了一会儿。

"你始终是个好朋友,西萨尔,"她终于说道,"而且在患难中能及时相救。现在我们来谈谈计划吧。"

第三章

"我再次诚恳地向您保证,主教大人,您的拒绝已经危及了本城治安。"

统领说这番话的时候,虽然尽力保持对教会高层人士应有的尊敬,他的声音却掩饰不住他的愠怒。最近他肝火特别旺盛,老婆给他欠了一大笔债,他的脾气在过去三个星期受到痛苦的磨炼。这里的老百姓桀骜不驯,图谋不轨,怨愤情绪日甚一日。本地区犹如一个马蜂窝,充斥着种种阴谋,私藏的武器多如牛毛。那支无能的守备队是否对政府忠诚,也很值得怀疑。还有这位主教大人,正如他忧心忡忡地向他的副官描述的那样,"纯粹是固执的化身"。所有这一切,已经使他濒临绝望的边缘。可是如今又来了牛虻这样一个恶魔的化身,这就更加重了他的精神负担。

那个"跛脚的西班牙恶魔"打伤了统领的侄儿和他手下最得力的暗探之后,继续施展他在集市上显示过的本领,煽动那些看守,威吓审案官吏,"把监狱变成动物园里逗熊的熊槛"。他被关进城堡才三个星期,布列西盖拉的执政者就已经为这一宗案件伤透脑筋。他们一次又一次审讯他。

为逼他招供,使出了一切威胁利诱的手段,用尽了一切想得出来的花招。但是没有丝毫用处,一切都跟他被捕的那天一模一样。他们已经开始认识到,如果当初把牛虻立即押解到拉文纳去,也许会好一些。可是现在悔之晚矣,这个错误已经来不及纠正了。因为当初统领将捕获牛虻的消息呈报罗马教皇特使的时候,曾经请求特许他亲自监督这一案件的审理。这一请求既经恩准,若再想撤回,那就非得厚着脸皮承认自己不是牛虻的对手不可了。

正如琼玛和米歇尔所预见的那样,这位统领觉得成立军事法庭才是解决困难唯一可行的办法。然而蒙泰尼里主教偏偏固执己见,不同意他的建议,这就使得他那恼怒的杯盏因这最后一滴而满溢了。

"我觉得,"他说,"如果主教大人知道我和我的助手为这犯人吃了多少苦头,或许您对这桩事的见解就不同了。您受良知的驱使反对审判程序的不当之处,对此我完全理解并表示尊重。但这是一个特殊案件,需要采取特殊手段。"

"没有哪一个案子需要不公正的手段。"蒙泰尼里回答,"如果要靠秘密军事法庭的裁决来给一个平民定罪,那么这不仅是不公正的,而且是非法的。"

"您应该知道,主教大人,这个案子性质非常严重:该犯显然犯下几条大罪。他曾参加萨维尼奥那次卑劣的暴动,要不是他逃到了塔斯加尼,当时由斯宾诺拉大人指派成立的军事委员会早就把他处决或者送去服划船的苦役了。从那时起,他从没有停止过阴谋活动。据悉,他是国内破坏性最大的一个秘密团体的骨干分子。他至少在三个秘密警察被暗杀事件中有重大嫌疑,即使不是由他唆使,也一定得到了他的默许。几乎可以说,他是在向教皇领地偷运军火的时候被当场抓获的。他以武力拒捕,致使两名执行任务的警官身负重伤。他目前直接威胁着本城的安全和秩序。肯定地说,对待这样一起案件,组织一个军事法庭是公正的。"

"不管那个人做了什么事,"蒙泰尼里回答道,"他都有权利依法受到审判。"

"正常的法律程序,迁延在所难免,主教大人,而就本案而言,每分钟都是宝贵的。其他麻烦姑且不论,我时刻担心他会越狱逃跑。"

"如果确实有这种可能,对他更严加看守可就是你的责任了。"

"我已经尽力而为了,主教大人,但是我只能依靠那些监狱看守,他们好像都被那个犯人迷住了。我三个星期更换过四次看守。我不厌其烦地惩罚那些士兵,但是毫无用处。我还是阻止不住他们来回传递信件。那些傻瓜爱上了他,倒像他是个女人似的。"

"这倒奇怪了。此人想必有什么过人之处吧。"

"的确有些常人不及的鬼把戏——请原谅,主教大人,说老实话,此人足可以考验圣人的耐性。真是难以置信,我不得不亲自主持审讯,因为别的审判官再也受不住了。"

"怎么会是这样?"

"说来一言难尽,主教大人,如果您听过他在公堂上怎样胡搅蛮缠,您自然就明白了。那样子好像审判官成了罪犯,他倒成了审判官。"

"即使他胡搅蛮缠,哪能叫你害怕成这个样子? 当然,他可以拒绝回答你的问题;但除了缄口不语,他再没有别的武器呀。"

"他有一条像剃刀一样锋利的舌头呀。我们都是些凡夫俗子,主教大人,大多数人一生中都犯过错误,他们不愿意这些东西张扬出去。此乃人之常情。如果把一个人二十年前的小过节抖搂出来,扔到他脸上,那是很难堪的呀。"

"列瓦雷士把那个审判官见不得人的事都抖搂出来了吗?"

"唔——是的,那个可怜的家伙当骑兵军官的时候欠了债,就从团队基金里借用了一小笔款子——"

"事实上是盗窃了他受托保管的公款,对吗?"

"那当然是极不应该的,主教大人。不过他的朋友很快替他还清了债,这件事被遮盖过去——他出身很好——而且从那以后他一身清白。我实在猜不出这件事情怎么就给列瓦雷士知道了。他一开始受审就提起这件丑事,而且是当着那人下属的面呢! 并且摆出一副天真无邪的样子,好像他在祈祷! 现在这件丑闻在整个教省都传遍了。如果主教大人肯在开庭的时候旁听一次,我相信你就会发现——当然不必让犯人知晓。您不妨躲在一旁——"

蒙泰尼里突然转过身注视着统领,脸上露出一副不同寻常的表情。

"我是教会的使臣,"他说,"不是警察局的探子,偷听并非我职责的一部分。"

"我不是有意冒犯尊颜——"

"我认为这个问题再讨论下去毫无益处。如果你愿意把犯人送到这儿来,我倒是可以跟他谈一谈。"

"我斗胆奉劝主教大人不要这样做。这家伙怙恶不悛。应该不要拘泥于法律规定,立即处死他,免得他再犯罪。这个办法既安全,又明智。虽然刚才主教大人已经吩咐过了,我仍要斗胆恳请您接受这个建议。因为本城的治安毕竟是由我向教皇特使负责——"

"可是我,"蒙泰尼里打断他的话说,"也要向上帝和教皇陛下负责,不准许在我的教区里有任何不光明正大的行为。既然你逼着我在这件事上表明态度,上校,我就要以主教的名义行使我的特权了。我不允许和平时期在本城设立秘密军事法庭。明天上午十点,我要在这儿接见那个犯人,单独接见他。"

"悉听尊便,主教大人,"统领悻悻地毕恭毕敬回答了一声,扭头便走,口中一面咕哝着,"他们简直是一对,一样固执。"

他没对任何人提及红衣主教要接见犯人的事,直到解往宫殿之前,才给犯人砸开镣铐。他对受伤的侄子说,光有这头贝拉姆的驴子①的杰出子孙独断专行,就使人够受了,可现在还要冒那些士兵跟列瓦雷士及其党羽串通一气把他放跑的危险。

当牛虻被全副武装的士兵押解着走进屋里的时候,只见蒙泰尼里正坐在一张铺满文件的桌旁奋笔疾书。一段往事忽然浮现于牛虻的脑际:那是一个燠热的夏日午后,他坐在一个与此相似的书房里翻阅布道文稿。当时也像现在这样,为了阻挡外面的热气,百叶窗板都关闭了,一个水果小贩在外面喊着:"卖草莓喽!卖草莓喽!"

他怒冲冲将头一甩,遮在眼前的头发被甩到脑后,嘴唇紧闭,憋出一丝笑意。

蒙泰尼里从那一堆文件上抬起头来。

"你们可以去门厅侍候。"他向押解的士兵说。

"请主教大人原谅,"带队的军曹显然着了慌,低声下气地说道,"上校觉得这个犯人很危险,最好是——"

蒙泰尼里的眼睛里突然闪过一道光芒。

---

① 贝拉姆的驴子:出自《圣经》故事,贝拉姆是一位先知,他因诅咒以色列人,被他所骑的驴子用人语叱骂。这里是统领借此故事辱骂主教是一个固执的人。

"你们可以去门厅侍候。"他平静地重复道,军曹满脸惶恐之色,敬了一个军礼,痴痴地告了罪,带领手下人离开房间。

"请坐。"房门闭住以后,主教说道。牛虻默默地坐下。

"列瓦雷士先生,"停了一会儿,蒙泰尼里开始说,"我想向你提几个问题,如果你肯回答,我将感激不尽。"

牛虻笑一笑:"我目、目、目前的主、主要营生就是接受别人提问。"

"那么——不作回答吗?我倒是听人这样说过;不过那些问题都是调查你的案件的官员提出来的,他们的责任是根据你的回答依法定罪。"

"那么主教大人的问、问题呢?"他的言辞本已锋芒毕露,声调中更隐藏着一种侮辱。主教立即心领神会,但丝毫未改其脸上严肃而和蔼的表情。

"我的问题嘛,"他说,"无论你肯不肯回答,都只有你知我知。如果这些问题涉及你的政治秘密,你当然不必回答。至于其他问题,虽然我们素昧平生,但我希望你能赏我一点面子,肯于赐教。"

"那就只、只、只好遵从主教大人之命了。"他说着,略一躬身,施了一礼,脸上那副表情足以使最贪得无厌的人见了也没勇气提出过奢的要求。

"那么,首先,据说你偷运军火进入本区。你要拿这些东西干什么?"

"杀、杀、杀老鼠。"

"这个回答太可怕了。在你看来,如果你的同胞与你的见解不同,他们便都是老鼠吗?"

"其中有一、一些人是。"

蒙泰尼里仰靠到椅背上,默默地望了他片刻。

"你的手怎么啦?"他突然问道。

牛虻瞅了一眼自己的左手:"这是给几只老鼠咬的旧伤、伤、伤痕。"

"对不起,我说的是另一只手。那只手上是新伤。"

那只瘦长而灵活的右手被割破和擦伤,伤得很厉害。牛虻将那只手举起来,只见手腕子肿得很粗,还横着一道又深又长的青黑色血痕。

"你瞧,这不过是点小、小、小意思罢了,"他说,"那天我被捕的时候——这该感谢主教大人,"——他说着又微微鞠了一躬——"一个士兵踩了上去。"

蒙泰尼里抓起那只手来仔细察看着:"这事过去三个星期了,怎么现在还是这样子?全都发炎了。"

"那大概是镣铐的压、压、压力带来的好处吧。"

主教双眉紧锁,抬起头来。

"他们在新伤口上加镣铐吗?"

"那是自、自、自然啦,主教大人。这就是新伤创口的用处。旧伤口没有用。旧伤只能作痛,但不、不、不能让你疼得火烧火燎。"

蒙泰尼里又对他仔细端详了一会儿,然后站起身,打开一只盛满外科医疗用品的抽屉。

"把手伸给我。"他说。

牛虻板着扁铁块一般的面孔,伸出手来,蒙泰尼里在给他清洗过受伤部位以后,轻轻敷上绷带。显然他做这样的工作驾轻就熟。

"我是要给他们谈一谈镣铐的事的,"他说,"不过,现在我想问你第二个问题:你打算怎么办?"

"这、这、这个问题回答起来很简单,主教大人。逃得了就逃,逃不了就死。"

"为什么要'死'呢?"

"因为如果统领无法枪毙我,我就会被送去服划船苦役。对我来说,那结、结、结果一样。我这身体,熬不过去。"

蒙泰尼里将胳膊置于桌子上,陷入沉思。牛虻不去打扰他。他背靠椅背,半闭着眼睛,懒洋洋地享受除掉镣铐以后肉体的舒适感觉。

"假定说,"蒙泰尼里又开始说道,"你逃得出去,你今后打算怎样生活呢?"

"我已经禀告过主教大人了,我要杀、杀、杀老鼠。"

"你要杀老鼠!那就是说,假使我现在让你从这儿逃走——假设我有权这样做的话——你就会利用你的自由去制造暴力和流血,而不是防止它们?"

牛虻抬起眼睛望着墙上的十字架。

"'不是和平,而是宝剑'[①]——至、至少我应该跟善良的人们在一起。虽然就我而言,我更喜欢手枪。"

"列瓦雷士先生,"蒙泰尼里仍泰然自若地说,"到目前为止,我不曾对

---

① 此语引自《圣经》。耶稣有一次对使徒们说:"你们不要以为我带着和平来到世上;我带来的不是和平,而是剑。"

你出言不逊,也不曾侮慢你的信仰或朋友。我是否可以从你那方面得到同样的礼遇,抑或你希望我做这样的设想:一个无神论者不可能是一位谦谦君子?"

"啊,我差点儿忘了。主教大人在基督教的美德中最看重礼貌。我还记得你在佛罗伦萨布道的事,那时候我正跟你那位匿名的辩护士论战呢。"

"这正是我希望能同你交谈的一个话题。你好像对我怀有一种特殊的仇怨,你能否向我解释一下这是为什么?倘若仅仅是选中我当作方便的靶子,那就另当别论。你的政治论争采取什么方式,那是你自己的事,而且我们现在也不是在讨论政治。但那时候我觉得,你对我个人怀有敌意,如果是这样,我乐于向你请教,我是否做过什么对不起你的事,或者有哪方面的原因足以使你对我产生这样的感情。"

是否做过对不起他的事!牛虻抬起那只缠着绷带的手,顶住喉咙。

"我必须向主教大人引述莎士比亚的话,"他格格笑了一声说,"'就像那人一样,无法忍受一只无害且必需的小猫。'①我厌恶传教士。一看见法衣我的牙、牙、牙齿就痛。"

"噢,如果这是唯一的原因——"蒙泰尼里做了一个不以为意的手势,将这个问题岔开。"即使如此,"他补充说,"谩骂是一回事,歪曲事实则是另外一回事。当时你在回应我那次布道的那篇文章里宣称我知道那位匿名作者是谁,那是你错了——我并非指责你故意造谣——你说的不是事实。因为直到今天我还不知道那位作者的姓名。"

牛虻像一只懂事的知更鸟那样,将头歪到一边,一本正经地注视了他一会儿,然后突然向后一仰,放声大笑。

"多、多、多么圣洁啊!噢,你们这些可爱的、天真的埃尔卡第仙境里的人哪——你们没有猜到!你们从未发现过魔鬼的足迹?"

蒙泰尼里站起来:"那么,列瓦雷士先生,我是不是应该理解为论战双方的文章都出自你一人之手呢?"

"我知道,那样做是不光彩的,"牛虻抬起头,睁大一对碧蓝的眼睛,带着天真无邪的神气回答,"可是你把那一切都囫囵个儿地吞、吞、吞下肚了,就好像那是一只牡蛎似的。那是很不应该的,可是,噢,那又是多、多、

---

① 典出莎士比亚《威尼斯商人》。

多有趣啊!"

蒙泰尼里咬着嘴唇重新坐下。从一开始他就看出牛虻想要激怒他,所以他打定主意无论发生什么事都不动怒;然而他现在开始明白,统领之所以暴跳如雷不是没有道理的。一个人在过去三个星期里天天要花费两个钟头审问这位牛虻先生,偶尔咒骂几句,也是可以谅解的。

"我们可以丢开这个话题,"他平心静气地说,"我想要见你的主要目的是:我身处红衣主教地位,如果肯在如何处置你的问题上行使我的特权,说话还是有些分量的。但是我的特权的唯一用途是干涉他们对你使用暴力。为了阻止你对别人使用暴力,对你使用暴力是不必要的。因此,我派人把你带到这儿,一来,是想问一问你有没有冤情要陈诉——关于镣铐的事我会去查问,可是也许还有别的什么问题。二来,我觉得,在我提出我的意见之前,应该先亲眼看一看你到底是怎样的一个人。"

"我没有什么冤情需要陈诉,主教大人。两军交战,必须遵守战争规则。我不是小学生,因而也不指望哪个政府因为我偷运军火进入他的领地而拍拍我的头顶。他们处心积虑对我进行报复,那是理所当然的。至于要问我是怎样的一个人,你不是曾听过一次我的罗曼蒂克的忏悔吗?那还不够吗?还要我再重演一遍吗?"

"我不明白你的意思,"蒙泰尼里突然说道,并拿起一支铅笔,用手指搓着。

"主教大人一定没有忘记那个叫狄雅各的老香客吧?"他突然改变了他的声音,用狄雅各的腔调说,"我是一个可怜的罪人——"

蒙泰尼里手中的铅笔啪的一声折断。"这太过分了!"他说。

牛虻轻轻笑了一声,头向后仰靠到椅背上,坐在那里看着蒙泰尼里在房间里默默地走来走去。

"列瓦雷士先生,"蒙泰尼里终于在他面前站住,说道,"你对我做了任何一个由女人生养的人对他不共戴天的仇敌都未必忍心做的事情。你窥探了我个人的隐私,拿一个同胞的愁苦来嘲笑和戏谑。我再一次请求你告诉我,我可曾做过什么对不起你的事?如果没有,你为什么要对我玩弄这一套残酷的恶作剧呢?"

牛虻向后靠到椅垫上去,然后抬起头来,带着神秘、令人不寒而栗和高深莫测的微笑望着他。

"我觉得很好、好、好玩,主教大人。你对这事这么在乎。这让我想起——有点像、像、像一场杂耍表演——"

蒙泰尼里连嘴唇都气得煞白,急忙转身拉响了铃。

"你们可以把犯人押走了。"他等卫兵进来的时候说。

他们走后,他在桌旁坐下来,依然因为从来未有过的震怒而浑身颤抖,顺手拿起一叠各小教区教士送来的报告。

但他随即又将那些报告推开,俯伏在桌子上,双手掩面。牛虻似乎留下了一个可怕的阴影,一个要继续在房间里作祟的幽灵。蒙泰尼里坐在那里,颤抖着,蜷缩着,不敢抬头,唯恐看见在他面前的那个幻影,虽然明知它并不存在。那个幽灵不过是他的一种幻觉罢了,仅仅是因为神经过度紧张而产生的幻觉。但是他被一种莫可名状的恐惧攫住,畏惧面前那个阴影——那只受伤的手,那微笑着的残酷的嘴唇,那对神秘的、像深不可测的海水一样的眼睛——

他终于甩掉了那个幻觉,开始埋头工作。整整一天他几乎一刻不闲,那个幻影也没来打扰他;但是他深夜走进卧室的时候,心里猛然一震,不由得在门槛上停住了脚步。要是在梦中看见他怎么办?但他立刻就恢复了镇定,在十字架前跪下来祈祷。

但是,直到天亮他都未能成眠。

第四章

蒙泰尼里的愤怒并没有使他忽视自己的诺言。他对给牛虻上镣铐的做法提出强烈抗议,那个倒霉的统领此时已无计可施,只得在绝望之中,不顾一切将牛虻戴的镣铐统统打开。"天晓得下一步主教大人又会提出什么抗议?"他对着他的副官抱怨说,"如果一副简单的手铐他也说成是'残酷',那么他马上就会大叫大嚷,斥责我们在囚室窗户上装了铁栅栏,或者甚至要求我拿牡蛎和蘑菇款待列瓦雷士了。我年轻的那会儿,犯人就是犯人,就得当犯人对待,谁也不会把造反作乱的人比小偷高看一等。如今造反成了时髦,主教大人倒好像有意鼓励国内所有的匪徒呢。"

"我弄不懂他究竟凭什么干涉我们的事,"那位副官说,"他不是教廷的使节,也没有权力干预民政和军事。按照法律——"

"谈法律有什么用?自从圣父打开监狱大门,放出那批讲自由的恶徒跟我们作对,你还能指望谁来尊重法律呀!简直是胡闹!蒙泰尼里主教当然要摆摆架子,前任教皇在位的时候他无声无息,可是现在神气起来。他一下子变成教皇的红人,可以为所欲为了。我怎好跟他作对呢?说不定他有从梵蒂冈那边来的密旨呢。现在一切都弄颠倒了,你今天说不准明天会发生什么事。从前太平年间,你还知道该做什么,而如今——"

统领不胜感慨地摇摇头。如今,连当主教的都不惮其烦过问起狱政琐事,大谈起政治犯的"权利"来了,这样一个世界在他看来变得实在太复杂了。

至于牛虻,他是在一种近于歇斯底里的精神亢奋状态下回到城堡里的。同蒙泰尼里的会面使他几乎受不了。他说的最后一句关于杂耍的粗鲁话,只是在极度绝望中不得已出口的,无非想要立即斩断那场会晤,因为若再持续五分钟,他恐怕就要声泪俱下了。

那天下午提审他的时候,他对向他提出的每一个问题只是报以阵阵痉挛似的狂笑,见那位统领气急败坏,大发雷霆,破口大骂,他反而越发笑得厉害。那不幸的统领气得七窍生烟,暴跳如雷,威胁要对这个倔强的犯人动用各种酷刑。但是最后也像詹姆斯·伯登多年前那样得出一个结论:跟这样一个失去理性的人争论,只是白费口舌,徒伤肝火。

牛虻又被押回牢房,带着每逢狂笑之后便接踵而至的那种阴郁、绝望的消沉情绪,在草垫上躺下。一直躺到黄昏,一动不动,甚至没有思想。经过早晨那阵激烈的感情波动,他进入一种奇怪的、半麻木的状态,在这一状态下,他自己的痛苦对他来说只不过是一个迟钝的、机械的重负压在一块木头上,而那块木头忘却了自己是一个有灵魂的活人。其实,这一切的结局如何,都已经无关紧要了。对任何一个有知觉的生物而言,最要紧的是解脱眼前难以忍受的苦痛,至于这种解脱是来自境遇的改变,抑或是来自感觉的消失,那是个无足轻重的问题。也许他会越狱成功;也许他们会杀害他,在任何情况下,他都再也见不到他的神甫了,因而这一切都是精神的虚幻和烦恼。

一个看守端来晚饭,牛虻抬起沉重的眼皮,不以为意地看了一眼。

"现在什么时候了?"

"六点。你的晚饭,先生。"

他皱着眉头瞥了一眼那发了霉、有馊味、半冷的东西,掉转了头。他觉得身体不适,精神委靡,一见那食物就要呕吐。

"不吃东西是要生病的,"那看守急切地说道,"好歹吃点面包吧;对你有好处。"

那人用一种异乎寻常的恳切语调说着,从盘子里拿起一块沾湿的面包,接着又放回盘子里。牛虻那份秘密工作者的机警全部苏醒了,他立刻猜到面包里一定藏着什么。

"你就放在那儿吧,等一会儿我吃上一点儿。"他漫不经心地说。牢门是开着的,他知道站在楼梯上的军曹听得见他们所说的每一句话。

牢门锁上以后,他确信无人从监视孔窥探,这才抓起那块面包,掰成碎块。果如他所料,面包中间藏有夹带———一包小锉刀,用一张纸包着,纸上写着几行字。他细心地将纸抹平,拿到难得的一点亮光下。字又密,纸又薄,很难辨认:

门已打开,没有月光。锉得越快越好,两点到三点之间从甬道里出来。我们一切都准备好,以后怕没机会了。

他激动地将纸片在手中揉碎。这么说来,一切准备工作都已做好,他只需锉断窗上的铁栏杆。镣铐已经卸下来,多幸运啊!他不必费工夫锉镣铐了。铁栏杆共有几根?两根,四根。每根都得锉两处,等于八根。哦,要是动作利索,大半夜工夫是锉得完的——琼玛和玛梯尼怎么准备得这么快——包括伪装、护照和藏身之地?他们一定忙得马不停蹄——到底还是采用了她的计划。他不禁失笑,觉得自己有点犯傻,既然那是一个好计划,倒好像是不是由她制订的也大有关系似的!尽管如此,他仍情不自禁,由衷地感到高兴,因为让他利用那条地下通道越狱的主意是她想出来的。而按照走私贩子们最初的建议,是要他用绳索从墙上缒下去的。她的计划更复杂,更困难,但这样就不会危及东墙外面哨兵的性命了。因此,当那两个计划摆在他面前的时候,他曾毫不犹豫地选择了琼玛那一个。

他们做了这样的安排:那个外号叫"蟋蟀"的看守朋友必须抓住时机,瞒过他的伙伴,打开围墙下面从院子通向地道的铁门,然后将钥匙挂回卫兵室的钉子上。牛虻一接到消息就要锉断窗上的栏杆,把衬衣撕作布条结成绳子,然后抓住绳子缒到院子里宽阔的东墙上。趁哨兵面朝相反方向的时候,沿墙匍匐爬行,如果哨兵转过身来,就得紧贴墙头趴着不动。东南角上有一个坍塌了一半的小塔楼。小塔楼靠一丛浓密的常春藤勉强支撑着;但好多大石块坍落,滚进院子,堆在墙根。他可以攀着葛藤,踏着石堆,从塔楼爬进院子；然后轻轻打开没有上锁的铁门，沿着甬道进入一条与其相通的地道。几个世纪前，这个地道是从城堡通向邻近小山上一座塔楼的秘密通道；现在已完全废弃，而且多处被坍塌下来的石头堵塞了。除了走私贩子，没人知道山坡上有一个掩蔽得十分隐秘的洞穴，是他们掘开洞穴，使它跟地道连接一起的；也从来没人怀疑就在城堡墙底下违禁货物可以存放数个星期之久，害得海关官员到敢怒而不敢言的山民家里搜查，白费工夫。牛虻须从这个洞口爬上山坡，摸着黑爬到一个隐僻的地方，玛梯尼和另外一个走私贩子在那儿等他。这个计划的最大困难是，要在夜间巡逻队过去以后寻找开锁的机会，而这种机会不是天天都有的。如果天晴月朗，从窗子上缒下来必然会被哨兵发觉，因而要冒很大危险。现在既然有了这么好的一个成功机会，那就绝不可错过。

他坐下来，开始吃一点面包。至少面包不像牢房里的其他食物，让他一见就恶心。何况他也得吃点东西，增加点气力。

他最好躺上一会儿，尽量睡上一会儿。十点钟之前就动手锉可不安全，何况他得苦干一夜呢。

看起来，神甫是有意放他逃走！这倒像神甫的为人。但是就他而言，他永远不会同意那样做。那绝对不行！如果他逃得出去，那也是靠他自己，靠他的同志们。他不会接受教士们的恩惠。

好热啊！空气窒闷得令人透不过气来，肯定是要打雷了。他躺在草荐上辗转反侧，忽而将缠绷带的那只手枕在头下，忽而又从头底下抽出来。那只手疼痛、颤抖得那么厉害；所有的旧伤疤都开始隐隐作痛。它们是怎么啦？噢，真荒唐！这不过是雷暴天气作怪罢了。他得睡上一会儿，休息一下，才好动手。

八根铁棂，根根都是那样粗，那样坚硬！还剩下多少根没有锉？肯定没几根了。他一定锉了好几个钟头了——无数个钟头了——是的，当然，所以他的胳膊才会疼得这样厉害——一直痛彻骨髓！但是，他的肋骨也痛得这样厉害，不见得也是锉出来的吧，还有那只瘸腿上针刺火燎一般的疼痛——难道也是锉得太劳累的结果？

他猛然惊醒。不，他没有睡着；他是在睁着眼睛做梦——梦见在锉铁栏杆，其实一根也没有开始锉。窗上的铁栏杆依然一根根立在那儿，碰也没碰过，依旧是那么粗，那么坚硬。远处钟楼上的报时钟敲了十下。他必须动手了。

他透过监视孔向外张望,见没有人监视,便从怀里掏出一把锉刀。

不,他没出什么岔子——什么事也没有!这一切都是幻觉。肋骨间的疼痛乃是消化不良,或者是受了风寒,或者是其他诸如此类的原因。牢房的饮食和空气如此恶劣,在此间过上三个星期之后,出现这种情况不足为怪。至于浑身疼痛和颤抖,一部分是神经作怪,一部分是缺乏运动。对了,就是这个道理,毫无疑问,缺乏运动。多荒唐啊,以前怎么就没想到这个!

当然,他得坐一会儿,待这一阵疼痛过去以后才能动手。一两分钟后肯定会过去的。

坐着不动比什么都难受。他坐着不动的时候,受着疼痛的熬煎,他的脸色因恐惧而变成灰色。不行,他必须站起来开始工作,摆脱掉疼痛。感觉疼痛与否是由他的意志来决定的,现在他不要感觉到疼痛,要把它顶回去。

他又站立起来,大声地、清清楚楚地对自己说:
"我没病;我没工夫生病。我必须锉断那些铁栏杆,我不会生病。"
说罢,他便动手锉起来。

十点一刻——十点半——十点三刻——他锉呀,锉呀,那铁栏杆上每响一下金属磨砺的声音,都好似有人在锉他的骨头和神经。"真不知道哪个先给锉断,"他笑着自言自语,"是我呢,还是铁栏杆?"然后,咬紧牙关继续锉起来。十一点半了。他还在那儿锉着,虽然手已经僵硬,肿了起来,几乎握不住锉刀了。不,他不敢停歇;只怕一旦把那件可怕的工作中断,便再也没有勇气重新开始。

哨兵在门外走动,马枪枪托在楣石上碰了一下。牛虻赶紧停住,向四外张望,举起的手中还握着那柄锉刀。他被发觉了吗?

一颗小弹子从监视孔外弹进来,滚落地板上。他放下锉刀,弯腰捡起那个圆圆的东西。原来是一个小小的纸团。

沉下去,一直沉下去,黑色的波涛席卷而来,冲击着他——那波涛发出怎样的吼叫啊!

噢,是的!他不过是在弯腰捡那个纸团罢了。他有点头晕目眩;很多人弯腰的时候都有这种感觉。他没事——什么事也没有。

他捡起那个纸团,拿到亮光下,不慌不忙地把它展开。

无论如何,今晚必须出来;明天蟋蟀调往他处。这是唯一的机会。

他照处理前一张纸条的办法,撕碎那个纸团。然后拿起锉刀,继续顽强地、闷声不响地拼命工作。

一点钟了。他已经锉了整整三个小时,八根铁栏杆已经锉断了六根。再锉断两根就能爬出去——

他想起前几次他这可怕的病症发作的情景。上次发作是在过新年的那一天;他想起那五个可怕的晚上,不由得打了个寒战。但是那一次来得并没有这样突兀,他怎么也想不到这次会来得这样猝不及防。

他扔掉了锉刀,茫然伸出双手,在极度绝望中开始祈祷。这是他成为一个无神论者以来第一次祈祷。向着任何东西——向着虚无——向着一切东西祈祷。

"不要在今夜!哦,让我明天再病吧!明天我愿意忍受一切痛苦——只是不要在今夜!"

他两手按住太阳穴,默默伫立了一会儿,然后再一次拿起锉刀,再一次恢复工作。

一点半了。他开始锉那最后一根铁栏杆。他把衬衫袖管撕成了烂布片;嘴唇上沾满鲜血,眼前一片红雾,颗颗汗珠从额头上滚下,他依然锉呀,锉呀,锉个不停……

太阳升起以后,蒙泰尼里睡着了。昨夜的忐忑不安和烦恼折磨得他精疲力竭,他静静地睡了片刻,便开始做梦。

起初,他的梦境扑朔迷离,纷乱无绪,支离破碎的形象和幻影接踵而来,飘忽不定,不相连贯,但都同样带着隐隐的挣扎和痛苦的意味,同样笼罩着莫可名状的可怕阴影。不一会儿,他开始做起失眠的梦;那是他所熟悉的旧梦境,过去几年里曾一直是他所畏惧的。而现在,他即使在梦中也认得出,这一切都是他从前经历过的。

他在一片荒漠的原野上徘徊,试图寻找一处安静的地方躺下来小憩片刻。但到处都有人来来往往,谈话声,哗笑声,喊叫声,祈祷声,敲钟声和铁器撞击声不绝于耳。有时,他避开喧嚣,远离人群,或躺在一片草地上,或躺在木制长椅上,或躺在一块条石上。他闭起眼睛,并用两手遮住,以阻挡亮光。他口中喃喃自语:"这一回我可要睡觉了。"然而,人群立刻蜂拥而至,呼叫着,呐喊着,呼唤着他的名字,向他祈求:"醒来吧!快快醒来,我们需要您!"

他又回到一座巨大的宫殿里,屋宇俨然,陈设华丽,床、榻、低矮柔软的沙发,样样齐备。那是晚上,他对自己说:"我终于在这儿找到一个可以睡觉的安静地方了。"然而,当他挑选了一个黑暗的房间躺下来的时候,有人端着一盏灯走进来,把无情的灯光照在他眼睛上,并说道:"起来,有人找您。"

他爬起来,如同一只伤势严重得快要死去的野兽,趔趔趄趄,跌跌撞撞,往前走去。他听见钟敲一点,知道夜晚已经过去了一半——宝贵的夜晚这样短促。两点,三点,四点,五点——到六点钟,全城的人都要醒来,他便再也不得安宁了。

他走进另外一个房间,打算在一张床上躺下来,但是一个人忽然从枕头上惊起,喊道:

"这张床是我的!"他只得灰溜溜地躲出去。

时钟一小时接一小时地敲下去,而他仍在游荡着,从一个房间到另一个房间,从一座房子到另一座房子,从一间游廊到另一间游廊。可怕的、灰蒙蒙的晨曦越爬越近,时钟敲了五下,黑夜过去了,他还没能够安歇。噢,好苦啊!又是一天——又是一天哪!

他在一个长长的地下走廊上,低矮的拱顶通道好像没有尽头。走廊里点燃着耀眼的风灯和蜡烛,透过木格子搭成的拱顶,传来跳舞、哗笑声和欢快的音乐声。在那上面,在头顶上,在那群活人住的世界里,一定是在欢庆什么佳节。噢,找一个藏身和睡眠的地方;找一片咫尺之地,哪怕是一座坟墓也成!他正自言自语,突然绊倒在一座张开口的坟墓上。一座张开口的坟墓,散发着死尸和腐物的气味——啊,那又有何妨,只要能够睡觉就行!

"这座坟墓是我的!"那是格拉迪斯在说话,她抬起头来,从腐烂的尸衣上对他瞪目而视。于是他双膝跪下,向她伸出两只手。

"格拉迪斯!格拉迪斯!可怜可怜我吧,让我爬进这逼仄的空间睡上一觉吧。我不求你同我做爱,我碰也不碰你一下,也不同你讲话,只要允许我在你身边躺下来睡觉就行!噢,亲爱的,我多时没有睡过觉了!我实在熬不过去了。刺眼的亮光直照我的灵魂,喧闹的声音把我的脑子打得粉碎。格拉迪斯,让我进去睡觉吧!"

他几乎要把她的尸衣拽过来遮住自己的眼睛了。但是她连忙退缩,同时尖叫着:

"这是亵渎神圣;你是一个教士啊!"

他继续游荡,走呀,走呀,终于走到了海边,站到光秃秃的岩石上,强烈的光芒射向岩石,海水激荡着,发出低沉的、永恒的哀号。

"啊!"他说,"大海一定会发点慈悲的,它也疲倦得要死,不能睡觉呢。"

这时亚瑟从大海里升起来,大喝一声:

"大海是我的!"

"主教大人！主教大人！"

蒙泰尼里惊醒了。他的仆人正敲他的房门。他机械地爬起来，将门打开，那个仆人一眼就看见他脸上茫然和惊恐的神色。

"主教大人——您病了吗？"

他用两只手擦着额头。

"没有病，我正睡觉，是你把我惊醒了。"

"我很抱歉，我好像听见您一大早就起来的，所以我以为——"

"天不早了吗？"

"已经九点啦，统领看您来了，说是有要紧的事，知道主教大人习惯于早起——"

"他还在楼下吗？我马上就来。"

他穿好衣服，下了楼。

"此时贸然拜访主教大人，未免不恭。"统领一见面便说。

"不会是发生了什么严重事故吧？"

"正是发生了非常严重的事故呢。列瓦雷士险些儿逃走。"

"唔，只要他没逃得了，就不妨事。到底是怎么回事？"

"他是在城堡院子里的那道铁门边上被发现的。今晨三点，巡逻的哨兵走进院子里的时候，一个人被地上的什么东西绊了一下，取来灯火一照，发现是列瓦雷士横躺在路上，失去知觉。他们立刻发出警报，并且把我也叫醒了。我去查看他的牢房的时候，只见所有的窗栅都锉断了，一根断窗棂上吊着一条用衣服撕成布条拧成的绳子。他是从窗子上缒下去，然后沿着墙爬走的。那扇铁门是通向地道的，我们发现门没有上锁。看起来，那些哨兵是被他们买通了。"

"可是，他躺在路上，那又是怎么回事呢？是他从围墙上掉下来摔伤了？"

"起初我也这么想，主教大人，但是狱医丝毫查不出摔伤的痕迹。昨天值班的卫兵说，他送晚饭的时候看见列瓦雷士像生了重病的样子，晚饭一点也没吃。这话一定是信口胡说，一个病人怎么能够锉得断那些铁栏杆，并且打墙头上爬走呢。这令人难以置信。"

"他自己没有供出点儿实情吗？"

"他现在还昏迷不醒，主教大人。"

"还没苏醒过来？"

"他有时候似醒非醒地哼一声,然后又昏厥过去。"

"这可就奇怪了。医生怎么说?"

"他也说不出个道理来。如果说是心脏疾病,又找不出症状。不管是什么缘故,反正是在他眼看就要逃脱的时候,有什么事突然发生了。依我看,这是仁慈的上帝直接干涉给他的打击。"

蒙泰尼里微微皱起眉头。

"你打算怎样处置他?"他问道。

"我在一两天里就可以把这个问题决定下来。在这段时间里,我可接受了一个很好的教训。那就是给他取下镣铐产生了什么后果——这都是遵从主教大人的吩咐干的。"

"我希望,"蒙泰尼里打断他的话,"你至少在他病得不省人事的时候不会给他重新加上镣铐吧。一个人处在像你说的那样情况下,几乎不再可能设法逃跑了。"

"即便他不逃跑,我也要多加小心呢。"统领一边往外走,一边嘟哝着说。

"主教大人尽管可以婆婆妈妈地唠叨,我可不听那一套。反正列瓦雷士已经给锁得结结实实。他病也罢,不病也罢,都得一直这样锁下去。"

"怎么能发生这种事? 一切都准备妥当了,可是在最后一分钟晕倒了,而且已经到了门口! 这真像是开了一个可怕的玩笑。"

"听我告诉你吧,"玛梯尼回答,"我所能想到的唯一解释是,他的旧病突然复发了,尽管他使出了最后一点力气拼命地挣扎着,爬进了院子里,但终因精力消耗殆尽,昏了过去。"

麦康尼暴躁地磕掉烟斗里的烟灰。

"唉,不管怎么说,这就算完了,我们再也没法儿救他了,可怜的人哪。"

"可怜的人哪!"玛梯尼低声回应道。他开始意识到,若是没有了牛虻,连他自己也会觉得这个世界太空虚,太凄惨。

"她是怎么想的呢?"那个走私贩子朝房间的另一头瞟了一眼,问道。琼玛独自坐在那边,两手懒散地置于膝头,目光茫然直视前方。

"我还没问过她呢,自从我给她带来这个消息,她一直没开过口。我们暂时还是以不去打扰她为好。"

看她那样子,显然并没察觉房里还有另外两个人,但他们讲话的时候依然将声音压得很低,仿佛他们面对着一具死尸似的。一阵难堪的沉寂过后,麦康尼站起身,收拾起烟斗。

"我晚上再来吧。"他说。但玛梯尼做了个手势阻拦住他。

"你不要走,我还有话对你说。"他将声音压得更低,几乎耳语似的继续说,"你真的相信毫无希望了吗?"

"眼下我看不出还有什么希望。再组织一次越狱是不可能的。即便他身体好转,能做他自己该做的那一份儿,我们也不可能做我们的那一份儿啦。卫兵们因为涉嫌,正在撤换。可以肯定,蟋蟀也绝对没有机会可乘了。"

"你不认为,"玛梯尼突然问道,"等他身体复原以后,要是能把卫兵引开,也许还可以大干一场?"

"把卫兵引开?你这话什么意思?"

"唔,我刚才忽然想到,基督圣体节那天,游行队伍打城堡门前经过的时候,如果我拦住统领的去路,对着他脸上开枪,所有的卫兵就会立刻冲上来抓我。你们当中的几个人也许能趁着一片混乱把列瓦雷士救出来。这几乎算不得是一个计划,只是我脑子里闪过的一个念头罢了。"

"我怀疑这事能不能办得到。"麦康尼板着面孔说,"当然啦,要想有点什么结果,那可得好好考虑一下。话说回来,"——他停了一下,看看玛梯尼——"如果这个办法行得通——你愿意去做吗?"

玛梯尼往常是个谨言慎行的人,然而此时此刻异于往常。他抬起头,正视那个走私贩子的眼睛。

"我愿意去做吗?"他重复道,"你看看她!"

没有必要进一步解释,这一句话道尽了千言万语表达的意思。麦康尼扭过头朝房间另一端望去。

从他们开始谈话到现在,琼玛一动未动。她的脸上没有疑虑,没有恐惧,甚至没有悲哀,除了死亡的阴影,什么样的表情也没有。那个走私贩子望着她,眼中满含热泪。

"赶快些,米歇尔!"麦康尼猛然拉开露台门,向外看着说,"你们两个是不是快干完了?还有好多好多事要干哪!"

米歇尔、吉诺紧随其后,从露台上走进来。

"我已经准备好了,"米歇尔说,"只差问一声波拉夫人——"

他说着就要朝琼玛那边走去,玛梯尼连忙一把抓住他的胳膊。

"不要惊动她,她最好一个人待着。"

"由她去吧!"麦康尼补充说,"我们瞎掺和没有什么好处。上帝知道我们大家都很难过,可她是最难过的,可怜的人哪!"

第五章

整整一个星期,牛虻病势十分严重。这次发作来势凶猛,而统领又因恐惧和困惑兽性大发,不仅给牛虻上了手铐和脚镣,还坚持用皮带将他紧紧捆绑在草荐上。只要他一动,皮带就会嵌进皮肉里。凭着顽强而又坚定的斯多葛精神,牛虻忍受着这一切。然而,到了第六天晚上,他的自尊垮下来,他不得不乞求狱医给他一剂鸦片。那位医生倒是很愿意给他,但统领听到这一要求,立刻严令禁止"这种愚蠢行为"。

"你怎能知道他要鸦片做什么?"他说,"说不定他一直在装模作样,说不定他要捣什么鬼,想用鸦片麻醉卫兵呢。列瓦雷士狡猾得很,什么事都干得出来。"

"我给他一剂鸦片根本不可能帮他麻醉卫兵,"医生忍不住苦笑着回答,"就算他装模作样,那也没什么可怕的。他反正活不长了。"

"不管怎么说,我不准给他鸦片。他想要别人善待他,就该有相应的表现。受一点严厉惩戒,是他罪有应得。也许这会给他一个教训,看他还敢不敢玩弄锉断窗户铁栅的把戏。"

"可是法律并不允许动用酷刑,"医生鼓足勇气说道,"这已近于动用酷刑了。"

"我想,法律也没提过给鸦片的事吧。"统领气急败坏地说。

"当然,给不给全听你吩咐,上校。但我希望无论如何你也得叫人把皮带去掉。在他的痛苦之上再增加痛苦,丝毫没有必要。现在你不必担心他会逃跑。即便你释放他,他也站不起来了。"

"我的好好先生呀,我看医生也会跟别人一样犯错误的。现在我就要用皮带把他牢牢绑着,一直这样绑下去。"

"那么,至少把皮带稍微松一松总可以吧。捆绑得这么紧,简直是一种野蛮行为。"

"非这样绑不可,我谢谢你啦,先生,请不要对我讲什么野蛮不野蛮的话。我做什么事,自有道理。"

第七个夜晚就这样过去了,牛虻的痛苦没有丝毫减轻。在牢房门外站岗的士兵整夜听到那闻之令人毛骨悚然的呻吟,直吓得哆里哆嗦,一遍又一遍在胸前画十字。牛虻终于再也忍受不住了。

早晨六点钟,那个卫兵在下岗之前,轻轻将锁开启,走进牢房。他明知这是严重违反纪律的行为,但走前不向牛虻说上一句安慰的话,实在于心不忍。他发现牛虻躺着一动不动,眼睛闭着,嘴唇微张。他默默站了一会儿,然后弯下腰问道:

"我能为你做些什么吗,先生?我只能待一分钟。"

牛虻睁开眼睛。"别管我!"他呻吟道,"别管我——"

几乎没有等那个卫兵溜回到岗位上去,他已经睡熟了。

十天以后,统领再次前往宫殿拜访主教,碰巧主教去皮埃维·达·奥泰沃看望一个病人,午后才能回来。当日傍晚,统领正要坐下来准备吃晚餐,仆人进来通报:

"主教大人希望同您谈话。"

统领匆忙照了一下镜子,看看军服穿得是否齐整,装出一副最威严的神气走进客室。只见蒙泰尼里坐在椅子上,一只手轻轻拍打着扶手,眼望窗外,眉心里蹙起一条焦虑的皱纹。

"我听说你今天找过我,"蒙泰尼里打断了统领的客套话,略带点傲慢的神气说道,他同乡民们谈话的时候是从不这样,"大概是与我想跟你谈的那件事有关吧。"

"是跟列瓦雷士有关,主教大人。"

"我已经料到了。这几天来我一直在考虑这件事。在谈这事以前,我想先听一听你有什么新情况告诉我。"

统领局促不安地捋着胡须。

"其实,我去拜访主教大人,是想听一听大人有什么吩咐。如果您仍然反对我上次的建议,我将十分乐意遵从大人的吩咐。因为,说实话,我现在不知道怎么办才好了。"

"碰到了什么新的困难吗?"

"因为下星期四,六月三日,是基督圣体节①,这件事无论如何必须在

---

① 基督圣体节:天主教节日。纪念耶稣基督的身体实际存在于圣事所用的饼和酒中。列队游行是本节日庆祝活动最突出的特色。

那天以前了结。"

"不错,星期四是基督圣体节,可是,为什么非要在那时候以前了结不可呢?"

"如果我好像违拗了您的意志,主教大人,我将非常抱歉。但是如果不能在此之前把列瓦雷士除掉,我就不能对全城的治安负责。主教大人是知道的,那一天所有凶悍的山民都要聚集到这儿。他们很可能要攻开城堡大门,把他劫走。他们不会成功,因为我自然会严加戒备,即使使用火药和枪弹驱散他们,我也在所不惜。那天是免不了要出事的。这儿的罗玛亚人生性凶悍,一旦他们拔出短刀——"

"我想只要略加小心,就可防止事态发展到拔短刀的地步。我一向觉得,本区的民众并不难相处,只要对他们讲道理。当然,你若采取威胁、恐吓的办法,每一个罗玛亚人都会变得不可驾驭。可是你猜测他们打算劫狱,有什么根据吗?"

"昨天和今天早上,我都从我的亲信那里得知,这个区里谣言四起,老百姓显然是在图谋不轨。但是我们难以调查出详情。如果能办到,采取防范措施就容易了。就我而言,有了上次受惊吓的教训,我宁愿做到万无一失。有列瓦雷士这个狡猾的狐狸在这儿,怎样小心都不会过分。"

"我上次听说列瓦雷士病得很厉害,既不能动弹也不能说话。他现在好了吗?"

"看起来好多了,主教大人。他确实病得不轻——假如他不是一直在装模作样的话。"

"你说他装模作样有什么根据吗?"

"唔,医生似乎确信他是真病,不过那种病说来也非常奇怪。不管怎么样,他现在是好起来了,也就比以前更难对付了。"

"他现在又干了些什么事?"

"幸而他干不了什么事。"想到那些皮带,统领不由得笑嘻嘻地回答,"但是,他的行为令人琢磨不透。昨天早晨我走进他的牢房,去问他几个问题;他的身体还没完全恢复,不能来受审——而且,我觉得,在他复原以前最好不让外人看见他,以免惹是生非。否则,种种荒诞的谣言就会立刻闹得满城风雨。"

"如此说来,你是去审讯他的?"

"是的,主教大人。我本希望这一回他该通情达理些了。"

蒙泰尼里故意将他上下打量一番，几乎像是审视一个新奇而又讨人厌的动物。然而，统领碰巧正在摸弄他挂佩刀的皮带，没有留心蒙泰尼里那副鄙夷的神情。他依然平静地继续说：

"我并没有对他动什么酷刑，但我不得不对他严加管束——特别是因为这是一座军事监狱——而且我觉得，如果稍稍宽容一点也许效果会更好些。因此我对他说，只要他的态度放理智些，我的管束就可以大大放宽。主教大人，您猜他怎样回答我的？他躺在地上，像关在笼子里的一匹恶狼那样望了我一分钟，然后轻声说：'上校，我站不起来，不能掐死你。但是我的牙齿还很锋利；你最好把你的喉管移得稍远一点。'他凶蛮得像一只野猫。"

"我听到这番话并不感到惊奇。"蒙泰尼里平静地说，"不过，我是来向你提一个问题的。你果真相信列瓦雷士关在这儿的监狱里会对本区的安全构成严重威胁吗？"

"我毫不怀疑，主教大人。"

"你认为，为了避免流血冲突的危险，在基督圣体节以前把他除掉是绝对必要的？"

"我只能重说一遍：如果星期四那天他还在这里，我就不能指望那个节日不经过一场战斗就可过去，而且我认为，那会是一场激烈的战斗。"

"而且你认为，只要他不在这儿，就不会有这样的危险？"

"在那种情况下，或者什么骚动都不会发生，或者充其量喊叫几声，扔上几块石头。如果主教大人能想出某种办法除掉他，我就能保证本区的安定。否则，难免一场严重动乱。我相信，一个新的劫狱计划已经准备就绪，星期四就是他们动手的日子。喏，如果那天早晨他们突然发现他压根儿不在城堡里，他们的计划就会自行破产，他们也就没有机会发动战斗了。但是，如果等到蜂拥的人群拔出短刀，我们才不得不去镇压的话，恐怕等不到天黑这个地方就化为灰烬了。"

"那么，你为什么不把他押解到拉文纳去呢？"

"天晓得，主教大人，那正是我求之不得的！但是我怎能防止那些刁民在途中把他劫走呢？我的兵力不足，抵抗不了武装攻击，所有的山民都带着短刀或燧发枪之类的武器呀。"

"那么，你仍然坚持成立军事法庭，并且请求我表示同意，是不是？"

"请原谅，主教大人，我只求您一件事——帮助我防止骚乱和流血。

我不能不承认，像弗雷迪上校那样的军事委员会，有时未免过分严酷，非但制服不了老百姓，反而把他们激怒。但是我认为，在目前情况下，举行军事审判乃是明智之举，从长远观点来看也是仁慈之举。它可以防止一次骚乱，而骚乱本身有可能成为一个可怕的灾难，很可能招致重新恢复教皇陛下已经废除的特别军事委员会。"

统领以极其庄严的神气结束了他那简短演说，等候红衣主教回答。良久，那回答才迟迟到来，一旦到来竟出人意料，令人震惊。

"菲拉里上校，你相信上帝吗？"

"主教大人！"上校上气不接下气地说，声音里充满惊叹号。

"你相信上帝吗？"蒙泰尼里重复了一遍，站起身，居高临下，以坚定的、探索的目光俯视他。统领也站立起来。

"主教大人，我是个基督教徒，在上帝面前的忏悔从未遭到过拒绝。"

蒙泰尼里举起胸前的十字架。

"那么，你就在为你牺牲的救世主的十字架面前发誓，表明你对我所说的一切都是实话。"

统领站着不动，茫然凝视着十字架。他弄不清楚究竟是哪一个疯了，是他，还是红衣主教。

"你曾请求过我，"蒙泰尼里继续说，"要我同意把一个人处死。如果你有胆量，就吻一吻十字架，并告诉我你相信再没有别的办法阻止更多人流血。记住，如果你对我撒谎，你便危及你那不朽的灵魂了。"

停顿了片刻，统领低下头，将十字架捧起凑到唇边。

"我深信不疑。"

蒙泰尼里慢慢转过身去。

"明天我会给你一个肯定答复。但是，我必须先见一见列瓦雷士，跟他单独谈一谈。"

"主教大人——如果我可以进一言的话——我想您一定要后悔的。其实他昨天就通过看守给我捎了个口信，请求面见主教大人。我没有理会，因为——"

"没有理会！"蒙泰尼里重复道，"一个身陷这种境遇的犯人给你捎一个口信，你竟然没有理会？"

"如果主教大人心中不悦，我非常抱歉。我不希望让这样一件无礼的小事打扰您。我现在非常了解列瓦雷士，我确信他只想侮辱您一番。而且,如果蒙您准许,我可以这样说的话,单独去接近他那是很莽撞的。他的确非常危险——正因此,我才认为有必要使用一种温和的身体约束——"

"你当真认为一个手无寸铁的病人,而且是在你的温和的身体约束之下,会非常危险吗?"蒙泰尼里话说得很和气,但上校立刻感觉到它隐含的轻蔑,于是勃然变色。

"主教大人觉得怎么好就怎么做吧,"他说,态度很生硬,"我不过是希望您免遭听那家伙亵渎言词的痛苦罢了。"

"你认为对于一个基督教徒来说,哪一种是更加悲哀的不幸:听人说一句亵渎的话,还是对一个濒临绝境的同类置之不顾?"

统领站得笔挺僵直,板着一副木雕泥塑般的面孔。蒙泰尼里态度使他非常气愤,但他却将怒气以非同一般的恭谨表现出来。

"主教大人希望在什么时候接见犯人?"他问道。

"我马上就去见他。"

"悉听大人尊便。如果您肯屈尊等候片刻,我马上派人去叫他做准备。"

统领急忙从座位的踏脚上走下来。他不愿意让蒙泰尼里看见那些皮带。

"谢谢你。我倒愿意看见他现在的样子,无需做任何准备。我要直接从这里去城堡。晚安,上校,明天早晨你可以听到我的答复。"

第六章

牛虻听见牢房门打开,便恹恹地掉转了头。他猜想那不过是统领又来审问他,找他的麻烦罢了。数名士兵登上狭窄的楼梯,他们的马枪丁丁咣咣磕碰着墙壁。然后,只听得一个毕恭毕敬的声音说:"这儿很陡,主教大人。"

他像痉挛似的猛然一震,但随即蜷缩回去,皮带勒得他气喘吁吁。

蒙泰尼里随同军曹和三名看守走进来。

"请主教大人略等片刻,我已命手下人去搬椅子,"军曹神色紧张地开口说道,"请主教大人原谅——如果我们知道您大驾光临,早就该做好准备。"

"不必做任何准备。请你让我们单独谈一谈好吗,军曹?你可以带你的手下人在楼梯下面等候。"

"遵命,主教大人。椅子搬来啦。我放在他身旁好吗?"牛虻闭着眼睛躺在那儿,但他觉得出蒙泰尼里正注视着他。

"我看他是睡着了。"军曹的话刚一出口,牛虻便睁开眼。

"不。"他说。

士兵们正要离开牢房,忽听得蒙泰尼里惊叫一声,他们止步回身看时,见他正躬下腰查看那些皮带。

"这是谁干的?"他问道。

军曹不知所措地摸弄着帽子。

"这是遵照统领大人特别命令办的,主教大人。"

"我没想到会有这种事,列瓦雷士先生。"蒙泰尼里说道,声音里流露出极度的痛心。

"我曾对主教大人讲过,"牛虻苦笑着回答,"我从、从、从不指望他们拍我的头顶。"

"军曹,这样已有多长时间?"

"从他越狱失败的那天起,主教大人。"

"那就是说两个多星期了? 拿把刀子来,马上割断皮带。"

"启禀主教大人,监狱的医生早就要拿掉了,但是菲拉里上校不答应。"

"马上拿把刀子来。"蒙泰尼里并没有提高嗓门,但士兵们看得出,他已经气得脸色煞白。军曹从口袋里掏出一把折叠刀,弯下腰开始割断捆住胳膊的皮带。谁料此人手指欠灵巧,笨拙的动作反而使皮带抽得更紧。尽管牛虻有很强的自制力,但仍痛得咬住嘴唇畏缩着。蒙泰尼里立刻走上前来:

"你干不来的,把刀子给我。"

"啊——啊——啊!"皮带脱落了,牛虻伸展开臂膀,发出一声狂喜的长叹。紧接着,蒙泰尼里又割断了捆绑脚踝的那一条。

"把镣铐也去掉,军曹,然后到这儿来。我有话跟你说。"

他站在窗前看看。军曹取下镣铐,扔到地上,然后走到他面前。

"现在,"他说,"把这里发生的一切都告诉我。"

军曹并非不情愿地讲述了他所知道的一切,包括牛虻的病情,统领的"惩治措施"和医生试图干预但没成功的经过。

"但是我认为,主教大人,"他补充说,"上校给他捆上皮带是想逼出他的口供。"

"口供?"

"是的,主教大人。前天我听见上校说他愿意去掉皮带,如果"——军曹瞥了牛虻一眼——"他愿意回答上校提的一个问题。"

蒙泰尼里放在窗台上的手攥紧了拳头,士兵们面面相觑。他们从没见过性情温和的红衣主教如此震怒。至于牛虻,他已忘掉他们的存在,除掉解脱束缚后的舒适感,他已经忘掉了一切。他的四肢被捆绑了多时,而现在可以伸展自如,可以转动和扭曲,多么轻松、惬意啊!

"你可以走了,军曹,"红衣主教说道,"你不必为违反军令而担心;我向你提问的时候,你有义务回答我。注意不要让别人来打扰我们。事情办完我自己会出来。"

待士兵们离开牢房,关住门以后,蒙泰尼里伏在窗台上,观望了一会儿落山的太阳,以便给牛虻多留一点喘息的时间。

"我听说,"不一会儿,他离开窗台,在草荐旁边坐下来说道,"你希望跟我单独谈一谈。要是你现在觉得精神还好,可以把要说的话跟我谈谈,我倒是愿意聆教。"

他说这番话的声调是冷漠的,并带着一种生硬、傲慢的态度,这在他显得很不自然。未解开皮带之前,他只是把牛虻看作一个受尽虐待和酷刑的犯人,而现在他却想起他们上次会面的情景,以及结束时他所受的那顿羞辱。牛虻懒洋洋地头枕着一只胳膊,抬起头望一眼。他总是善于装出一副悠然自得的神气,脸被阴影遮住的时候,谁也看不出他曾经历过多大的苦难。但是,当他仰起脸来的时候,薄暮清晖便照见他憔悴和苍白的脸色,这几天他所受折磨的痕迹便历历可见了。蒙泰尼里的怒气平息下来。

"恐怕你病得很厉害吧,"他说,"我很抱歉,这些事我全然不知。否则我早就出面制止了。"

牛虻耸一耸肩胛。"两军交战,一切手段都是公平合理的,"他冷冷地说,"主教大人按照基督教徒的观点,从理论上反对使用皮带捆绑犯人,可是,要想让上校也懂得同样的道理,那就不公平了。他无疑不愿意让自己的皮肉也尝一尝这种滋味——我的情况也是如此。这是个、个、个机缘问题。如今我是最最卑微的人——还能怎、怎、怎样呢?多谢主教大人到这儿来看我,但是恐怕这也是出自于基督教徒的观点吧。探视囚徒——啊,对啦！我差点给忘了。'对他们中的一个卑微小人行下功德'①——这算不得过分恭维，但'卑微小人'是要感激涕零的。"

"列瓦雷士先生，"红衣主教打断他的话，"我来这里是为了你，而不是为了我。如果照你的说法，你仅仅是个'最最卑微的人'的话，自从上次你对我说了那些话之后，我就永远不再理睬你。但是，如今你既是犯人又是病人，你就有了双重权利，使我不能拒绝前来。现在我来了，你有什么话要对我说？抑或你把我叫来，只是为了侮辱一位老人取乐吗？"

没有回答。牛虻已经掉转了脸，一只手遮住眼睛躺在那儿。

"我很、很抱歉，麻烦你一下，"他终于用沙哑的声音说，"能给我点水喝吗？"

窗户旁边立着一罐水，蒙泰尼里起身将水罐拿来。当他将胳膊搂住牛虻扶他起来的时候，突然觉得冰冷沾湿的手指像一只老虎钳紧紧握住他的手腕。

"把手伸给我——快——只要一分钟，"牛虻低声说道，"那对你有什么关系呢？只要一分钟。"

他颓然倒下去，脸埋到蒙泰尼里的胳膊上，从头到脚瑟瑟颤抖。

"喝点水吧。"过了一会儿，蒙泰尼里说道。牛虻默默地照他的话做了之后，又躺回草荐上，闭住眼睛。他自己也无法解释，刚才蒙泰尼里的手触及他的面颊时，他曾产生一种什么样的感觉；他只知道，他一生中再也没有比这更可怕的事了。

蒙泰尼里将椅子移近草荐，坐下来。牛虻像一具死尸，躺着一动不动，脸色灰青，毫无表情。沉默良久，他睁开眼睛，将他那鬼魅般的目光凝聚在红衣主教身上。

"谢谢你，"他说，"我很、很抱歉。我想——你刚才问过我什么话？"

"你不适于谈话。如果你有什么话要对我说，那我明天再设法来一趟。"

"请不要走，主教大人——真的，我并没有什么。只不过这几天我——我有点心烦，有一半是装病——如果你问上校，他就会这样对你说的。"

"我喜欢得出我自己的结论。"蒙泰尼里平心静气地说。

---

① 引自《福音书》。

"上校也是如此。而且有时候,你知道,他的结论是很机智的。从表面上看,你是想象不到的,但是有、有、有时候,他就转出一个新、新、新奇的念头。就拿上上个星期五来说吧——我想那是星期五,不过在这临死的日子里,我把日期也搞混了——不拘哪天吧,反正我是向他要了一剂鸦片——这我记得清清楚楚;他走进牢房,说我可、可以得、得、得到鸦片,只要我愿意告诉他是谁把铁门上的锁打、打、打开的。我记得他说:'如果你是真病,你就会同意回答我的问题;如果你不同意,我就把这看作你装病骗人的证据。'我以前压根儿没想、想、想过这有多么可笑,这可真够滑稽的——"

他突然迸发出一阵刺耳的、不谐和的大笑,然后,猝然转身直面默默无言的红衣主教继续说下去,越说越急切,越说口吃得越厉害,以致有些话难以听得真切。

"你并不、不、不觉得这事滑、滑稽?当然不、不、不会。你们信、信教的人从、从来就没有什么幽、幽默感——你们把一切都看成悲剧。例、例如,在大、大教堂的那天晚上,你是多么庄严啊!还有,我扮、扮、扮演的那个香客一定是扮、扮得多么叫人怜悯啊!就是今、今、今天晚上你到这儿来这、这件事,我相、相、相信你也看不出有什么滑、滑、滑稽的地方吧。"

蒙泰尼里站了起来。

"我到这儿来是听你想要说的话的,但是我觉得你今晚过于激动,说不出来了。最好让医生给你服一剂安眠药,好好睡上一宿,明天我们再谈。"

"睡、睡觉?噢,我会睡、睡、睡得很香的,主教大人,只要你同、同、同意了上校的计划———一盎司的铅就、就、就是很好的安眠药。"

"我不懂你的意思。"蒙泰尼里满脸惊惧之色,转向他说道。

牛虻又迸发出一阵笑声。

"主教大人,诚、诚、诚实乃是一个基督教徒的主、主、主要美德。你以、以、以为我不、不、不知道统领为了力争让你同意军事审判,费了多大力气吗?你还是干脆同意的、的、的好,主教大人。你的同、同、同事们处在你的地位都会这样做的,大家都如此嘛。这样一来,你就积了无、无、无量功德,而没、没、没有一点害处!真的,不值得为此彻夜难眠。"

"请你暂时别笑,"蒙泰尼里打断他的话,"告诉我这些话你是从哪里听来的。是谁对你说的?"

"难、难、难道上校没有告诉过你我是魔、魔、魔鬼——不是人吗?没有?他倒是常常对、对、对我这样说!不错,我是个十足的恶魔,能看、看、看透别人的心思。主教大人这会儿正在想我是个惹、惹、惹人厌的家伙,希望把我交给别人去该怎样处置就怎样处置,免得扰乱你那敏、敏感的良心。猜、猜、猜得很对,是吗?"

"听我说,"红衣主教重又坐到他身边,板着面孔说,"不管你从哪里听来的这些话,这倒都是真的。菲拉里上校唯恐你的朋友再来劫狱,所以希望预先阻止这种事发生——就用你刚才说的办法。你看,我对你很坦诚。"

"主教大人素以诚实闻名天下。"牛虻揶揄道。

"你当然明白,"蒙泰尼里继续说,"从法律角度说,我无权干预世俗事务。我是一位主教,不是教皇的特使。可是我在本教区有很高的威望,我想,菲拉里上校至少要得到我的默许,否则他绝不敢贸然采取这种极端手段。一直到现在,我都在无条件地反对他这个计划,而他也在竭力说服我放弃成见。理由是下星期四民众游行的时候很可能发生武装劫狱,难免有一场流血事件。你听清楚我的话吗?"

牛虻正望着窗外出神,这时回过头来,有气无力地回答说:"是的,我听着呢。"

"也许你身体真的不太好,难以支撑今晚的谈话。我明天早晨再来好吗?这是个非常严重的问题,我要你全神贯注。"

"我愿意现在就谈清楚,"牛虻用同样的语调回答,"你说的每句话我都在仔细听着。"

"那么,"蒙泰尼里继续说,"如果因为你的缘故,真有发生骚乱和流血事件的危险,我会因反对上校的主张而承担很大责任。我相信他所说的至少有几分真实。另一方面,我又觉得因为他个人对你怀有敌意,他的判断在某些方面可能有偏差。而且很可能夸大了这种危险。由于我目睹了这种可耻的野蛮行为,这一点在我看来就更有可能。"他看了一眼堆在地上的皮带和镣铐,又接着说:"如果我同意的话,我就杀了你;如果我拒绝,我就要冒杀死无辜民众的危险。我认真地考虑过,殚精竭虑地想在这可怕的两难处境中寻找一条出路来。现在我终于拿定了主意。"

"当然是要杀死我,保、保全无辜的民众啦——这是一个基督教徒所能做出的唯一决定。'如果右手冒犯了你,等等'①。我没、没、没有那么荣幸作主教大人的右手,但是我冒犯了你,结、结、结论很清楚。你不能不用长篇大论,直截了当地告诉我吗?"

牛虻带着一种冷漠和轻蔑的神气懒洋洋地说,好像对整个话题都厌倦了。

"嗯?"停顿一会儿,他补充说,"这就是你的决定吗,主教大人?"

"不是。"

牛虻换了个姿势,将两只手枕在头下,眯起眼睛望着蒙泰尼里。红衣主教低着头,仿佛陷入沉思,一只手轻轻拍打着椅子扶手。啊,那个熟悉的老姿势!

"我已经决定了,"他终于抬起头来,说道,"我想,我要做一件绝无先例的事。当我听说你要求见我的时候,就决意到这儿来,把一切都告诉你。我已经这样做了,并且把这件事交到你自己手里。"

"交、交到我的手里?"

"列瓦雷士先生,我到你这儿来,不是以红衣主教的身份,或是以教士、法官的身份。我只是以一个普通人的身份来探望另一个普通人。我不问你是否听闻上校所害怕的那类劫狱计划。但我要请求你设身处地为我想一想。我已垂垂老矣,无疑,余生的日子已屈指可数。我不愿意带着沾满血污的手走进坟墓。"

"难道你手上还没沾上血污吗,主教大人?"

蒙泰尼里的脸色变得更苍白,但他依然从容不迫地说下去:

"我毕生致力于反对高压手段和残暴行为,无论何时遇到,都一律反对。我一向不赞成死刑,不管它采取什么形式。前任教皇在位的时候,我曾始终不渝地强烈抗议设立特别军事委员会,并因此而失去宠信。直到现在,我所拥有的威望和权力都用之于仁慈的事业。请你相信,我所说的都是真话。现在我是进退两难。如果拒绝统领的主张,我就把全城百姓置于骚乱的危险之中,其后果不堪设想。而这样做的目的是要救一个人的性命,那个人曾亵渎过我的宗教,曾诽谤、冤枉、侮辱过我本人(虽然相比之下,这都是微不足道的),而且这个人,我坚信不疑,还要把我救下的那条性命继续用来做坏事。但是——这毕竟是救人一命啊。"

---

① 引自《福音书》。全句是:"如果右手冒犯了你,就砍掉它。"

他略停片刻,又继续说:

"列瓦雷士先生,据我所知,你的所作所为,桩桩件件似乎都是邪恶的、促狭的;而且我早就相信你是个放浪形骸、野蛮成性、不讲道理的人。在某种程度上,我现在依然对你持这种看法。然而,在过去的两个星期,我却发现你是一个勇敢的人,你对你的朋友忠实不渝。你还使得士兵们爱戴你,崇敬你,这并不是人人都能做得到的。我想,也许我以往对你判断错了。你有某种内在的良好品质,比你表现于外面的好得多。现在,我诉诸你心灵上善良的一面,郑重地恳求你,凭着你的良心诚恳地告诉我——假设你处在我的地位,你打算怎么办?"

接下来是长时间的沉寂,随后,牛虻抬起头来。

"至少,我要自己来决定自己的行动,承担起自己的行动所带来的一切后果。我不会像卑怯的基督徒那样,匍匐爬行到别人的面前,祈求别人给我解决我的问题!"

这一攻击来得如此突然,他那异乎寻常的愤激和热情与一分钟前那种懒洋洋的装模作样形成惊人的对照,真好像他突然扔掉了假面具,现出了本相。

"按照我们无神论者的理解,"他慷慨激昂地说,"如果一个人必须挑起一副重担,他就得使出最大力气担好这副担子。如果他撑不住压趴下了,那也是活该。而一个基督教徒则会哭哭啼啼去找他的上帝,或他的先圣先贤,或者,如果他们不肯帮助他,就去找他的敌人——他总能找到一个转嫁他的负担的肩膀。在你们的《圣经》、弥撒书或那些伪善的神学书里,难道就没有一条可遵循的教义,以致你非得到我这儿来,求我告诉你怎么办吗?天哪,你这个人呀!难道你还嫌我现在已有的负担不够沉重,还要把你的责任推卸到我的肩上?回去求告你的基督吧,他要人们把最后一点都奉献给他,你最好是照此办理。说到底,你要杀死的只不过是一个无神论者——一个敌人营垒里的人,那当然算不得什么大罪孽!"

他突然停住,喘了几口粗气,然后继续滔滔宣泄:

"啊,你居然也谈论起残暴来了!你要知道,那头笨驴即使审讯我一年,也不能像你这样伤害我;他是没有头脑的。他所能想到的只不过是把皮带拉紧而已,当紧得不能再紧的时候,他也就无计可施了。那是任何一个傻瓜都办得到的!而你却不同——'请你自己在死刑判决书上签字吧。我的心太软了,下不了手。'噢,只有基督徒才想得出这样的主意—— 一个温文尔雅、有恻隐之心的基督徒,一个见皮带拉得太紧脸色立刻变苍白的基督徒啊!当你像一个慈悲的天使走进来,并对上校的'野蛮'表示震惊的时候,我就知道好戏要开场了!你为什么那样看着我?你就首肯吧,大人,理当如此,然后回家用你的晚餐。这件事不值得这么大惊小怪。告诉你的上校,他可以枪毙我,绞死我,什么办法方便就用什么办法好啦——活烹了也成,只要他觉得那样有趣——赶快把这件事了结!"

牛虻几乎改变了面容,使人对面而不相识了。他因愤怒和绝望而发狂,气咻咻的,浑身颤抖,眼里闪耀着绿色光芒,像一只愤怒的猫的眼睛。

蒙泰尼里已经站起来,正默默地弯腰俯视他。他还不大懂这一阵疯狂责备的用意,但知道这是从极端绝望的心境中发出的,明白了这一点,也就宽恕了所有过去对他的侮辱。

"别说啦!"他说,"我并没想这样伤害你。的确,我根本没有要把我的负担转嫁给你的意思,你的负担已经够重了。我从没有有意识地对任何人做过这种事——"

"你说谎!"牛虻两眼喷着怒火,高喊道,"那回你升任主教呢?"

"升任主教?"

"啊,你把那回事忘记了?那么容易就忘记了!'如果你希望这样,亚瑟,我可以向他们说我不能去。'那就是说,要我替你决定你的终生道路——那时候,我,才十九岁。如果那件事不算丑陋的行径,可就太可笑了。"

"住嘴!"蒙泰尼里绝望地高叫一声,伸起双手捧住脑袋。他随即放下手,慢慢走到窗前。他坐到窗台上,一条臂肘搭于铁栅上,额头贴着臂膀。牛虻躺在那儿望着他,不住地颤抖。

须臾,蒙泰尼里站起身走回来,他的嘴唇灰一般的惨白。

"我很抱歉,"他可怜地努力保持着他平日的镇静态度,说道,"我必须回家了。我——我觉得很不舒服。"

他像打摆子那样簌簌发抖。牛虻的怒气顿然消失。

"神甫,难道你还不明白——"

蒙泰尼里后退一步,呆住了。

"但愿不是那样!"他终于低声说,"上帝呀,无论如何都不要是那样!我是不是发疯了——"

牛虻用一条胳膊支撑起身体,握住他那颤抖着的双手。

"神甫,你就明白不过来其实我并没有淹死吗?"

那双手突然变得冰冷,僵硬了。霎时间,死一般的沉寂笼罩了一切,接着,蒙泰尼里跪下来,将脸伏在牛虻的胸脯上。

当他抬起头来的时候,太阳已经落山,夕阳殷红的余晖正从西方天空上渐渐消逝。他们忘记了时间和空间,忘记了生和死,甚至忘记了他们是敌人。

"亚瑟,"蒙泰尼里低声说道,"真的是你吗?你是从死亡中回来的吗?"

"从死亡中回来——"牛虻颤抖着,重复说。他头枕在蒙泰尼里的胳膊上躺着,犹如一个生病的孩子躺在母亲的怀抱之中。

"你回来了——你终于回来了!"

牛虻长叹一声。"是的,"他说,"你又可以打击我,或者杀死我了。"

"噢,嘘,亲爱的!现在还说这些话做什么?我们像两个在黑暗中迷路的孩子,彼此都把对方错当成了鬼魂。现在我们互相找到了,离开了黑暗,回到光天化日之下。我可怜的孩子,你改变多大——你改变多大呀!你看起来好像沉没在世间忧患的汪洋大海里了——而你从前是充满人生的欢乐的啊!亚瑟,真的是你吗?我常常梦见你回到我身边,但是醒来以后看见的是被黑暗包围的一片荒漠。我又怎能说得准,一觉醒来,不会发现这又是一场梦呢?给我讲一点摸得着的东西吧——把你的一切遭遇都告诉我。"

"我的遭遇很简单。我藏在一只泊港的货船上,偷渡去了南美洲。"

"到了那里以后呢?"

"我、我就在那里生活下去,如果你愿意把那叫作生活的话,直到——啊,除了你教过我哲学的那个神学院之外,我还看见了一些别的东西!你说你曾梦见过我,不错,我也梦见过你——"

他猝然中断,打起寒噤。

"有一回,"他又冷不丁地说道,"我在厄瓜多尔的一个矿场里干活——"

"不是当矿工吧?"

"不是,是给矿工当下手——跟苦力一起干杂活。我们在坑道口有一个棚屋可以睡觉。一天晚上——我正在生病,就跟最近的病情一样,白天还得在毒日头底下搬石头——我一定是头晕眼花了,因为我看见你从门口走进来。你手里拿着像挂在墙上的那样一个十字架。口中念念有词,头也不回,与我擦身而过。我向你呼喊,要你帮助我——给我毒药或给我一把刀——趁我还没有疯,赶快了此残生。可是你哪——啊——"

他抽回一只手遮住眼睛。蒙泰尼里仍然握着他的另一只手。

"我从你脸上的表情看出你听见了我的喊叫声,但是你没有回头顾盼。你继续祷告着往前走。待你祷告完毕,亲吻了十字架,你才回头瞥了我一眼,低声说:'我很为你难过,亚瑟,但是我不敢流露出我的怜悯,我主基督是要发怒的。'我看了一眼你的'主',只见那木雕的神像在发笑。

"后来,当我神志清醒过来,看见棚屋和生麻风病的苦力,我明白了。我看出,你只顾向你那个作恶的上帝邀宠,而不愿意把我从地狱里搭救出来。这番情景我一直记在心头。只是你刚才抚摸我的时候我才忘记了;因为我、我、我刚刚犯过病,而且我曾爱过你。而现在,你我之间是两军对垒,是战争,除此而外不可能有别的关系。你握着我的手做什么?难道你看不出,只要你还相信你的基督,我们就只能是冤家对头吗?"

蒙泰尼里埋下头,吻了吻那只伤残的手。

"亚瑟,我怎么能不相信主呢?我凭着我的信仰才熬过了那些可怕的岁月,如今主把你还给了我,我怎能反而对主怀疑呢?你要记得,我原以为我把你杀死了。"

"你还可以再来杀死我。"

"亚瑟!"那是一声真正感到恐惧的呼喊,但牛虻充耳不闻,自顾说下去:

"无论做什么,我们都要说实话,不要口是心非。你我站在一条鸿沟的两岸,要想隔着沟携起手来,那是徒劳的。如果你已经决定,你不能或不愿意放弃那个东西"——他瞥了一眼挂在墙上的十字架——"那你就必须同意上校的——"

"同意!我的上帝——同意——亚瑟,可是我爱你啊!"

牛虻的脸抽搐得非常可怕。

"你到底最爱哪一个,是我,还是那个东西?"

蒙泰尼里慢慢地站起来。连他的灵魂都吓得枯萎了,他的身体好像萎缩了,犹如一片遭霜打的树叶,变得虚弱、老态龙钟,凋零了。他从这一场梦里醒过来,只见周围是一片黑暗和空虚。

"亚瑟,对我发一点慈悲吧——"

"当初你用谎言把我赶到甘蔗种植园里做奴隶的时候,你对我发过多少慈悲呢?你——听到这话就发抖了——啊,这些慈悲心肠的圣人啊!这就是最称上帝心意的人——这就是忏悔了罪恶又照样活着的人哪。反正去死的不是别人,只是他的儿子。你说你爱我——你的爱让我付出的代价够高啦!你以为几句甜言蜜语就可以让我把过去的一切一笔勾销,变回到当年的亚瑟吗?我,曾在龌龊的妓院里洗过碗碟,给比他们的牲口更恶毒的农场主当过马夫;我,曾在走江湖的杂耍班子里,戴着尖顶帽子,挂着铃铛,当过小丑——在斗牛场上给斗牛士干过苦活,杂活;我,曾给每个肯把脚踏在我的脖子上的畜生做过奴隶;我,曾饿过肚皮,让人家往我脸上唾过痰,把我踩到脚底下;我,曾乞讨过发馊的残羹剩饭而遭到拒绝,因为人家的狗比我有优先权。哦,说这些废话有什么用?我怎能把你带给我的恩德讲给你听呢?而现在——你爱我!你对我的爱到底有多少?够不够让你为我抛弃你的主的?噢,你的主,你的这位永恒的基督,为你做了些什么——他为你遭受了什么苦难,才使你爱他甚于爱我?难道不是因为主钉在十字架上被刺穿的双手,你才这样爱他?看看我的!看看这儿,这儿,还有这儿——"

他撕开衬衣,露出那些可怕的伤疤。

"神甫,你的这位上帝是骗子。他的创伤是假的。他的痛苦完全是做戏!只有我才有权占据你的心!神甫,你让我历尽一切痛苦和折磨。想一想我过的是怎样一种生活吧!但是,我一直不肯去死!我忍受着这一切磨难,隐忍苟活下来,为的是我要回来同你的上帝做斗争。我曾把这一目的当作一面盾牌,捍卫住我的心灵,这才使我免于发疯,免于第二次去死。现在我回来了,我却发现这个上帝仍然占据着我应该占据的地位——这个虚伪的受难者,他只在十字架上钉了六个时辰,真的,便死而复活了!神甫,可我在十字架上钉了五年,而且我也死而复活了。你打算拿我怎么办?你打算拿我怎么办呀?"

他说不下去了。蒙泰尼里坐在那里,像一尊石雕像,或者说像一具直立的僵尸。起初,在牛虻那悬河泻水般满腹怨恨的冲击下,他曾微微颤抖过,肌肉曾机械地抽搐,犹如受到鞭笞,而现在他却一动不动了。沉默良久,他抬起头来,沉闷而又耐心地说道:

"亚瑟,你能不能给我解释得更清楚些?你把我搞昏了,吓坏了,我不懂你的意思。你究竟向我要求什么?"

牛虻将一张阴惨的脸转向他。

"我并不要求什么。谁能强迫别人爱呢?你可以在我们两个之间自由选择,你究竟最爱哪一个。如果你最爱你的主,那就选择他好啦。"

"我不懂你的意思!"蒙泰尼里疲倦地重复道,"我有什么可选择的?过去的一切已无法挽回了。"

"你必须在我们两个之间选择。如果你爱我,就摘掉你脖子上的十字架,跟我一起走。我的朋友们正在安排另一次越狱行动,有了你的帮助,他们的计划就更容易实现。然后,等我们安全地越过了边界,你就可以公开地认我了。但是,如果你对我的爱并不足以使你这样做——如果这个木雕偶像比我更值得你爱,那就去找上校,告诉他你同意他的主张了。要走,你马上就走,不要在我面前害得我痛苦。没有它,我已经够受的了。"

蒙泰尼里微弱地颤抖着,抬起头来。他开始明白了。

"当然,我要跟你的朋友们取得联系。但是——跟你一起走——那不可能——我是一个教士。"

"我不接受教士的任何恩赐。我不再妥协了,神甫,我已经尝够了妥协和妥协后果的滋味。要么你抛弃你的教士职位,要么把我抛弃。"

"我怎能把你抛弃?亚瑟,我怎能把你抛弃啊?"

"那就把你的主抛弃。你必须在我们之间做出选择。你打算把你的爱分一份儿——一半给我,一半给你那魔鬼一般的上帝吗?我不会接受他的残羹。如果你属于你的主,就不再属于我。"

"你要让我把心撕作两半儿吗?亚瑟!亚瑟!你想把我逼疯吗?"

牛虻猛然一掌拍在墙上。

"你必须在我们之间做出选择。"他又重复一次。

蒙泰尼里从怀里掏出一只小匣子,里面放着一张又脏又皱的纸条。

"你看!"他说。

> 我相信你,如同相信上帝一样。上帝是木雕泥塑的偶像,我用一把锤子即可砸碎,而你用一个谎言欺骗了我。

牛虻看毕哈哈大笑,将匣子交还。"十九岁的年轻人多么天真可、可、可笑啊!拿起一把锤子,砸烂东西,看来何其容易。现在旧景重现——只不过被锤子砸烂的是我罢了。至于你,世上还有很多人可以受你的谎言欺骗——他们甚至不会发觉你。"

"随你怎么说吧,"蒙泰尼里说道,"我处在你的地位,也许会像你一样冷酷无情——上帝晓得。你要我做的事我办不到,亚瑟;但是我会做我能做到的事。我可以安排你越狱,待你脱离了险境,我可以在山里寻机死于非命,或者误服过量安眠药——你要我怎么办都行。这该使你满意了吧?我只能做到这些。这是一桩大罪孽;但我想,上帝会宽恕我的。因为上帝比你仁慈——"

牛虻猝然伸出双臂,尖叫一声。

"哦,太过分了!太过分了!我对你做过什么错事,竟使你把我看成这样?你有什么权利——说我好像是对你报复!难道你看不出我只想救你吗?难道你永远不明白我爱你吗?"

他一把抓住蒙泰尼里的双手,用火热的吻和泪水覆盖了它们。

"神甫,跟我们一起走吧!你为什么还留恋这个教士和偶像的死气沉沉的世界呢?这些东西充满年代久远的尘土,它们腐烂了,它们臭气熏天!走出这个瘟疫肆虐的教会——跟我们一起走向光明吧!神甫,只有我们才有勃勃生机和青春气息,只有我们才是永远不尽的春光,只有我们才是光明的未来!神甫,黎明在即——难道你不愿意看见日出吗?醒来吧,让我们忘记那些可怕的梦魇——醒来吧,我们要重新开始生活!神甫,我一直都在爱着你,甚至在你当初杀死我的时候,也是一样爱你的——你还会再杀死我吗?"

蒙泰尼里挣脱了他的手。"哦,上帝慈悲我!"他喊道,"你的眼睛跟你母亲的一样!"

一阵异样的沉默突然降临他们中间,是那样的深沉和持久。在朦胧暮色中,他们四目对视,他们的心恐惧得停止了跳动。

"你还有什么话要说吗?"蒙泰尼里低声说道,"你能给我任何——希望吗?"

"不能。我的生命,除了与传教士进行斗争,对我便没有用处。我不是一个人,我是一把刀。如果你让我活下去,你就得承认我们这些短刀。"

蒙泰尼里转身向着墙上的十字架:"上帝啊!请听我说句话——"

他的声音在空荡荡的沉寂中消失,没有反响。只是牛虻身上那个长于嘲讽的恶魔又苏醒了。

"大、大、大声呼唤你的主吧,也许他睡、睡、睡着了——"

蒙泰尼里像被猛然一击似的惊起。他站着朝面前凝视了一会儿;然后坐在草荐边缘上,双手掩面,开始哭泣。牛虻不住地战栗,一身的冷汗。他知道那哭泣的意思。

他拉过毯子蒙住头,以免自己听见那哭声。他这么一个活生生、精力充沛的人,必须去死,这已经够受了,哪有闲情听他哭泣。但他隔不断那声音。它回响在他的耳边,敲击着他的脑子,震荡着他浑身的血脉。蒙泰尼里呜呜咽咽哭个不住,泪水从指缝中间滴下来。

他终于停止哭泣,像一个小孩子哭完那样,用手帕擦干眼泪。他站起的时候,手帕从膝上滑落,掉到地上。

"再谈下去也没有用了,"他说,"你明白吗?"

"我明白,"牛虻木然柔顺地回答,"这不是你的过失。你的上帝饿了,该喂他了。"

蒙泰尼里转身向着他。那将要给他挖掘的墓穴也不会像他们现在这样寂静。他们默默地彼此望着对方的眼睛,像一对被拆散的恋人,隔着不可逾越的障碍互相注视着。是牛虻的目光首先垂了下去。他蜷缩下身子,掩住了脸;蒙泰尼里明白这个姿势的意思是"去吧!"他转身走出牢房。

一分钟后,牛虻突然惊跳起来。

"哦,我受不住了!神甫,回来吧!回来吧!"

牢门已经关闭。他睁大眼睛,用呆滞的目光慢慢地环顾四周,心里明白一切都完了。到头来,仍然是上帝占了上风。

整整一夜,下面院子里的荒草在那儿轻轻摇动着——那些草不久就要枯死,被人用铲子连根铲掉。整整一夜,牛虻孤零零地躺在黑暗中哭泣。

第七章

军事法庭于星期二上午开庭。庭讯徒具形式,只进行了二十分钟,便草草结束。其实也不必多费时间。不准被告人辩护,出庭作证的只有那个被打伤的密探、骑兵队长和几名士兵。判决书早已在事前拟定了,蒙泰尼里也将他们所期望得到的非正式同意书送来了。因此,审判官们(菲拉里上校、本地龙骑兵少校和两名瑞士警卫团军官)没有多少事可做。大声宣读了公诉状,证人提出了他们的证词,判决书也签署了,嗣后便郑重其事地向被告宣读判决书。牛虻只默默地听着,当他被依照惯例问到还有什么话要说的时候,他只不耐烦地挥一挥手,将那个问题岔开。他怀中藏着蒙泰尼里遗落的那方手帕。昨夜晚,他曾对着那方手帕亲吻、哭泣了整整一夜,好像它是个活人似的。此时,他形容枯槁,面色憔悴,眼睑上还挂着泪痕。但是"判处枪决"的判决词好像对他并没有产生多大影响。当那句判词宣读出来的时候,他的瞳孔略微放大了一点,如此而已,别无反应。

"把他押回牢房。"一切手续办理完毕之后,统领说道。当值的军曹眼看就要哭出来了,他碰了一下那个木然不动的人的肩膀。牛虻微微一震,随即转过身来。

"唔,是的,"他说,"我忘记了。"

统领脸上几乎流露出一种怜悯之情。他并非是个本性残忍的人,对于他在这个月里的所作所为,他内心也感到些微的羞愧。如今他的主要目的已经达到,他愿意在他的权限之内做出任何小小的让步。

"你不必给他戴镣铐啦。"他看了一眼牛虻淤血和红肿的手腕,说道。

"他可以待在他自己的牢房里。死囚牢里黑咕隆咚,而且阴森森的,"他转身对着他的侄子补充说,"其实,这不过是一种形式。"

他咳嗽起来,显然神色不安地两腿交替着支撑他的身体,然后将押着犯人正要走出去的军曹叫回来。

"等一等,军曹;我还有句话要对他说。"

牛虻毫无反应,统领的声音好像落在了聋子的耳朵里。

"要是你想给你的朋友和亲戚捎信的话——我想,你一定有亲友吧?"

没有回答。

"唔,那就想一想,然后再告诉我,或者告诉牧师。我一定负责叫他们把信送到。你最好把信交给牧师,他马上就要来了,还要陪你过夜。如果还有什么别的要求——"

牛虻抬起头来。

"你就跟牧师说吧,我宁愿一个人待着。我无亲无友,也没信可送。"

"可是,你是要忏悔的呀。"

"我是无神论者。我什么都不需要,只求安静。"

他用一种冷漠、平静的声音说着,没有挑衅或愤怒的意味,然后慢慢转过身去。到了门口,他又站住了。

"我忘了一句话,上校,我想请求你一件事。明天请不要让他们绑我或蒙住我的眼睛。我会站着一动不动。"

星期三早晨,太阳升起的时候,牛虻被带进院子里。他的腿很明显地比平时瘸得更厉害,他的身体沉重地靠在军曹的臂膀上,十分艰难、痛苦地跟跟跄跄走着。但是脸上那种疲惫、驯顺的表情却完全消失了。那些在空虚的寂静中曾将他压垮的魔鬼般的恐惧,那些阴影世界里的幻象和梦境,都与产生这一切的黑夜俱逝,一旦旭日东升,阳光照耀,敌人的嘴脸呈现他的面前,激起了他昂扬的斗志,他便无所畏惧了。

六名奉命行刑的马枪手,一字儿排开,立于爬满常春藤的墙下。那堵裂缝遍布、行将倾圮的狱墙,正是越狱失败的那天晚上他所爬过的。那六名士兵,每人手里端着一条马枪,好不容易强忍住泪水排起队来。在他们看来,被派来枪杀牛虻,简直是无法想象的恐怖。牛虻,以及他那睿智的谈吐,持续不断的笑声,他那光明磊落、富于感染力的勇气,曾像和煦的阳光射进他们麻木而悲惨的生活。现在,他就要死了,而且是死在他们手下,在他们看来,这无异于扑灭天庭的明灯。

在庭院中那棵巨大的无花果树下面,他的坟墓正等待着他。那是在夜间由不情愿的手挖掘的;眼泪曾洒落在铁锹上。他从墓旁走过时,低头含笑,望一眼那黑洞洞的墓穴和墓旁正在枯萎的杂草,深吸了一口气,嗅一嗅新翻起来的泥土的芳香。

军曹行至那棵树附近,便停住脚步,牛虻带着最灿烂的微笑回头看看他。

"我站在这儿行吗,军曹?"

那人默然点一点头,他的喉头好像梗塞了硬块,他悔恨自己没能够进上一言救他的性命。统领、他的侄子、监刑的骑兵中尉、一个医生和一个牧师都已经来到院子里,这时满脸严肃地走过来。但是一见牛虻含笑的眼睛放射出的挑战光芒,便不由得有些慌乱了。

"早晨好啊,先生们!啊,可敬的牧师大人,您也起得这么早!你好吗,上尉?这可是比我们以前的会面愉快的一个场合,不是吗?我看见你的胳膊还用绷带吊着;那是因为我笨手笨脚一枪打偏了。这些好汉们枪法会更好——是不是呀,伙计们?"

他的目光向持枪的士兵阴郁的脸上扫视一遍。

"不管怎么说,这一回是不需要绷带的。哎呀呀,你们何必为这事哭丧着脸哪!把你们的脚跟并拢,把你们百发百中的枪法露上一手。你们不久就要有大量的活儿要做了,管叫你们不知道该怎样应付才好,最好是事前多操练上几回。"

"我的孩子,"牧师走上前打断他的话,其他人向后倒退,留下他们单独交谈,"再过几分钟,你就要站在你的创造者的面前了。难道在留给你忏悔的这几分钟里,除了说这些话,就没有别的用处了吗?想一想吧,我乞求你,若不忏悔而死去,头顶着所有的罪孽,那是多么可怕的事啊。当你站在你的审判者面前的时候,再忏悔就来不及了。难道你要嘴唇上带着轻蔑

的玩笑走近主森严的宝座吗?"

"是玩笑吗,可敬的牧师大人?我想,临死前忏悔这一条训诫,只有你们才用得着。轮到我们的时候,我们会用大炮来代替七八条破烂马枪,那时候你们就会看到我们如何开玩笑了。"

"你们要使用大炮?噢,可怜的人!难道你还不明白你正站在多么可怕的深渊的边缘上?"

牛虻从肩上回头看一眼张着大口的墓穴。

"如、如、如此说来,牧师大人的想法是,只要把我放在那儿,就算把我了结了？也许你还会在坟头放一块石头，阻止我'三天之后'复活？不必害怕，牧师大人！我是不会抢夺你们廉价表演的垄断权的。我会像一只老鼠那样安安稳稳躺在你们放我的地方。尽管这样，我们还是要使用大炮。"

"哦，仁慈的上帝，"牧师喊道，"饶恕这个可怜的人吧！"

"阿门！"骑兵中尉用一种深沉的低音念诵了一声，同时上校和他的侄子在胸前虔诚地画了十字。

显然，即使再坚持下去也没有希望产生任何效果，于是牧师放弃了徒劳的企图，一面摇着脑袋，一面喃喃祷告着，退到一旁。简短的准备工作迅速完成，牛虻站到要他站的地方，只是掉转了头，仰望了一会儿旭日东升时红黄交融的灿烂光辉。他再次提出不要蒙住他的眼睛的要求，他脸上那副咄咄逼人的表情，迫使上校无可奈何地答应了。他们两个人都忘记了这会对士兵们的感情产生什么影响。

他面带微笑伫立于他们的正面，马枪在他们手中抖动。

"我已经完全准备好啦。"他说。

中尉向前跨了一步，激动得声音有点发抖。他以前从没发过执行死刑的口令。

"预备——举枪——放！"

牛虻晃了几下，但立即恢复了平衡。一颗子弹打偏了，擦破他的面颊，几滴鲜血落在他白色的围巾上。另一颗弹丸打在他膝盖上方。火药的烟雾消散以后，士兵们定睛一看，只见他依然微笑着，用那只伤残的手擦去脸颊上的血。

"枪法太差劲儿了，伙计们！"他说。他那响亮而清晰的声音，打断了那些可怜的士兵目瞪口呆的窘态："再来一次。"

那排马枪手中发出一片呻吟，他们瑟瑟颤抖。刚才每个人都故意将枪口瞄偏，暗自希望那致命的一弹是身旁的人射出，而非出于自己之手。而现在，牛虻却仍然站立原地，对着他们笑。他们把行刑变成了一次屠杀，那可怕的事又得重做一遍了。一阵恐惧感突然袭来，他们垂下短筒马枪，无可奈何地听军官狠声詈骂和训斥，同时惊恐万状地瞠视已被他们枪决但没被杀死的那个人。

统领在他们脸上晃动着拳头，声嘶力竭地对他们吼叫，要他们立正，举枪，赶快把这件事干完。他已经同士兵们一样一蹶不振，不敢去看那个一直岿然不动、不肯倒下的可怕人影。当牛虻对他说话的时候，他吓了一跳，听见那嘲讽的声音直打哆嗦。

"今天早晨你拉出来一支蹩脚的行刑队，上校！让我看看能不能把他们整饬得像个样儿。来吧，伙计们！把你手里的家什举得高一点，你把枪偏左一点。打起精神来，伙计，你手里拿的是马枪，不是炒菜勺呀！你们都准备好了吗？那就来吧！预备——举枪——"

"放！"上校一步冲上前，抢先发出口令。让这个人自己发出枪毙自己的命令，那成何体统。

又是一阵混乱无序的排枪，士兵的队列乱作一团，个个瑟瑟发抖，瞪大眼睛注视前方。有个士兵甚至没有开枪，他把枪扔到地上，蹲下来呻吟说："我不能——我不能！"

硝烟慢慢散开，飘逸到空中与晨曦融合一起。他们看见牛虻倒下了；但他们也看见他仍然活着。在最初一分钟里，军官和士兵都呆立不动，仿佛变作了石头，望着那个可怕的身影在地上扭动、挣扎。随之，医生和上校大吼一声冲了上去，因为他已经单腿跪了起来，依然面对士兵，依然大笑着。

"又打偏了！再、再来一次，伙计们——看、看你们能不能——"

他突然摇晃一下，歪倒在草地上。

"他死了吗？"上校低声问道。医生跪下来，一手按在血糊糊的衬衫上，轻声回答说：

"我看是死了——谢谢上帝！"

"谢谢上帝！"上校重复道，"总算完了！"

他的侄子碰一碰他的胳膊。

"叔叔！红衣主教来了！他在门口闹着要进来。"

"什么？他不能进来——我不许他进来！卫兵在干什么？主教大人——"

门已经打开又关上，蒙泰尼里站在院子里，用凝滞而可怕的目光望着他眼前的场面。

"主教大人！我必须请求您——这个场面对您不合适！刚刚行刑完毕，尸体还没——"

"我来看一看他。"蒙泰尼里说。这时统领才吃了一惊，发觉这位主教大人的声音和神态像一个梦游人。

"噢,上帝啊!"一个士兵突然大吼一声,统领急忙扭头去看。果然——

草地上那一堆鲜血淋漓的东西,又开始挣扎和呻吟了。医生扑上去,将他的头捧起来放到膝盖上。

"快!"医生绝望地喊道,"你们这些野蛮人,快来啊!看在上帝的面上,赶快结束!这真叫人不能忍受!"

鲜血汩汩,喷射到医生手上,他拥在怀里的那个肉体在剧烈地抽搐,也使得他从头到脚不住地颤动。他着疯着魔似的左顾右盼寻求帮助,牧师从他身后俯下身子,将一只十字架放到那个垂死的人嘴唇上。

"以圣父和圣子的名义——"

牛虻倚靠着医生的膝盖挺起身来,睁大眼睛,凝视着那只十字架。

在一片冰封雪冻般的沉寂中,他慢慢抬起那只被打断的右手,将那个雕像推开。它的脸上涂了一道血污。

"神甫——你的——上帝——该满意了吧?"

他的头向后一仰,沉甸甸地落到医生胳膊上。

"主教大人!"

见红衣主教依然昏迷不醒,菲拉里上校就又喊了一声,这次声音更大:

"主教大人!"

蒙泰尼里抬起头来。

"他死了。"

"确实死了,主教大人。您还不回去吗?这是一个可怕的场面。"

"他死了,"蒙泰尼里又说一遍,再次低头望着那张脸,"我摸过他了,他死了。"

"身中六发子弹,你还能指望他活着?"中尉轻蔑地低声说道。医生低声回答:"我想他见了血,有点惶恐不安。"

统领将手坚定地放在蒙泰尼里的胳膊上。

"主教大人——您最好不要再看他了。您能允许牧师送你回家吗?"

"是的——我要走了。"

他慢慢转过身,离开那血迹斑斑的草地,牧师和军曹跟在他身后。他走到门口停了一下,带着一种阴惨、呆滞的惊诧神情,回头望一望:

"他死了。"

几个小时以后,麦康尼爬上山坡,来到一座农舍里,告诉玛梯尼再也没必要去拼命了。

第二次营救行动的准备工作全部完成,因为这次的计划比上次简单得多。按照安排:次日早晨,当基督圣体节的游行队伍经过城堡所在的小山时,玛梯尼应该冲出人群,从怀中拔出手枪,对着统领的脸射击。趁着一阵大乱,二十个手持兵器的队员突然冲向大门,冲进城堡,强迫管牢人打开牢门,把牛虻背走。谁敢阻拦,就将其打死或制服。等出了大门,就将牛虻交给第二队骑马的武装走私贩子,将他带到山里一个安全地方藏起来,他们则边打边退,掩护第二队撤离。这一小撮人中只有一个人对这个计划一无所知,那就是琼玛,那是应玛梯尼的特别要求才瞒住她的。"她听了这个消息马上就会心碎的。"他说。

那个走私贩子从花园门进来的时候,玛梯尼打开玻璃门,走上露台迎接他。

"有消息吗,麦康尼?啊!"

那个走私贩子将宽边草帽推到后脑勺。

他们一起坐在露台上。两个人谁也不开口。从看见帽檐下那张脸的瞬间起,玛梯尼就一切都明白了。

"发生在什么时候?"沉默良久以后,他问道,他自己的声音,在他的耳朵里听起来,也像其他的一切一样木然、毫无生气。

"今天早晨,太阳升起的时候。是军曹告诉我的。他在场,亲眼目睹。"

玛梯尼低下头,从袖子上抽去一条松散的线头。

虚荣中的虚荣;这也是虚荣。本来他计划明天就去死了。而现在,他心所向往的那片土地消失了,就像金色晚霞幻化出的仙境,随着黑夜来临而消失一样。他又被赶回日夜交替的世界——这儿有格拉西尼和盖利,有写密码和出版小册子,有党内同志之间的纷争和奥地利密探的阴谋诡计——革命的那老一套枯燥机械的日常工作使得他心烦。在他意识底层的某处有偌大一片空地,一片荒芜的地方,既然牛虻死了,这片地方便再没有任何东西或任何人能够填补了。

好像有人在向他提一个问题,他抬起头来,感到奇怪,不知道现在还有什么好谈的。

"你说什么?"

"我在说,当然应该由你来把这个消息告诉她。"

生之气息,和人生中的恐怖,回到玛梯尼的脸上。

"我怎么忍心告诉她呢?"他喊起来,"你倒不如叫我去捅她一刀。喔,我怎么忍心告诉她——我怎么忍心哪!"

他两手啪的一声捂住自己的眼睛,但是,虽没看见,他却感觉到他身旁那个走私贩子猛然惊起,于是抬起头来。琼玛正站在门口。

"你听说了吗,西萨尔?"她说,"一切都完了。他们把他枪杀了。"

第八章

"让我俯伏于上帝神座之前。"蒙泰尼里在他手下的教士和侍僧簇拥下站在高大的祭坛前,用沉稳的声调高声诵读入祭文。整个大教堂灯火辉煌,五光十色,从会众的节日盛装,到挂满流光溢彩的幔帐和花环的廊柱,没有一个角落是晦暗的。教堂宽阔的门道里,悬挂着巨幅猩红色帷幕,六月盛夏的阳光,透过帷幕褶纹闪烁着红光,像透过一片麦田里的红罂粟花瓣儿一样。各个修道会的会众手擎蜡烛和火把,各教区来的教友捐着十字架和旗幡,使得两侧幽暗的小祭坛光彩熠熠;两旁的走廊里,游行用的旗幡密密匝匝垂挂着,它们黄澄澄的旗杆和流苏在拱顶下闪闪发光。唱诗班教士的白色法衣,在彩色窗玻璃映照下,也染上五颜六色;阳光照在大祭坛的地板上,呈现出橘红色、紫色和绿色的格子形光栅。祭坛后面悬挂着一幅闪闪发光的银色缎幕;在这缎幕及其饰物和祭坛烛光的映衬下,身着曳地白色长袍的红衣主教的身影格外突出,就像一尊被赋予生命的大理石雕像。

按照游行节日惯例,做弥撒时他只需坐在一旁主持,不必亲自参加典礼,因此恕罪祷告一结束,他就从祭坛上转过身,缓步走向主教宝座,所经之处,两旁的侍僧和教士向他深深鞠躬。

"恐怕主教大人身体欠安,"一名教士向他身旁的同伴耳语道,"他的神情有点异样。"

蒙泰尼里低下头接受镶嵌宝石的主教冠。担任副主祭的那个教士给他戴在头上,看了他一眼,然后躬身向前,用柔和的声音耳语道:

"主教大人,您病了吗?"

蒙泰尼里微微侧身朝向他。他的眼神没有任何反应。

"请您原谅,主教大人!"那位教士一面屈膝行礼,一面低声说,随之回到自己的位置,嗔怪自己打扰红衣主教的祈祷。

熟悉的仪式在进行着。蒙泰尼里笔挺地坐着不动,他那闪光的主教冠和锦绣法衣反射着太阳的光彩,白色披风的长裾拖下来,覆盖在红色地毯上。上百支蜡烛的光芒照射到他胸前无数颗红宝石上,反射出点点火花,也照亮他那双深邃而又平静的眼睛,但眼睛里却没有一丝反光。当他听到"请赐福吧,主教大人"时,这才俯身向着香炉开始祝福。阳光在宝石中间跳动,也许此时他想起了群山中的某个光辉而可怕的冰雪精灵,头冠彩虹,身裹飞雪,伸出手臂向人间播撒着阵雨般的祝福或诅咒。

奉献圣饼的典礼开始了,他步下宝座,跪于祭坛前。一举一动都显得异常机械和呆板。当他起身回到座位上的时候,穿着节日制服、坐在统领身后的龙骑兵少校,对那位受过伤的上尉耳语道:"毫无疑问,老主教心力交瘁了。他一举一动都像一部机器。"

"活该!"上尉低声回答,"自从那该死的大赦令颁布以后,他一直像挂在我们大家脖子上的一只磨盘。"

"他在军事审判这个问题上终究是让步了呀。"

"不错,他总算让步了,可是他磨了很长时间才决定让步的。天哪,多闷热的天气!待一会儿游行的时候我们都要中暑了。真遗憾,我们不是红衣主教,没有人一路上撑起华盖遮住我们的头顶。嘘——嘘——嘘!我叔叔在朝我们这边看哪!"

菲拉里上校已经回头严厉地瞅了那两个年轻军官一眼。昨天早晨那一庄严事件之后,他处于一种虔诚和严肃的状态,因此意欲责备他们对他所认为的"国家的迫切需要"缺乏正确认识。

司仪开始聚集和指挥参加游行的人排成队列。菲拉里上校离开座位,走到主祭坛栅栏跟前,招手要其他军官陪伴他。弥撒结束以后,圣体安放到游行时用的那只圣体龛子的水晶盖子下面,助祭和教士们都退到法衣室去更衣。教堂里发出一阵嗡嗡低语声。蒙泰尼里依然坐在他的宝座上,眼睛直视前方,一动不动。人们的喧腾与躁动如海潮般在他周围和下面涌起,随之在他脚下消失,归于平静。一只香炉送到他面前,他机械地举起手,把香插进香炉里,目不斜视。

教士们从法衣室出来,正在圣坛等他下来,但他仍旧一动也不动。执

事助祭向前俯身去取他的主教冠,并怯生生地低唤一声:

"主教大人!"

蒙泰尼里向周围看了一下。

"你在说什么?"

"您真觉得这次游行不会累着您吗?外面可是骄阳似火!"

"骄阳有什么关系?"

蒙泰尼里说道,声音冷漠而有分寸。那个教士以为自己又冒犯了他。

"对不起,主教大人。我觉得您的身体好像不大舒服。"

蒙泰尼里没有理睬他,站了起来。在宝座台阶的最高一级停了脚步,以同样颇有分寸的声音问道:

"那是什么?"

他的法衣裙裾拖下台阶,铺在圣坛的地板上,他正指着白色锦缎上一片火红的亮斑。

"那不过是透过彩色窗玻璃射进来的太阳光,主教大人。"

"太阳光?它有那么红?"

他步下台阶,跪于祭坛前,慢慢地来回晃动香炉。待他将香炉交回之时,格子栅似的阳光洒落在他那裸露的头顶和茫然仰望的眼睛上,并在教士们为他折叠起的白色法衣上,投下一道猩红色亮光。

他从执事手中接过镀金的圣体龛子,站立起来。这时唱诗班和风琴轰然响起激扬的旋律:

> 赞美光荣的圣体,
> 啊,我的舌,把它的神秘歌唱,
> 并歌颂超越一切价值的鲜血;
> 世界万世不易的君主,
> 曾居于高贵的母体,
> 是他为世人赎罪而将鲜血抛洒。

执仪仗的人慢慢走向前,撑起丝绸华盖遮住他的头顶,执事们分列左右,牵直长袍的长裾。当两位副主祭弯下腰从圣坛地板上牵起他的袍角的时候,在前面开路的世俗会友们便开始在教堂中殿庄严地排成双行,手擎点燃的蜡烛,从左右两边缓缓行进。

蒙泰尼里仍旧高高地站在祭坛边，在华盖下面一动不动。他稳稳地高擎着圣体龛子，眼望他们从下面走过。他们成双成对，手持蜡烛、旗幡和火炬，擎着十字架、圣像和旆旌，缓缓涌下圣坛台阶，穿过中殿悬挂花环的廊柱，从已经揭起的猩红帷幕下面，走进街上眩目的阳光里。他们歌唱的声音渐渐融入一种滚动的嗡嗡声，被后来的和更后来的声响淹没，无边无际的人流滚滚向前，而中殿里又回荡起新的脚步声。

各个教区的教友身着白色长袍，罩着面纱从此经过；然后是悲信会的教士，他们从头到脚一袭黑衣，眼睛透过面具上的小孔闪着微弱的光芒。随之，庄严肃穆的修士队列接踵而至：其中既有身穿褐色长袍、赤着褐色脚板的托钵僧，也有身着白袍、神情庄重的多明我会修道士。后面跟着本区的世俗官员、龙骑兵和马枪手以及地方警官；统领穿着节日制服，他的同僚不离左右。一个副主祭高擎着一个巨大十字架走过来，两位执事手捧辉煌的蜡烛紧紧跟随。他们走到大门口，帷幕揭得更高，以便他们走过去；于是，站在华盖下面的蒙泰尼里望见了外面灿烂的阳光、铺着地毯的街道、挂着旗幡的墙壁，以及穿着白袍子在撒玫瑰花的孩子们。啊，玫瑰花，多红的玫瑰花啊！

游行队伍依次前进。一个方队接着一个方队，一种颜色接着一种颜色。忽而是庄重得体的宽大白色法衣，忽而是华丽的祭服和织锦刺绣的袍子。一会儿过来一根高大又细长的金色十字架，高高耸立于点燃的蜡烛之上；一会儿走来神情庄重的大教堂的神甫，全都穿着白色长袍。一个牧师踱下圣坛，在两把火炬之间擎着主教十字杖；然后副主祭们亦步亦趋地向前移动，手中的香炉随着音乐节奏而摇曳；持仪仗的人将华盖举得更高，一面数着他们的步子："一，二；一，二！"蒙泰尼里踏上了"十字架之路"。

他走下圣坛台阶，穿过中殿，经过那琴声雷动的唱诗楼下，经过那高高揭起帷幕的门道——帷幕那么红，红得怕人！——踏上那光灿夺目的街道，那里撒满血红的玫瑰花，枯萎了，被无数过路人的脚践踏到红地毯上。他在大门口略停片刻，几个世俗的官员上来接替了撑华盖的人；然后游行行列又继续前进，唱诗的声音在他周围时起时伏，他手捧圣体龛子，合着摆动的香炉和前进步伐的节拍，跟随大队前行。

    主使基督的肉体变成面包，
    主使基督的鲜血变成红酒——

永远是鲜血,永远是鲜血!在他面前伸展的地毯像一条血的河流;在地上的玫瑰花像溅到石头上的鲜血——噢,上帝啊!您的整个的天和整个的地都染红了吗?啊,万能的上帝,您这是怎么回事——连您的嘴唇也涂抹上鲜血了!

  让我们深深鞠躬,
  让我们膜拜伟大的圣餐。

他透过水晶盖看了看圣体龛子里的圣饼。那上面渗出来的是什么?——从龛子四角中间滴下来——一直滴到他的白袍上的是什么?他从前也见过这样淋淋漓漓滴下来的——从一只举起的手上滴下来的,那又是什么?

院子里的荒草被践踏了,染红了——统统染红了——竟有那么多的血。那血一滴一滴从脸颊上流下来,从被打穿的右手上流下来,一道热血的湍流从受伤的胸肋喷薄而出。竟然有一绺头发也浸在血里了——那头发湿漉漉的,在额头上粘成一片——啊,那是临死前出的汗,来自于可怖的痛苦!

唱诗班念诵的声音陡然增高,得意扬扬:

  赞颂圣父上帝,
  赞颂圣子、圣灵,
  爱集于上帝一体。
  天地万物千秋万代,
  赞颂主的恩惠。

啊,这是多大的耐性也难忍受的!上帝啊,你坐在天堂辉煌的宝座上,用两片涂着鲜血的嘴唇微笑着,俯视着人间的痛苦和死亡,难道这还不够吗?还非要再加上这一套赞美和祝福的嘲讽不可吗?基督的圣体啊,你为了拯救人类而撕碎;基督的血啊,你为了替人类赎罪而流淌;难道这还不够吗?

啊,大声呼唤他,也许他是睡熟了!

莫非你真的睡熟了吗,最亲爱的;你永远不醒了吗?难道那座坟墓竟那样妒忌它的胜利,树下那个漆黑的深坑竟一会儿都不肯放过你吗,心爱的人呀?

这时,水晶盖后面的东西做了回答,鲜血点点滴滴流淌着,它说:

"你已经做了选择,莫非又为你的选择而后悔?你的愿望还没满足吗?看看那些衣着锦绣走在阳光下的人吧:正是因为他们的缘故,我被抛进这黑洞洞的土坑。看看那些撒落玫瑰的孩子们,听一听他们的歌唱是否悦耳:正是因为他们的缘故,我的嘴里才塞满泥土,那些玫瑰是被我心脏中流出的鲜血染红。看吧,人们跪下来啜饮你的长袍褶边滴下来的鲜血了:正是因为他们的缘故,我才会流血,以便遏制他们贪得无厌的饥渴。圣书有言:'倘使有人为朋友而献身,这种爱是最伟大的。'"

"噢,亚瑟啊,亚瑟,还有比这更伟大的爱啊!倘使一个人牺牲了他最亲爱的人,那不是更伟大?"

于是,那个声音回答:

"谁是你最亲爱的人?其实,不是我。"

他正欲说话,话语封冻在舌尖上。因为唱诗班的歌声从他们身上掠过,就像北风掠过冰冻的水潭,使他们沉默了。

> 我们向伟大的躯体顶礼,
> 我们向光荣的鲜血献祭,
> 把它们吃下去,喝下去,
> 我们幸福无比。

喝下它,基督徒们,喝下它,你们全都喝下!这不是你们的吗?因为你们,血流成河,染红了茅草;因为你们,活人的肉体枯朽,并被撕碎。吃下它吧,食人的生番;吃下它吧,你们全都吃下!这是你们的盛筵,你们的狂欢节;这是你们的喜庆日子!赶快来庆祝你们的节日;加入游行的队伍,跟我们一起前进;女人和孩子,青年和老年——都来呀,来分享一块人肉!

而那个声音又回答说:

"我去哪里躲藏?圣书上不是写着:'他们将在城里来往逡巡,他们将跑上墙壁,他们将爬上屋顶,他们将像贼一样越窗入室?'如果我给自己在高山之巅建一座坟墓,难道他们不会掘开?如果我给自己在河床里挖一座坟墓,难道他们不会挖起?毫无疑问,他们就像猎狗追踪着猎物,我伤口的殷红的血正好供他们吸吮。你听不出他们在唱什么吗?"

游行已经结束,所有的玫瑰花都已散尽,人们走进大教堂的大门,在猩红的帷幕之间唱起来:

> 膜拜圣体吧,
> 那是圣母玛利亚之子,
> 为了拯救人类,
> 他被钉在十字架上,
> 钉子刺穿他的躯体,
> 任凭鲜血流淌。

等他们停止了歌唱,蒙泰尼里跨进大门,从那些修士和教士的肃静行列中间穿过去。他们跪在各自的位置上,手里高高举起点燃的蜡烛。他看见他们如饥似渴的目光盯着自己所捧的圣体,他知道他们为什么在他经过的时候低下脑袋。因为那暗红的血从他白袍子的皱褶上流下,他的脚步在教堂铺地的石板上留下一条深深的血迹。

于是他穿过中殿,走向圣坛的栏杆;执仪仗的人在这儿停步,他从华盖底下出来,走上祭坛的台阶。两个穿白袍的副主祭捧着香炉跪于左右,擎着火把的牧师也跪下来。他们望着圣体的时候,眼睛在眩目的亮光下闪耀着贪婪的光芒。

他用沾满鲜血的双手高举起已被杀害的亲人血肉模糊的尸体,走到祭坛前的时候,被请来参加圣餐的人们中又轰然响起了歌声:

> 噢,拯救受难者吧,
> 向下界人敞开天国大门;
> 我们的敌人从四面八方逼近,
> 请赐予你的援助,你的力量。

啊,现在他们要过来领取圣体了——去吧,亲爱的,走向痛苦的末日,打开天国的大门,放进那一群赶不走的饿狼。地狱最底层的大门已经为我敞开。

当副主祭将圣体龛子安放到祭坛上的时候,蒙泰尼里在他站立的地方颓然沉下,跪在台阶上,从他上方的白色祭坛上,殷红的血流下来,滴到他的头顶上。歌唱者的声音在唱诗楼下响起,在拱门和穹顶之间回荡:

> 万世称颂您伟大的名字,
> 永恒的上帝,三位一体;
> 噢,请赐给我们无尽的时日,
> 让我们在真正故土与您同在。阿门。

"无尽的时日——无尽的时日!"噢,幸福的耶稣,他能在主的十字架下倒下去!噢,幸福的耶稣基督,他能说:"这一切都完结了!"末日审判永远没有完结,它就像运行于宇宙的星体一样永恒。它是不会死的虫,是扑不灭的火。"无尽的时日——无尽的时日!"

虽然疲倦,他仍耐心地在剩余的仪式中履行他的职责,照老规矩机械地完成那些对他已毫无意义的礼节。祝福之后,他又在祭坛前跪下来,双手捂住脸。接着,一个教士开始诵读免罪表,那声音忽高忽低,好像是从他不再属于的一个世界里远远传来的喃喃声。

诵读声停止了,他站起来,伸出手示意大家肃静。这时已经有些会众向门口走去,见此他们急忙转回身,喊喊喳喳的低语声在教堂里响成一片:"主教大人要讲话了!"

他手下的教士吃了一惊,满腹疑惑,一齐拥到他身边,其中一个急忙对他耳语:"主教大人,您现在想跟大家讲话吗?"

蒙泰尼里默默地挥手示意他走开。那些教士连忙退下,交头接耳议论起来,这种事情是很奇特的,甚至是反常的,但是如果主教愿意这样做,他是有这个权力的。无疑,他有什么特别重要的话要对大家说,也许是宣布罗马新颁布的改革法令,或是圣父的特别告谕。

蒙泰尼里从祭坛台阶上俯视无数仰起的脸所构成的一片大海。他们充满急切的期待仰望着他,只见他站在上面,寂然不动,面色惨白,如同幽灵一般。

"嘘,嘘!安静!"队伍里的领队轻轻叫着,会众中的喊喳声沉寂了,好像一阵狂风消失在沙沙作响的树梢里。所有人都屏住呼吸,抬头注视着祭坛上那个白色形体。蒙泰尼里从容镇定地开始讲话:

"在《约翰福音》上写着这样的话:'神爱世人,甚至将他的独生子赐给他们,叫一切信他的,不致死亡,反得永生。'

"今天是纪念为拯救你们而遭杀戮的受难者的圣体和鲜血的节日;纪念那涤除世间罪孽的上帝的羔羊;纪念那为你们的罪孽而死的上帝的爱子。现在你们排成庄严的队伍聚集在这儿,来享用为你们供献的牺牲,并对这巨大的仁慈致谢。我知道,今天早晨你们来分享这盛筵,享用受难者圣体的时候,你们心里是充满快乐的,因为你们记得圣子受难,他为了让你们得救,牺牲了自己。

"但是,告诉我,你们当中有哪一个想过另一种受难——让他的儿子钉在十字架上的圣父受难?当圣父从天堂宝座上俯视卡尔佛莱的时候,你们当中哪一个想到过圣父的悲痛?

"今天,我的子民们,我曾看着你们排着庄严队列游行;我看见,你们为赎了罪而心花怒放,为你们已经得救赎而兴高采烈。但是我请你们想一想,为拯救你们的灵魂付出了什么样的代价。那代价确实很高,它比红宝石更珍贵,那是血的代价啊。"

一阵微弱而持久的战栗在听众中间传遍。圣坛里的教士们向前探身,互相窃窃低语起来,但是主教只管自己说下去,于是大家又肃静了。

"因此,我今天要对你们说的就是:我即是这样一个人。我看到你们的懦弱和愁苦,看到你们膝下的孩子,知道他们在劫难逃,为了他们的缘故,我的心被感动,萌生了恻隐之心。我看着我那亲爱的儿子的眼睛,我知道赎罪的血就在那儿。因之我将他弃之不顾,让他去遭受悲惨的命运。

"这就是赎罪。他为你们而死了,黑暗把他吞噬了,他死了,永远不能复活了,他死了,我没有儿子了。啊,我的孩子,我的孩子!"

红衣主教的声音突然变作一声长长的哀号,人们惊恐万状,嘈杂的语声犹如回音,与那哀号应和。所有的教士都从座位上站起来,几个执事走上前拉住红衣主教的手臂。但他挣脱了,突然转身面对他们,二目圆睁,像一头愤怒的野兽。

"你们要干什么?难道血还不够吗?等着吧,你们这群饿狼,轮到你们就会把你们统统喂饱的!"

他们急忙退后,颤抖着挤作一团,呼吸急促而沉重,脸色白得如白垩。蒙泰尼里又转向会众,他们在他面前晃动着,颤抖着,好似飓风下的一片麦田。

"你们杀死了他！你们杀死了他！我受了苦，因为我不愿意让你们去死。而现在，你们带着这一套虚伪的赞颂和不洁的祈祷围拢我，我后悔了——后悔不该做这件事！他应该活着，你们才应该落到那污秽的无底的地狱里，同你们的罪恶一起腐烂。你们这种遭瘟的灵魂有什么价值，为什么要为你们付出这么高的代价啊？可是现在太迟了——太迟了！我大声疾呼，可是他听不见我的呼唤；我敲他坟墓的门，可是他不会醒过来；我孤独地站在荒漠上，环顾四周，从掩埋我的心肝宝贝的那片染血的土地上，看到那眼空无物的可怕的天空——这就是留给我的唯一的东西了。我已经将他抛弃了，啊，你们这些毒蛇的子孙哟，我已经为你们将他抛弃了！

"把你们救世主的遗体拿去吧，因为那是你们的！我把它扔给你们，就像把一根骨头扔给一群张牙狂吠的饿狗！你们这次筵席的代价已经给你们偿付了，那么来吧，狼吞虎咽吧，你们这些吃人的生番，你们这些吸血鬼——这些专食腐尸的野兽！看吧，血从祭坛上流下来了，热气腾腾，泛着泡沫，从我亲爱的儿子心里流出来了——那是为你们而流的血啊！喝吧，舔吧，让它染红你们的嘴唇吧！肉也来了，抢吧，夺吧，拿去吞噬吧——再也不要来麻烦我！这就是为你们牺牲的肉体——看看它吧，它已经被扯得七零八碎，鲜血淋漓，受酷刑折磨的生命仍在颤动着，由于临死前的剧痛而颤抖着；拿去吧，基督徒们，吃吧！"

他已经把那圣体龛子抓在手中，举过头顶，这时当啷一声摔到地板上。听到金属撞击石头的响声，旁边的教士们一拥而上，二十只手抓住那个疯子。

这时候，只是在这时候，人群中的寂静才突然破裂，变作发狂的、歇斯底里的尖叫；椅子掀翻了，凳子掀翻了，人们涌到门口，互相践踏着，慌乱中撕下了帷幕，扯下了花环，一股汹涌澎湃、呜咽悲号的人潮倾泻到街上。

尾　声

"琼玛，楼下有个人要见你。"玛梯尼用这十天来他们两个都不自觉地采用的那种压低的声调说。那种声调，以及言谈和动作某种程度的迟缓和平板，就是他们各自表达他们共同哀痛的唯一方式。

琼玛卷着袖子，系着围裙，正站在桌子旁边包装一小包一小包弹药，准备拿去分发。她从大清早一直站在这里做这件工作，现在，已是阳光灿烂的下午,由于过分劳累,脸色看上去显得憔悴。

"一个男人吗,西萨尔?他来干什么?"

"我说不清,亲爱的。他怎么都不肯告诉我。他说必须跟你单独谈一谈。"

"好吧,"她解下围裙,放下袖子,"我想我得去见他,可是,说不定他是个密探呢。"

"不管什么情况,我都在隔壁房间里,一叫就应。你打发他走了,最好去躺一会儿。你今天站得太久了。"

"噢,没什么!我倒愿意接着工作下去。"

她慢慢走下楼梯,玛梯尼默默地跟随其后。这几天来她好像一下子老了十岁,头顶上那一绺灰发变成了宽宽的一道。现在她总爱低垂着眼睛;但偶尔将眼睛抬起来的时候,玛梯尼看见她那可怕的眼神,便禁不住不寒而栗。

她走进那个小客厅,只见一个相貌粗陋的汉子,双脚并拢,站在地板中央。他那形貌,以及见她进来时显出的局促神态,都使她立即想到那人一定是个瑞士雇佣军士兵。他穿着一件乡下人穿的宽大的短罩衫,一望便知那不是他自己的衣服。他不住地东瞧瞧、西望望,好像怕被人发现似的。

"你会讲德语吗?"他操着很重的苏黎世口音问道。

"会一点。我听说你想见我。"

"你就是波拉太太吧?我给你带来了一封信。"

"一封——信?"她颤抖起来,于是一只手扶住桌子支撑住自己。

"我是那边的一名看守。"他向窗外指一指那矗立在山坡上的城堡,"这是——上星期枪毙的那个人给你的。他在前一天晚上写了这封信。我答应过他,我会亲自把信交到你手里。"

她垂下了头。看来,他终究还是写了信。

"我迟迟不能把信送来,是因为——"士兵继续说,"他说不许我给别人,只能交给你,可是我抽不开身——他们盯得我很紧。我没办法,只好借了套衣服穿着来了。"

他在他那罩衫衣襟里摸索着。天气很热,他掏出来的那张折叠起来的纸片不仅脏兮兮、皱巴巴,而且湿漉漉。他两只脚不安地在地上搓着站了一会儿,然后伸起一只手,搔了搔后脑勺。

"你不会向别人提起这事吧,"他怯怯地、以不信任的目光瞥了她一眼,又开始说道,"我是拼着性命到这儿来的。"

"当然不会。不要走,等一会儿。"

他转身要走,她拦住他,伸手去摸钱袋,可是他向后退缩,生气了。

"我不要你的钱,"他粗暴地说,"我是为他做这件事的,因为他托付了我。我本该为他多·做些事的。他待我太好了——上帝帮助我!"

他声音有些哽咽,她不由得抬起头来。他在用沾满污垢的袖子擦眼抹泪。

"我们不能不开枪,"他低声说,"我的同伴和我。一个当兵的必须服从命令。我们先是瞄不准——后来不得不重新开枪——他冲着我们大笑——说我们这一队人都是松包——他待我好——"

屋子里一片寂静。过了一会儿,他挺直腰板,行了个笨拙的军礼,走了。

她手中拿着那封信站了片刻,然后坐到开着的窗户下面,开始看信。那封信是铅笔写的,字迹密密麻麻,有几处几乎看不清。但是信纸上开头几个字十分醒目,是用英文写的:

亲爱的琼

信上的字迹突然变得模糊不清,像遮了一层云雾。她又失去了他——又失去他了!一见那熟悉的孩子气的诨名,丧失亲人的绝望之情又重新攫住她。她茫然无助地伸出双手,仿佛压在他身上的沉重泥土压到她心头。

未几,她又拿起信,接着往下看:

明天日出的时候,我就要被枪毙了。因此,如果我要履行把一切都告诉你的诺言,就必须现在来履行。但是,你我之间毕竟不需要过多的解释。我们小时候不就是无需多少话便互相理解了吗?

所以,你瞧,我亲爱的,你完全不必为那一记耳光的旧事伤心。当然,那是一次沉重的打击;但是如此沉重的打击我经受过多次了,每次我都尽力挺过来——甚至还击了几次——而现在我仍然在这儿,就像我们儿时读的那本书(我不记得书名了)上的青花鱼。"活蹦乱跳,甩着尾巴,啊!"这是我跳的最后一下了。

待到明天早晨——"戏就做完了!"你我不妨把这句话翻译成:"杂耍收场了。"而我们还要感谢诸神,他们至少赐给了我们那么多慈悲。慈悲虽不算很多,但毕竟还是有一点:为了这一点和其他的恩惠,让我们衷心地感激吧!

说到明天早晨,我要你和玛梯尼都清楚了解,我是很快乐,很满意的,我不能对命运之神有更高的奢求了。把这话转告玛梯尼,作为我给他的口信儿。他是个好人,是个好同志,他会理解的。听我说,亲爱的,我知道,那些陷进泥淖里的家伙如此迫不及待地恢复了秘密审判和秘密处决,这实际上是帮了我们的忙,而害了他们自己。我还知道,如果你们留下来的人坚定地团结一致,狠狠打击敌人,你们就会看到伟大的胜利。至于我,我将带着学童回家过假期的愉快心情走到院子里去。我已经做完了我那一份工作,这一死刑判决即是我恪尽职守的明证。他们要杀死我,是因为他们害怕我。一个人倘能如此,还能有什么别的心愿呢?

不过,我还有一个心愿。一个人在临死前是有权表达个人期望的,我的期望就是,你要明白为什么我一直都像一头发怒的野兽那样对待你,为什么迟迟不把宿怨一笔勾销。当然,你心里是明白的,我又在这里唠叨,只是为了写着好玩儿罢了。我爱你,琼玛,当你还是一个穿着花格子布衫的难看的小姑娘、围着皱巴巴的胸褡、背上拖着一根小辫子的时候,我就爱上你了,我现在依然爱着你。你还记得我吻你的手,你可怜巴巴地恳求我'绝不要再做这种事'的那一天吗?我知道,那是轻浮的举止,但你必须原谅我。现在我又在写着你的名字的纸上亲吻了。这样,我已经吻过你两次了,两次都未经你允许。

话已说完。别了,亲爱的!

信的末尾没有签名,只写着他们儿时一块儿学过的一首小诗:

  无论我活着,
  还是我死去,
  我都是一只,

快活的牛虻。

半小时后玛梯尼走进房间。他蓦然从半辈子的沉默寡言中惊醒,扔掉手中的一张布告,扑向前一把搂抱住她。

"琼玛!看在上帝的面上,这是怎么啦!不要这样哭呀!你是从来不哭的!琼玛!琼玛,我亲爱的!"

"没什么,西萨尔,过一会儿我再告诉你——我这会儿不能说话。"

她匆忙将那封泪痕斑斑的信塞进口袋,探身窗外,遮掩她的泪眼。玛梯尼缄口结舌,咬着自己的胡须。在这许多年之后,他竟像个小学生那样泄露了心中秘密——而她竟浑然不觉!

"大教堂在敲钟,"过了一会儿她恢复了自制,向周围看了看,说道,"一定是有人死了。"

"我拿这个来就是要给你看的。"他用平日讲话的声音说。他从地上捡起那张布告,递给她。那是一张加了黑框、匆匆用大号字印就的讣告,上写着:"我们敬爱的红衣主教,劳伦佐·蒙泰尼里大人阁下,因心脏动脉瘤突然破裂,于拉文纳仙逝。"

她很快从讣告上抬起头来,玛梯尼耸一耸肩胛,回答了她那无言的暗示。

"你还能指望有什么别的说法呢,夫人?'心脏动脉瘤突然破裂',这样措辞是再恰当也没有了。"

图书在版编目(CIP)数据

牛虻／(爱尔兰)伏尼契(Voynich,E.L.)著;李彭恩译.
－北京：北京燕山出版社,2005.5(2015.1 重印)
ISBN 978-7-5402-1714-3

Ⅰ.牛…　Ⅱ.①伏…②李…　Ⅲ.长篇小说-爱尔兰-近代
Ⅳ.I562.44

中国版本图书馆 CIP 数据核字(2005)第 045346 号

牛　虻

[爱尔兰]伏尼契 著
李彭恩 译
责任编辑／王　然　白利忠
装帧设计／小　贾

北京燕山出版社出版发行
北京市西城区陶然亭路 53 号　邮编 100054
全国新华书店经销
三河市北燕印装有限公司印刷

开本 915×1220　1/32　印张 8　字数 252,000
2013 年 7 月第 4 版　2015 年 1 月第 9 次印刷

定价:18.00 元

版权所有　盗版必究